狮城情缘（简体字版）

LOVE IN SINGAPORE (A NOVEL IN SIMPLIFIED CHINESE CHARACTERS)

B杜

British Library Cataloguing-in-Publication Data. A CIP catalogue record for this book is available from the British Library.

ISBN 978-1-913080-29-7 (ebook)
ISBN 978-1-913080-28-0 (print)

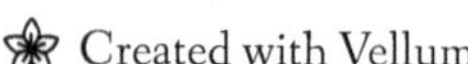 Created with Vellum

For my Family

第一章/自身难保

公元I4世纪，苏门答腊的室利佛逝王国王子乘船旅游，看见岸边有一头异兽，当地人告知为狮子，他认为这是一个吉兆，决定建设此地并命名"新加坡"（乃梵语"狮城"的谐音）。

車子经过寸土寸金的乌节路，老公说今天下班后会弯到ION ORCHARD买我爱吃的老曾记咖喱角,问我除了咖喱角之外还想吃些什么？

老曾记在新加坡无人不知、无人不晓，他家的咖喱角外皮酥而不腻，里面的咖喱馅绵密中带着香气，不似印度咖喱辣舌，很受大众欢迎。

"什么都别买，没胃口。"我冷冷地答，将头转向车窗外。

这个月我上早班，老公顺路载我理所当然。

车子一个转弯上了Dempsey Hill,我们的医院就在这片绿意盎然的山头上。

"郑医生早，和夫人鹣鲽情深呀！"

"呦！冯主任，这么早就来上班？真是忧国忧民、忧国忧民啊！"

我们一下车就和内科冯主任打上照面，他很热情，老公也不甘示弱，两人旗鼓相当。我很反感这些，匆匆点个头便走进医院大厅。

REQ是新加坡声名远播的一家私立医院，以软硬体设备先进、收费昂贵著称，有1/3的患者来自海外，新推出的高级体检项目尤受中国富豪欢迎。

我到更衣室换上浅绿色的护士服，据说这颜色代表生命与希望，天知道为了穿上这件制服我吃了多少苦、受了多少累。

想当初中介说得天花乱坠，一到新加坡月薪翻了不止五倍，有房屋津贴、交通补助、来回机票……等，而最最重要的是工作两年后即可申请绿卡。

我虽是国内本科毕业生，护士执照注册时间超过3年，在三甲医院也工作了三年，但月薪不过五、六千元，在二线城市付完房租及生活费后基本已捉襟见肘，忽闻从天而降的大好机会怎肯错过？咬咬牙跟贷款公司借了四万多元付给培训中心及仲介，又狠狠地恶补了两个多月的英语，终于过关斩将来到人人称羡的"花园城市"–新加坡。

来了之后才发现被忽悠，薪水是多了，但也只是翻了两翻，要做的工作却多出好多，因为新加坡的住院病人大小事都要护士效劳，亲人向来不帮忙，举凡洗澡、按摩、喂药、擦屁股的活儿都得干，与国内大不相同。有人因心理落差太大，没待几天就铩羽而归。

我一向逆来顺受惯了，既来之则安之，打算忍一忍，等有了海外工作经验后，以此为跳板到太平洋彼岸讨生活，毕竟美国才是大家趋之若鹜的移民天堂。然而事与愿违，在护士长的撮合下，我和REQ的耳鼻咽喉科主治医师郑之龙相识、相恋，并进一步结为夫妻，又在他的大力帮助下，我从公立医院跳槽到REQ。任谁都知道，私立医院的薪水多、福利好，一切的一切看似苦尽甘来，可是……

八点钟有医护大交班，交班过后，我便得开始一天的工作，诸如：查房、汇报病人一天的病情、与医生讨论下一步的诊疗和护理计划、执行医嘱……这些是身为注册护士的我应该做的，但一忙起来就不分彼此，甚至连助理护士、护理员的工作也得做，譬如：整理床铺、准备针剂药品、喂饭、逐个床位打针输液……等。

今天一早就有病人按铃要求处理输液针口，我在通道里快速奔走了两个来回，然后又有病人反映枕头太薄想要更换，刚拿来新枕头，隔壁床的老人提出帮忙翻身，接着又有家属向我询问病人病情……一个早上我忙得像只勤劳的小蜜蜂，只有在接到通知（把第三床病人送到手术室）时，才得空坐在电脑前核对医嘱。

"媛媛学姐，吃饭不？"穿蓝色护理员制服的宝儿轻敲我敞开的房门问。

"行，妳先去食堂占位，我马上到！"我飞快地打字，眼睛盯着屏幕不放。

"还是吃福建面？"

"不，今天吃鸡。"

～

宝儿原本不叫宝儿，她有个很土的名字叫蔡招弟，而且如父母所愿真的招了个弟弟，从此便爹不疼娘不爱，成了家里最碍眼的。

由于从小缺乏关爱，她极想成为别人眼中的宝贝，所以成年后自行改名蔡宝儿，听说为此还闹过家庭革命。

她的学历不高，上的是中专的护理学校，一注册完护士资格就猴急地飘洋过海而来，由于没有工作经验，连助理护士都当不了，只能从最低的护理员干起。

我曾问她为什么不在国内积累好经验再过来，起码薪水能高一点儿，工作相对也不那么辛苦。她答前男友想追杀她，她不得不连夜逃跑，因为是带笑说，让人分不清真假。

"给妳点了海南鸡饭，媛媛学姐快坐下。"看见我来，宝儿说。

其实我和她只是曾在同一个城市学习过，连校友都谈不上，宝儿却学姐学姐地喊，很多事因此都拉不下脸来说不，好比她想知道内科那个帅到不行的住院医生是打哪儿来的？有没有女朋友？能不能吃辣？爱唱歌不？……

我曾建议她自己去问，但宝儿说我是已婚妇女，没人会对名花有主的人设防，她就不一样，待字闺中的女人若在爱情上主动，首先就掉价了。

"妳怎么不吃？"我坐了下来。

宝儿点的是炒粿条，是以甜酱油、黑酱油、蚝油、血蚶为主要酱料爆炒出来的面食，嗜辣者还可以配上三峇辣椒酱，使味道咸甜中带点儿辣味。

"等妳呀！"她笑咪咪地答。

我们在闹哄哄的食堂吃饭，我正吃着鸡，宝儿忽然提出再帮我叫碗汤，我正想推辞，她已起身离去，没多久为我端来一盅薏米冬瓜老鸭汤。

"一共多少钱？"我掏出钱包问。

"不用了，没多少钱。"

宝儿一个月的薪水不过1050新币，扣掉与人合租的租金及伙食费，所剩无几了。

我给了她15新币，她默默收下，有意无意地喃喃自语："不知新来的员工都住在哪里？吃些什么？"

这新来的员工不会是别人，而是……

宝儿看上的医生长得白白净净、瘦高瘦高的，他的名牌上写着MO Wang，意即 Medical Officer Wang，代表医学本科毕业后PGY2，相当于住院医生，只是不知道该称王医生还是汪医生？

"那人在内科，和我老公同一层楼，实在不方便过去问。"我答。

"有什么不方便的？"她嘻皮笑脸，"顺便还可以和自己的老公抛抛媚眼、说说情话，何乐而不为？"

宝儿才来REQ不到三个月，只知我老公是主治医生，对他完全不熟，然而闪婚的我又何尝了解他？不过有一点是肯定的，自己的老公控制欲极强、猜疑心又重，我不愿在好不容易平静的湖面上再开机关枪。

之所以说"再"是因为昨晚一通打错的电话让郑之龙赏了我一巴掌，到现在牙关还疼。

"他为什么喊妳Darling？"

"都说是打错的，回打过去，那人不也承认了？"我捂着脸，委屈至极。

"告诉妳崔媛媛，别让我抓到证据，否则……有妳受的！"

医院里的员工人种很多，有新加坡本地人、印度人、马来人、菲律宾人、越南人、大陆人……偏偏郑之龙是印尼华侨，算是少数中的少数。

"别看他黑黑瘦瘦的，但聪明又多金，在Nassim Road上有栋别墅，其他……能忽略就忽略吧！"护士长当初是这么说的。

郑之龙离过一次婚，长得不好看，年纪又大我一轮，刚开始我是不满意的，所以相过一次亲后便没了下文，但缘份就是这么神奇，某个大雨滂沱的夜晚，公交车迟迟不来，我正思忖该不该打电话叫出租车，郑之龙刚好开车经过。

"崔小姐，让我载妳一程吧！"他摇下车窗说。

为了表示感谢，那个周末我请他吃长堤海鲜楼的辣椒螃蟹，一来二去，彼此有了好感，两个月后他在摩天轮上掏出两克拉钻戒向我求婚，也许是夜景太璀璨，也或许是累了想找个依靠，我点头成为郑太太。

婚后的蜜月期很短，我们都忙，加上倒三班，有时他前脚刚进门，我后脚就出去，饭都吃不到一块儿，感情怎么不会出问题？无怪乎他说想开个私人诊所，两夫妻都朝九晚五，家才像家。

"好不好嘛！小姐姐。"见我不吱声，宝儿来软的。

"下午如果不忙，我帮妳问问。"我叹了口气说。

她欢呼一声，说我是她生命中的贵人。

"贵人？我是泥菩萨过江，自身难保呀！"我内心冷哼一声。

第二章/不祥之兆

我服务的是住院部，和老公的耳鼻咽喉科门诊部相隔三、四百米，但我还是在相对不那么忙的时刻，以送尿检报告的名义到內科转转。

" Miss Cui, are you looking for Dr.Zheng?"一个矮个子的印度裔女子问我是不是在找郑医生？

我认出她是五官科的助理护士Alisa，赶紧否认，表明自己是来交尿检报告的。

" Dr.Zheng is a good man. You're a lucky girl."她对我眨眼睛，说郑医生是个好人，而我是那个万中无一的幸运女孩。

有那么几秒钟我有个错觉，莫非此郑医生非彼郑医生？但疑虑很快被打消掉，因为Alisa接着说Dr.Zheng胃不舒服，到楼下便利店买消化饼干去了。

老公曾不止一次向我推广"少量多餐"的好处，把一天原有的食物分量分成六至十餐来吃，不仅不会给胃带来负担，同时减少胀气及水肿，对控制体重也有好处。

"顺便还能借养生的名义休息一下，因为连续看诊是对病患及自己的不负责任。"他补充说明。

原来郑医生还是那个郑医生，没变。

我谢了Alisa，很快走人。

~

知道自己的老公不在这一层楼让我如释重负，少了窥视的眼睛，我的脚步轻盈许多。

" Excuse me. Is this your pen?"

听到背后有人说话，我转过头去，那人手中的圆珠笔笔杆上有蜘蛛侠的贴纸，是一个来探望奶奶的小男孩执意给我贴的。

" I guess that's my pen. Thanks!"

我以为他会马上还我，没想到他却要我提出证据，证明那支笔是我的。

"上面有我的味道呀！王医生。"我答，其实不确定他姓王还是汪，我选择比较普遍的那一个。

他装模作样地闻了一下笔杆后还我，不忘提醒以后带香味的圆珠笔还是少用，因为香精中大多含有甲醛、苯等有害物质，这种物质很容易挥发，如果长期使用会对身体健康造成影响，严重的甚至会损害到人体的血液及神经系统……

我笑说医生果然都往坏里想，小小一支笔能有什么杀伤力？要有，恐怕也比医院的细菌来得小。

王医生摊手说自己已尽到告知的义务，听不听在我。

"你打哪儿来？"我没忘记此行目的。

"华夏、中夏、诸夏、诸华、神州、中土、禹域、中域、九州、震旦……这些都是古称，近代称为中国，妳呢？"

我答自己没他那么有学问，也不擅长把事情复杂化，简单一句：我是中国人。

"和我想的一样，这医院的护士有1/4来自中国，尤其妳的身上没洋味，应该才来不久吧？！"

"快三年了。"我答，心中懊恼三年了还没入乡随俗，让人一眼就瞧出。

"三年了……"他喃喃自语，"希望三年后我能晋升主治医生，否则太对不起自己割舍掉的东西，包括在国内已有的主治医生职位及安逸的生活。"

我问他现在是不是在做MO级别的临床轮转并等待通过Post Graduate考试？

"没错，内科轮完后，下一个是五官科，全部科室走完一遍才得以参加考试。若有幸通过，我希望将来从事全科医学或家庭医生的工作。"他答。

由于医学院毕业生的养成不易且数量有限，加上为应对人口增长及打造东南亚医疗中心等原因，新加坡的医院管理机构MOH HOLDING大量从海外招募低年资的医生，这也是近年来不少中国医生前往新加坡工作的一个时代背景。

"那么祝你早日梦想成真，也好将家乡的老婆接过来。"我设局。

"我还是单身汉。"

"女朋友也得接呀！"

他反问一天工作16个小时的人配有女朋友吗？

"爱吃辣吗？"

"无辣不欢。"

"喜欢唱歌吗？"

"人称'北大陈奕迅'。"

"住哪里？自己开伙吗？"

"预算不多，目前和朋友租住在政府组屋里，早餐在家里吃，午晚餐吃医院食堂。"

我沉思了一下，将得来的答案在脑中各就各位。

"妳是医院派来做户口调查的吗？"他笑问。

"呵呵！真风趣。"我笑得很尴尬，"算是吧！医院里有很多摽梅之年的女护士，我得替她们把把关。"

"妳呢？怎么没把自己算进去？"

我答自己已婚，老公是耳鼻咽喉科的郑医生。

"郑之龙？那个医界翘楚？"他睁大眼睛问。

我再度受到惊吓，不知王医生是刻意戴高帽还是自己真嫁了个人中蛟龙？

见我点头承认，他的态度一百八十度大转变，显得毕恭毕敬。

"我期待下礼拜向郑医生学习，刚才的谈话若有冒犯之处请见谅。噢！还有，我姓汪，三点水的汪，汪致远，此乃出自诸葛亮的《诫子书》—非淡泊无以明志，非宁静无以致远。"

轻松的谈话转变为"说明会"，这不是我要的，但又能如何？

"很高兴认识你，汪医生，希望你在REQ有充实的生活及愉快的回忆。"我也跟着严肃起来。

这个月我上早班，理论上可以和看门诊的老公同进退，实际情况却是只能同进，不能同退，因为有时交班过后我才发现病历书没写完或有突发状况临时被留下；老公也一样，虽然已是主治医生，难保不加班，所以我们一向各自回家，今天也不例外。

我在医院门口的公交站牌下等车，宝儿气喘吁吁地跑向我，嘴里学姐学姐地喊。

"妳怎么这个时候下班？"我问。

中午吃饭时，她还唉声叹气地表示今天得连续值12个小时的班。

"还没下班呢！我特意跑出来找妳，就想问妳……他……他怎么说？"

他？我想了一下，恍然大悟。

"汪致远、北大高材生、未婚、没有女朋友、嗜辣、有好歌喉、住政府组屋、经常吃医院食堂。"我一一向来者报告。

"住政府组屋？不应该呀！那是穷人住的，他可是高收入的医生。"

新加坡有80%的人口住组屋，组屋是指由政府建造，拥有独立厨卫设施的单元房，通常低于市场价，这是政府的德政，让"居者有其屋"。显然宝儿并不买单，同时也高估了一个初来乍到、尚未通过认证考试的医生荷包。

我借机教育她一番，她很快释怀："说的也是，男人就是要成家才有动力，努力个几年也能像妳老公一样坐拥豪宅，是不？"

这一问把我给问住了，郑之龙的收入是不错，但大部分来自薪水以外的灰色地带，见不得光。

我支支吾吾了半天仍说不出个所以然，还好宝儿并不在乎答案，很快转了话题。

"妳说邀请他去Party World唱歌好不好？我可喜欢唱了，以前在国内就经常上KTV，大家都说我是小王菲。"

我想起汪致远说他是"北大陈奕迅"。

"我不知道，也许妳自己问他。"

"怎么是我？当然是妳问，送佛送上天，好不好嘛！小姐姐。"

什么？！简直粘上橡皮糖，甩都甩不掉。不行，事情到此为止，我得抽身……

无奈公交车来了，我被人群簇拥着上车，连开口拒绝的机会都没有。

"谢了，媛媛学姐，路上小心啊！"宝儿向我挥手。

我家在Nᴀssɪᴍ Rᴏᴀᴅ上，邻近使馆区及植物园，是有名的富人区。这个拥有20个单元的别墅群既有新加坡特有的热带风情，也有日本颇富禅意的庭园景观，室内设计采法国的轻奢风格，是Nᴀssɪᴍ Rᴏᴀᴅ上一抹高贵冷艳的风景。

我跩上拖鞋到主卧室换上家居服，然后洗手做羹汤。

结婚前，郑之龙原雇了个菲律宾女佣，能煮"似是而非"的中国菜；结婚后，女佣想当然尔被解雇，美其名曰更喜欢我煮的菜，其实是为了省下一笔人工费。

老公的"抠门"在婚后显露无遗，连香皂、卫生纸都算计着用，就别妄想有一天我会像那些有钱太太们一样，没事修修指甲、逛逛商场。

我把早上出门前放进水槽解冻的鱼拿来熬汤，又把空心菜洗了、豆腐沥干。两菜一汤的菜色即使放在平常人家也稍显寒碜，但煮多了会被骂，说我不懂得过日子，白白浪费老公辛苦赚来的钱……

天知道我同样在挣钱，四房两厅的大房子整理起来也挺累人，但说这些郑之龙是不会懂的。

刚把鱼汤端上桌，老公就进门，脸色不太好，大概在外面受了气。我没说话，默默接过他的公事包。

新加坡的病患和医护人员平起平坐，得了什么病、用了什么药、做了什么护理……都要一一告知，若因沟通不良被投诉还得写报告，这是很烦人的事，所以老公偶尔有坏心情，我能理解。

"妳看起来心情不错。"他酸溜溜地说。

"有吃住就该高兴，你说的，不是吗？"我冷冷地答。

我们安静地吃着饭，连墙上挂钟行走的声音都听得一清二楚。

"妳今天去了内科门诊部？"老公突然问。

我的心喀噔了一下。

"是的，拿尿检报告给Dr.Smith。"

"和帅气医生谈得很开心的样子嘛！"说完，他将筷子伸向鱼头，一挖，白色鱼眼进到他嘴里。

原来和汪医生的谈话被他发现了，我大呼不妙但仍故作镇定地解释："都是中国来的，多聊了两句，那里人来人往，要有什么也不选在医院。"

"呵呵！要有什么妳就完了，妳知道'完了'是什么意思吧？！"

我打了个寒颤，打算以不变应万变，但老公没放过我，开始抱怨汤太咸、麻婆豆腐没煮出味道、空心菜全是梗……

"不吃了。"老公推开桌子起身，"帮我按摩，现在！"

见他带着怒气走向房间，我有了不祥的预感，心中叫苦连天。

第三章/双面人

婚后的第一次耳鬓厮磨，我曾推开老公惴惴不安地问："怎么没装窗帘？"

"放心，那是单向玻璃，外面看不见里面，而且多层实心，中间有超弹隔音膜，另外，房门是钢制的，墙壁内也塞了吸音棉，妳叫再大声也无人能听见。"

当我们情投意合时，这样的谈话无疑增加夫妻间的情趣，但当我们关系紧张时，这样的室内设计无疑将我推向痛苦的深渊。

"说！"郑之龙掐住我的脖子，"和那个奶油小生眉来眼去多久了？"

"没……没有的事……今……今天第一次……真的……"

没人比一位医生更了解人体结构，只要掐对地方，我分分钟会气绝身亡。

"难怪……难怪最近阴阳怪气，说话也冷嘲热讽，原来找到相好的。"郑之龙继续编派我的不是。

"没……我发誓……我拿父母的性命……发誓……"

"切，妳那对吸血鬼父母的命值几个钱？早死早超生！"

想当初谈婚论嫁时，郑之龙对我父母的态度可不是这样，他正襟危坐，老实巴交地像个没见过世面的乡下人，让父母从不满意改投赞成票。

"人是干瘦了点儿，但选老公不选漂亮的，实用最好。"母亲说。

"他看着还行，收入高又有大房子，结婚就图个安稳，妳也算是找对人了。"父亲说。

有了父母的加持，我们的恋情火速升温，秋季还没度完，我就急匆匆地披上嫁衣……

婚后，郑之龙的狐狸尾巴才露出来，挨了几次揍后，我忍不住打越洋电话求助，母亲是传统的中国妇女，虽然心疼我，但认为失婚女子难再嫁，劝我能忍则忍，但这不代表她没有远虑。

"把钱拿好，哪天……妳也不致于完全没有后路。"

新加坡的华人结婚也给彩礼，但郑之龙说他是印尼华侨，不时兴这个。当时感情好，父母也认为他们不是卖女儿，所以连房子、车子都没要就嫁过去，事后才后悔，这要是一拍两散，我岂不是净身出户？

亡羊补牢，母亲的计划是把我的薪水以供养父母的名义全留住。碍于情面，郑之龙没说什么，时间一久，我的父母便成了他口中贪婪无厌的代表，也有了指责我在家当蛀米虫的底气。

"对……对不起……我……我错了……"郑之龙的大脸在我眼中渐渐模糊，知道自己快失去意识，我赶紧求饶自保。

老公终于松开手，在呼吸到第一口新鲜空气后，我忍不住痛哭失声。

"哭？不守妇道的人还有脸哭？"他咆哮。

我哭是因为婚前没擦亮眼，遇人不淑（偏偏别人还用羡慕的眼光看我，仿佛我是灰姑娘，一朝飞上枝头变凤凰）。

擦干眼泪后，我讨好地说下楼为他泡杯咖啡。

"别加糖。"他叮嘱。

郑之龙有饭后喝黑咖啡的习惯，这似乎不符合养生之道，但对于接下来还要熬夜读书的人来说，喝杯提神饮料不为过。

老公是我见过最刻苦学习的人，即使已是主治医生，他仍然维持一年发表两篇学术论文的自我期许，有几篇甚至被收录在医学界最具权威的学术刊物《The Lancet》上，无怪乎连医院院长都要对他客气三分。

"你的咖啡。"我将咖啡置于床头柜上。

泡的是新加坡最著名的猫头鹰咖啡，颜色比普通咖啡淡，少了苦酸味，口感更好。

"媛媛，"他的声音转为温柔，"谢谢妳！"

我点了个头，默默离去。

总是这样，言语和肢体施暴后，老公变得格外体贴，不仅口惠，有时还会给我买小礼物，甚至亲自下厨煮我爱吃的菜，让我迷惑不已。也正因如此，我一次次地原谅他的家暴与……变态，甚至反求诸己，认为是自己的错，罪有应得。

趁着老公在"学习"，我把家务做了、洗好澡，然后坐在客厅百般无聊地按着电视遥控器，从时事新闻看到综艺节目，再从华语电视剧看到印度电影，没有一个频道让我的眼光停留超过五分钟。

"媛媛，睡觉了。"老公站在楼梯口喊。

"你先睡，看完'长女的婚事'我就来。"

“无聊的电视剧也看？”老公还是下楼来，“越看越笨，倒不如省下时间做有用的事。”

我答我没他有学问，生活中也只剩下看电视这项爱好……

“这怎能算爱好？一没钱赚、二没增广见闻、三没继往开来，怎么说都是浪费时间，还是从从妳老公的爱好，没看到他为这个家劳心劳力？”

我皱了皱眉，推说今天不方便。

“妳哪天方便过？”老公的声音变得粗巴巴，“吃我的、喝我的、住我的，现在是我在养着妳，可别忘了自己应尽的义务。”

我叹了口气说知道了，让他先上楼，自己随后就到。

“郑医生早，和夫人琴瑟和鸣呀！”

“呦！是李医生，”老公的声音仿佛浸过蜜似的，“这么早就来上班？真是忧国忧民、忧国忧民啊！”

我们一下车就和骨科的李医生打上照面，我匆匆点个头就钻进医院大厅。

“Miss Cui, 八号病房的第五床病人又不吃饭了，妳去搞定他。”护士长下令。

那床病人是个古怪的老头，只要儿女周末没来看他，周一他就赌气不吃饭，屡试不爽。

“好，待会儿就去。”我心不在焉地答。

“媛媛，”护士长忽然叫住我，眼睛盯着我的脖子瞧，“昨晚和郑医生打架了？他咬妳一口？”

我下意识用手遮住脖子，窘得不知如何是好。

"没事，热情点好，爱情才能长保新鲜。"她笑着离开。

我赶紧冲向寄物柜，还好在角落找到去年冬天遗留在那里的丝巾，立马拿来系在脖子上。

说来真是难以启齿，老公的性欲非普通人能及，每次都像狂风暴雨般横扫而过，留下一地狼藉。

"能不能……能不能别每天来？"我问。

"怎么，妳不喜欢？"

"也不是不喜欢，就是有点儿吃不消。"

老公不同意，他说床头打床尾和，他需要靠做爱来修复夫妻间的裂痕……

我心想只要不打我、不在精神上折磨我，何来的裂痕？又何需修复？

"媛媛学姐，病人的留置针掉了，妳帮帮我！"宝儿求助。

"好歹妳也是护理学校毕业的，重打不会？"我像吃了炸药。

"妳……怎么了？"

宝儿像被一脚踢进河里的小狗，可怜兮兮地望着我，我才意识到自己把情绪带进工作里，很要不得。

"没什么，病人在哪里？这次我教妳，妳一定要学起来喔！"我放缓口气说。

第四章/心痛

打完针，宝儿问我是不是感冒了？

"为什么这么问？"

"因为妳系了围脖。"

"噢！那个……是的，喉咙痛，怕是感冒了。"

宝儿要我多保重身体，她帮隔壁房的病人做完复健后再来看我……

"不必了。"我说，一抬头她已走远。

~

21号病房第二床病人今晨做胃部切除手术，术后两小时出现出血性休克，医生判断是切端有小血管未结扎或缝合不够紧密所致，很快又推回手术室。

"@&$%#£……"病人的父亲用福建话责问我。

我听不懂，回头找护士长，然而她开会去了，我断不可能为此敲开会议室大门，回头再看护士站里的护士们，大概只有我的母语最接近福建话。

"阿伯，我告诉你……"我用普通话说。

那个怒气冲冲的人仍用福建话轰炸我，正当我无计可施之时……

"病人家属问为什么刚手术完就呕血？现在推回手术室又是什么道理？"汪致远代为翻译。

这真让人左右为难，据实以告恐给医院带来麻烦；隐瞒实情又怕引起更大的误会……

见我面露难色，汪医生安抚病人家属几句后，交待我带后者到手术室外等候。

"还是让手术医生来解释比较恰当。"他对我说。

今天午餐吃粥，因为没什么胃口。

"我只有减肥时才吃粥，这东西不经饿。"宝儿说，她点的是大碗牛肉面。

我问她今天还加班不？她答不清楚，要看最后通知，不过她不排斥加班，因为加班费很丰厚。

"难道妳一辈子就想当护理员？总得念念书参加考试，不说注册护士，即使助理护士的薪水也比护理员多得多。"

"知道了啦！书会念，考试也会去考，妳就别再说了，拜托！"

不知为什么，宝儿说话的声音音量越来越小，而且面色绯红。

"这里有人坐吗？"汪医生拿着托盘俯视我们。

我看了一眼宝儿，她眼露期待，我遂答："没有。"

他坐了下来，我这才发现他点的是红油抄手，已经火红一片还加了两勺辣椒酱。

"看来你很爱吃辣，四川人？"我问。

"不，我是混血儿，北京混福建。"他答。

宝儿听了噗嗤一笑，她说她也是混血儿，峨眉山混武当山。

"敢情妳是功夫高手的后代，失敬失敬！"

"什么功夫高手呦！只差没被抓去当道姑。"

看他们两人谈得很好，我乐得做壁上观。

没想到话说三巡，那人还是顾及到我，他赞美我的丝巾很漂亮，我谢了他。

"媛媛学姐感冒了，喉咙痛。"大嘴巴宝儿主动交待。

"最近有流感疫情，我们医护人员都得小心应对。"汪医生说。

～

我正忙着核对医嘱好完成交班前的工作，汪医生递过来一盒口含片，说能对口腔及咽部做局部消炎，舒缓疼痛。

"不用了，家里有。"我冷冷地答。

"哈！也是，妳老公是耳鼻咽喉科的主治医生，有什么比贴身医生做得更到位?"他将口含片收回。

"不是这个意思，我……我不习惯接受别人的好意。"

汪致远说那可麻烦了，他很习惯照顾别人，尤其是病人……

"对不起，我得交班了，Excuse me."没等他说完，我赶紧逃。

知道这很无礼，但我还是将他拒于千里之外，老公已经吃过一次醋，我不想再节外生枝。

~

临下班接到老公打来的电话，他说今天是太平日，可以准时下班，要我在停车场等他。

我等了半小时才见到人，老公一句解释也无，很快上车发动引擎。

"想去哪里吃饭？"他问。

我答随便。

驾驶盘一转，车子往Scott Road 的方向驶去，我知道今晚必定是吃蟹。

我极爱吃蟹，同时也是吃蟹高手，连蟹脚内细细的腿肉也不放过；郑之龙却相反，他认为螃蟹是凉性食物，吃多了胃寒，容易引起消化疾病，而且蟹壳硬，不易食用，长相又不讨喜，像极了八脚蜘蛛……

然而不爱吃螃蟹的他，今晚却甘愿为了我跑一趟，够诚意！

~

"纽顿美食中心"是当地人会去的夜市，用餐环境简陋但食物一流，我们来到常去的那一家。

一坐下，老公就点了我爱吃的黑胡椒蟹、蒜蓉虾及魔鬼鱼，三道菜花掉一百多新币，对于抠门的他来说算是大手笔的开销。

"我打算开个私人诊所。"老公旧话重提。

"好呀！你去开。"我忙着吃蟹。

"贷款有点儿多，银行说若夫妻联名贷会容易些。"

联名贷意即一旦还不了款，我也遭殃。

"诊所可以用租的，不一定要买，很多人都这么做。"我说。

郑之龙看上的是繁华地段的办公楼底层，两百多平米，价格不是普通的贵。

"投资懂不懂？人的眼光要看远，目光短浅者只能看着别人吃肉而自己只能喝汤。再说，好不容易建立起客户群，房东若涨租金，搬还是不搬？几十万的装修不要钱吗？"

赚钱的事我不懂，我只知道郑之龙要把我们住的别墅拿去抵押，又要我联名贷，可说是强拉我下水。

见我闷不吭声，老公开始给我灌迷汤，不外他是新加坡名医，多少人冲着他的招牌来，如果他会倒，其他人也别想屹立不摇，吧吧拉、吧吧拉……

"让我考虑一下。"我打算采拖延战术。

"妳慢慢考虑，"他将剥好的蟹肉放进我盘里，"噢！不，不能慢，银行正等我回复。"

这下子我全然没了胃口。

回到家，我把花随意插进花瓶里，连水都懒得注。

我们离开"纽顿美食中心"后，老公执意送我一束花，挑了半天，选了我最不喜欢的菊花。虽然菊花的花语代表长寿、吉祥及欢乐，不见得不好，但在我的家乡只有死了人才用菊花，我不知道他为什么非得选它，难道就因为牌子上写着30%的折扣？

"媛媛，帮我泡杯咖啡。"老公说。

"……好。"我把委屈吞下肚。

当我把咖啡置于床头柜上时，郑之龙递过来一个小本子，说是贷款合同，让我在底页签名。

我受够了这接踵而来的压力，也厌倦他为了达到目的刻意的示好，大笔一挥，签了。

"真是我的好老婆，妳放心，一定会赚，赚了让妳分红……"

没等老公说完，我转身离去，然后躲进厕所呜呜呜地哭泣。

为什么……为什么自己的命运多舛、所遇非人？难道就因为耐不住寂寞，得用后半辈子无穷无尽的痛苦来偿还？

想至此，我更加悲伤，忍不住泪流成河。

第五章/待宰的羔羊

新加坡的医院会给病人戴标注了个人信息的手环（包括名字、生日及家人的手机号），有的还会多戴两个，绿色表示防跌倒，红色表示过敏，10号病房的刘小弟戴的就是红色手环。

我看过他的病历—地中海贫血，这是由常染色体的遗传性缺陷所引起的珠蛋白链合成障碍，除了会出现严重的贫血现象外，刘小弟的肝脾还肿大，可说是个可怜的孩子。可喜的是，虽然疾病缠身，但他仍乐观面对，总是笑嘻嘻的，是医护人员眼中的开心果。

这一天，护士长把一个新进的助理护士Crisha带给我，要我关照她两天，我答没问题。

"Where are you from?"护士长一走，我问Crisha打哪里来？

她心不在焉地答菲律宾，然后眼光飘呀飘的，就是不看我。

我告诉她，护士长让我带她两天，所以有问题请发问，我会知无不言、言无不尽。

结果她问的不外加班费有多少？能连着休假吗？生病给不给薪水？食堂打折不？……

我一一答复，见她一时没问题可问，赶紧带她熟悉环境，遇有特殊病人我还特别提醒，譬如刘小弟不仅是重度地中海贫血患者，同时对坚果过敏，所以"绝对绝对"不能让他食用干果或裂果。

Crisha嘴巴Yep,Yep个不停，但眼光四处游走，所以我也不清楚她到底听进去了没？

"崔姐姐，送妳一条红绳手链，可以避邪保平安。"刘小弟说。

前几天大学生义工到医院教病患编织红绳手链，说它是好运的象征，送给妈妈能永保青春；送给爱人能心想事成；送给自己则能长命百岁、健健康康……

没想到刘小弟将其中一条送给我，让我大受感动。

"谢谢！我会永远戴在手腕上。"

看他细心地帮我系上红绳，我感触良多。那孩子头大、眼距宽、前额及两颊突出，肤色暗黄还有色素斑，完全是一副患儿的模样，但却笑容可掬，让人心底发酸。

" Miss Cui, room 14, 6th bed patient needs blood drawing."肝胆外科Dr.Baker对我说14号病房第六床的病人需要抽血。

我答马上来，然后要Crisha跟着我去见习。

她耸耸肩，无可无不可地跟在我身后。

我和Crisha约了一起吃中饭，顺便带她参观食堂，临到约定时间却迟迟未见人，我急得跳脚。今天事多，中午用餐时间不得不缩短，然而那个吊儿郎当的人却不把约定当一回事，偏偏我又没她的手机号，简直浪费我宝贵的时间！

"媛媛学姐，妳等我？"宝儿扶着一个吊点滴的病人走过来。

"不是，护士长要我带一个新人，跟她约了吃饭，到现在还不见踪影，气死我了！"

"别气，管她爱吃不吃，帮她是情份，不帮是本分，妳等我一小会儿，我马上陪妳吃饭哈！"

宝儿说的没错，我已尽到提携的情份，没必要再委屈自己，于是等宝儿空出手来，我便与她一起上食堂。

用完餐回到住院部，一切都不一样了。

在医院待久后，任何风吹草动、暗潮汹涌都能立马察觉到，好比现在，护士站里的护士个个惊慌，几名医护人员小跑步而过，在在说明有不寻常的事发生。

" What's happened?"我抓住同为注册护士的Miss Jones 问。

她答10号病房，第三床病人死了。

10号病房第三床……那不是刘小弟吗？怎……怎么死了？今天早上他还帮我系上爱心红绳呢！

Miss Jones答因为一位新来护士的失误，让孩子误食了坚果，没想到反应来得如此剧烈，送到抢救室时人已经不行了……

我倒吸一口气，这个新来的护士不会是别人，我怒气冲冲地去找"杀人凶手"。

～

Crisha泪眼婆娑地坐在主任办公室里，看见我来仿佛看见救命稻草，嘴里嚷嚷她都照我说的做，绝无过失，不应入她罪……

主任问我这是怎么回事？我答不清楚，然后那个皮肤黝黑的女人抢着说今天是她第一天正式在REQ上班，护士长安排我照顾她，后来我走了，她还回到病房陪刘小弟说了会儿话，没想到被护理员抓去帮忙送午餐，她完全不知道刘小弟需要食用特别料理，因为我没告诉她……

"I did. I told you Liu Yong is allergic to walnuts."我扬起声说自己的确告诉过她。

"No, you didn't."Crisha哭得像个泪人似的。

住院部主任摘下黑框眼镜揉了揉鼻梁，半天终于下了裁决：**Crisha 停 职 接 受 调 查 ， Miss Cui 照 常 工 作 ， 必 要 时协助调查……**

Crisha听完愤而起身，声嘶力竭地喊着不公平，我还想说什么，被护士长强拉到办公室外。

"两害相权取其轻，Crisha受训期间就很不经心，出事不在意料外，相信我，这是最好的安排。"她说，同时要我闭上嘴巴与医院同进退，别让自己处于不利的地位。

天哪！虽然我问心无愧，但让一个菜鸟独自顶罪却不是我的初心……

护士长问我想怎样？难道让自己一同背锅？

我语塞了。

～

我意气消沉地回到住院部，看见我来，护士站里的护士全安静下来。

真他妈的好极了，我可以想象接下来的一周自己铁定能上"蜚短流长排行榜"的第一位，更甚者还能成为"后台硬"的代表人物，妥妥的"不要脸"形象。

"媛媛学姐，"宝儿向我跑来，"妳听说了没？刘小弟……死了。"

我怎会不知道？我还是刽子手呢！

"宝儿，陪我散心，现在！"我早先一步走向电梯。

"按理说不是妳的错，所有医护人员受训时都被告知病人若戴上红手环代表有过敏史，这点常识她应该有，妳提不提醒都改变不了她的过失。"我们在医院外的走道上散步，宝儿替我分析。

"话说得没错，但……我对刘小弟有愧疚，如果……他不会死。"

宝儿说我的负罪感太重，生死有命，谁也躲不了。

"我难以想象他的父母会有多伤心……"

话刚落音，我看见一对神色慌张的男女疾步而过，他们是刘勇的父母，在国家单位担任公务员。

与其他国家不同，新加坡的公务人员薪水很高，以符合前总理李光耀的"高薪养廉"理念，这也是刘勇能入住私立医院的原因。

"我去慰问一下刘小弟的父母吧！"我说。

"这样好吗？小心被当沙包。"宝儿一脸的不放心。

我看了一眼手腕上的红绳手链答没事，即使挨打也愿意，然而我还是在抢救室外被拦下，住院部主任问我来干嘛？嫌事少？

"我来安慰刘勇的父母。"

"妳省省吧！现在由医院全权处理此事，非必要别出现在死者家属面前，也别乱发言。"

"可是……"

"Miss Cui, 若不是看在 Dr.Zheng 的份上，妳今天很难全身而退，我讲得够清楚了吧？！"

面对主任那张扑克牌老K脸，我点了点头，默默离去。

"听说妳今天摊上麻烦了。"晚餐桌上，老公提起。

我嗯了一声，低头扒饭。

"为了这个欠下老余人情债，妳可真会帮倒忙！"

我憋了一整天的气无从排解，此时正好找到发泄口。

"谁让你欠着的？大不了说不认识我，让他将我送往医疗监控部门接受调查……"

话没说完，郑之龙甩过来一巴掌，打得我眼冒金星。

"谁让妳没大没小来着？"他虎着眼。

我噙着泪水说他就只会欺负我，算什么英雄好汉？人渣！

然后一个身影扑了过来，以迅雷不及掩耳的速度一连给我五、六个耳光，打得我找不着北，趁着耳朵还嗡嗡作响，那人抓住我的前襟往楼上跩。

"Help～"我嘶吼着但仍抵不过男人的蛮力。

当上锁声响起，我知道大势已去，等待我的将会是无穷无尽的痛苦与折磨……

第六章/明哲保身

我家备有急救药箱，里面不外创可贴、眼药水、清凉油、纱布、镊子、剪刀、双氧水……等，除此之外还有好几瓶云南白药，我曾傻乎乎地问老公为什么？

"那是治跌打损伤的，哪天……我能帮妳擦。"他答。

那会儿刚新婚，只觉得无限幸福，自己的老公如此体贴入微，真是前世修来的福气，然而……

当老公拿出云南白药想替我上药时，我蜷曲在房间角落，拒绝他的示好。

"媛媛，妳受伤了，不擦药会瘀血肿胀，明天妳怎么上班？"他好脾气地说。

我反问他这是拜谁所赐？

"谁让妳说话不经大脑刺激我？我也不想啊！伤害妳如同伤害我自己。"他眼露哀戚地跪了下来，"乖，让我帮妳上药，如果妳不同意，我就长跪不起，直到妳原谅我为止。"

总是这样，凶狠过后的他温驯地如同一只小猫，喵喵喵地乞求饶恕。

"把药放下，我自己擦，你现在出去，我想静一静。"我气若如丝地说。

他还想说什么，话到嘴边又吞下。

"那好，宝贝儿，我下楼做你爱吃的薄饼，今晚妳没怎么吃，刚好当宵夜。"

我将脸撇向一旁。

他在我的脸上小啄一下后，很快下楼。

听脚步声远去，我将今晚挨揍的画面在脑中倒带：郑之龙将我抛向房内地板，紧接着拳头便像雨点般落下，胸部、腹部、背部……即使我双手合十求饶，他仍像杀红了眼，揍得我满地打滚。

"打死妳这个泼妇！竟敢爬到我头上？不要命了妳！"他恶狠狠地说。

我甩甩头，想把这些不好的回忆都甩开。

郑之龙太聪明了，专挑衣服遮盖的部位打，即使我已被家暴大半年也无人察觉。

我该怎么办？难道永远如此卑屈、畏首畏尾地度日？

为了老公，我已经杜绝了所有工作以外的社交活动，生活花费也降到最低，但仍然不能让"金主"满意，他总能在鸡蛋里挑出骨头，然后编派我的各种不是。活了二十多年，我才发现自己竟然如此糟糕，简直不配在宇宙间生存。

"媛媛，是妈妈打来的电话，妳接听吗？"郑之龙打开房门小声地问。

这个"妈妈"绝对不是婆婆，郑之龙称他的母亲"阿母"，而在我们夫妻的日常对话中，他往往以"母后"戏称。

知道是自己的母亲打来，一时百感交集，难道她心电感应到什么？我的泪水像扭开的水龙头，哗哗哗地下。

"妈，媛媛在洗澡，我让她待会儿打给您。"

听到老公在电话里回绝了母亲，我稍微放下心来，现在这个状态的确不适合接听。

"妳看看妳，怎么还不擦药？这哪儿行？"他收起手机向我走来。

"别猫哭耗子假慈悲了。"

"妳现在心情不好，我不跟妳吵，"他将我的衣服褪去，然后在手掌内倒入适量的红棕色液体，"疼告诉我，我再轻点儿。"

那人轻轻地擦了我的背、我的胸、我的小腹，在他的温柔抚触下，伤痛渐渐化为烟云，我甚至觉得他没那么令人讨厌……

没想到我刚原谅他，他反倒欺身而上。

"郑之龙你干嘛？！"我高喊着。

"对……对不起，忍不住了，我会很快的。"

我想用力推开他，但仍被他强压在底下。天哪！这是什么状况？刚被家暴，紧接着又遭性侵，而这些都发生在"家"的保护壳下。

在老公的前后抽搐中，我的泪水不由自主地滚落下来。

见我迟迟没回打，母亲又主动打来。

"媛媛，最近好吗？"

"好。"我答，刚哭过的鼻音很重。

"妳怎么了？"

"没什么，有点儿感冒。"

母亲似乎接受了这个理由，转而告诉我中国新年想和父亲一起飞来看我。

新加坡一年过四次新年，分别为西洋人的新年（即元旦）、华人的农历新年、马来人的新年以及印度人的新年。除了中国新年放两天假外，其余放一天。

"我……我不知道，也……也许会和老公出国一趟。"

郑之龙曾耳提面命过，凡我的娘家人想来访都得经过他的批准，否则一律谢绝招待。

母亲在电话那头很失望，她说原本打算做红糖年糕带给我。

我从小就喜欢吃沾上面糊炸的年糕片，软软糯糯还冒着热气，那是童年的快乐回忆。

"那……我问问老公，也许度假计划能改期。"

我和母亲又拉拉杂杂地谈了些琐事，因为郑之龙就在身边，我专挑安全的话题讲，免得惹祸上身。

"真不心疼钱，讲了超过十五分钟的废话。"刚放下电话，老公嗤之以鼻。

我很想说又不花他的钱，他也好念叨？但话终究没说出口，今晚受够了，不想再起波澜。

"丈母娘是不是想过来？"没想到老公主动提起。

"是，距离上次见面已过了七、八个月，他们想农历新年飞过来看我。"

老公沉默了一会儿后表示爸妈只有我一个女儿，嫁得又这么远，肯定会想念，还是让他们来吧！

如果不是心里还有气，我肯定会给老公一个拥抱，他若能天天如此待我该有多好?！我要的不过是一点点儿的温柔与理解，在异乡，这是无依无靠的我仅有的小小愿望而已。

~

10号病房第三床来了个新病人，刘小弟的个人用品被收了起来，人们好像忘记那张单人床上曾经有个笑脸迎人的患儿，但我没忘，手腕上的红绳手链时刻提醒着我。

"刘小弟的父母看样子会起诉医院，所以非必要请别开口，由医院统一发言。"护士长提醒我。

新加坡的诉讼费用很高，除非有十足的把握，否则没人会提告。我衷心希望刘家最后能与医院达成和解，因为根据以往的例子，医院被判有罪少之又少……

"Crisha现在怎样了？"我问护士长。

"不清楚，妳还是明哲保身吧！"

我能感觉到医院站在我这边，明显想让Crisha当炮灰，虽然后者的确难辞其咎。

"谢谢！"我说。

"不用谢，"她交给我这周的药品使用记录表，"听说妳老公想开私人诊所，连地点都选好了，如果……帮我美言几句吧！儿子上高中了，我想多点儿时间陪他冲刺。"

私人诊所的固定薪水和私立医院差不多，虽然少了加班费，但不用倒三班，能定时上下班，所以还是有不少人前仆后继而来。

"好的，我会跟他提。"

现在换护士长跟我道谢。

哎！这是个功利的世界，讲得好听是你帮我，我帮你；讲得不好听就成了利用，偏偏我正需要这样的保护伞……

" Miss Cui, Dr.Hill needs to speak to you. You haven't handed in PET-CT reports."注册护士Carole对我说。

真是糟糕！昨天答应给Dr.Hill断层显像，一忙竟忘了。

" Coming."我边答边冲向放射科。

第七章/约定

宝儿从后掐我一把，像学生时代会有的恶作剧，我哀嚎一声，捂住后背。

"妳怎么了？"她一头雾水。

我怎能告诉她昨晚被老公施暴，身上有大片乌青？

"没……没什么，下次别这么做，太幼稚了。"

她显得无趣，说我没幽默感，假道学……

我转而问她怎么来了？现在不是该去整理床铺及收病人用过的餐具吗？

"那个可以等一等，"她忽然来劲，"就想问妳屠妖节能不能和我去小印度逛逛？来新加坡好几个月了，很多地方都还没去过呢！"

屠妖节是印度的一个传统节日，又称万灯节，一般在10月末到11月初举行。相传很久以前世界被妖魔所侵扰，天神下凡降魔，降魔後，大地女神为天神诞下一名男婴，取名Naraka Suran。没料到男婴长大后与妖魔为伍并且强迫百姓不准点灯，天神只好又下凡来与自己的儿子展开对战，最后邪不胜正。Naraka Suran死后，人民点灯庆祝。

由于新加坡有不少印度人，所以这个传统节日被正式纳为新加坡的节日。每到这一天，新加坡小印度的大街小巷及各大庙宇都会升起幡带点亮灯火，欢迎神仙与凡人的到来，好不热闹。

"不了，我还有事要忙。"我想起外出总要花费，老公又不喜欢回家看不到我。

"能有什么事？听说屠妖节可好玩了，好不好嘛！小姐姐。"她又撒起娇来。

"别说了，不去就是不去。"

见我还是不答应，宝儿赌气地说要跟未曾谋面的网友去，如果有什么三长两短，请我代她照顾远在中国的父母……

"妳可别做傻事呀！网上什么人都有，妳又刚来新加坡不久，小心被卖。"

"那妳陪我去嘛！我们又不玩通宵，逛逛就回来，皆大欢喜。"她再次游说。

其实我也想出去走走，在那个令人压抑的家待久了，人会发霉。

"说好了不玩通宵，别到时又食言。"我还是妥协了。

"一定一定，"宝儿点头如捣蒜，"就知道妳是我的好姐姐！"

看她满意地走了，我才思忖起该如何跟自己的老公开口。

临下班接到老公的电话，他要我今晚多煮些菜，余主任和冯主任会来家里吃饭。

"我四点下班，家里又没什么菜，怎么不请客人到外面吃？"我说。

"外面吃既贵又不卫生，哪有家里好？乖，下班后打出租车去买菜，我们大概七点半到，时间上来得及。"

外面餐厅的确贵，卫生程度也没家里好，但这些都不是主因，而是饭后他们有密事商讨。

"知道了，预算多少？"我问。

"没预算，妳看着买。"

对于铁公鸡的老公而言，这很不寻常，我突然有了捉狭的念头，下班后，特地绕到Market Place，它是牛乳集团旗下最高端的超市，蔬果及生鲜食品以有机为主，还进口不少外国商品，都是顶级的。

我买了大闸蟹、海胆、黄鳝、牛蛙，转头看松茸和巴掌大的洋菇不错，豪气地各买500克，又在结账前拿走一瓶法国波尔多红酒。

明知这一趟采购绝不便宜，但一听收银员说一共620元新币时，还是吓了一跳，三千多元人民币一餐，不是普通的贵啊！

～

我把大闸蟹放进蒸笼用大火蒸，再将食材该炒的炒、该煎的煎、该炖的炖，终于在老公和客人进门前把五菜一汤端上桌，顺便将冰镇过的酒开瓶。

"郑医生真有福气，弟妹会煮菜，天天山珍海味，难怪一下班就往家里跑。"我的直属上司余主任首先表扬。

"没错，连赤霞珠干红都舍得请，老郑呀！这该不会是场鸿门宴吧？！"内科冯主任接棒。

老公干笑着否认，眼光却凌厉地打在我身上，让人很不舒服，我借盛饭的名义走开。

～

酒足饭饱后，三人上楼密谈，以主卧室的隔音程度而言，我不可能偷听到，遂到厨房洗堆积如山的碗盘。

两小时后，老公站在楼梯口喊："媛媛，帮余主任和冯主任叫出租车。"

我噢了一声，拿起手机拨号。

送走两个略有醉意的人后，郑之龙劈头就问今晚的晚餐花了多少钱？

"620元。"我答。

"妳有病是不？钱是大风刮来的吗？"老公扬起声。

我将责任撇清，说是他让我看着买，没预算。

"说妳傻还真傻，花的可是辛苦钱，我让妳别看电视剧怎么不见妳照做？"

"听你的不对，不听你的也不对，你到底要我怎么做？"

看老公气得脸色发青，我有种莫名的快感，就该这样，让他大出血一次好让我受伤的心得到些许的平衡。

大概知道覆水难收，老公最后也只能接受既定事实，但仍不忘亡羊补牢："记住了，以后请客只能选便宜的买，超过两百我大刑侍候。"

也只有老公会把家暴说得如此自然且毫无愧疚感。

我撇撇嘴，默默走开。

～

"媛媛学姐，别忘了今晚的约会，我还特地带来新买的裙子，就等着下班跟妳一起狂欢。"宝儿一遇见我就嚷嚷。

糟糕！昨晚一忙就忘了跟老公提这件事，加上昨天买贵了菜，今晨老公仍是一副冷冰冰的脸孔，我不认为他会大发慈悲让我出门。

"宝儿，我还没跟老公说，我看……算了吧！"

"妳怎能这样？都说好了的。"宝儿急得跺脚，"现在就跟郑医生说，何难之有？"

我根本不想碰钉子，多一事不如少一事，何况屠妖节也不是非去不可。

"不行就是不行，妳找别人吧！"我将洗肠器交给她，"8号病房第五床已经很久没排便了，妳带他到厕所灌肠。"

我走了，还能感觉到背后不友善的眼光刺得我千疮百孔。

我以为宝儿这会儿一定恨死我了，没想到一踏进食堂又听见她热络的呼喊声。

"媛媛学姐，这里，帮妳占好位子了。"她向我招手。

我勉为其难地走过去，她马上问我想吃什么？她去买。

"随便，清淡点儿。"我答。

结果她帮我买来飘着浓浓药材味的肉骨茶套餐和薏米水。

"Guess what?"宝儿闪着狡黠的大眼睛要我猜。

"What?"我咬下排骨肉，根本懒得猜，

"郑医生说我们可以去参观屠妖节灯会，而且他负责接送。"

我吓得拿不稳汤勺，问她这是怎么回事？

原来宝儿在我这里得到No的答案后，决定直捣黄龙，趁着护士长不在，偷溜到耳鼻咽喉科。

"妳没说妳老公是这么和蔼可亲的人，他听完我的陈述后说妳太闭塞了，总是宅在家里，他还巴不得妳出去走走，心情会愉快一些。"

我不怀疑宝儿说的，因为郑之龙就是条变色龙，见人说人话，见鬼说鬼话，对女生还特别和颜悦色，难怪在医院里的评价颇高，想当初我就是这么给骗来的。

"噢！是吗？我希望他不要忘了自己说过的话才好。"我一语双关。

"不会忘的，他还跟我约了4:20在停车场见。"宝儿胸有成竹地答。

第八章/不期而遇

我和宝儿在下午4:15抵达停车场，老公已在那里等候。

"学姐夫，你真准时。"宝儿说。

我看了她一眼，什么时候郑医生变成了"学姐夫"？而且改口改得如此自然，一点儿忸怩也没有。

"当然，有这份荣幸替美女服务怎能迟到？"

亲耳听自己的老公讲风话也是头一遭，不知道的人还以为郑之龙和宝儿才是一对。

"还是开车吧！估计很多人赶着去看灯会，再不走肯定堵在路上。"我面无表情地说。

车子一发动，宝儿便戴起高帽，说她好羡慕我，嫁了个好老公，有大房子住还能坐好车，真是前世修来的福气……

老公呵呵呵地笑，显然很吃这一套，还说原来自己的老婆有这么一位聪明伶俐的学妹，早知道就把她挖来耳鼻咽喉科当助理护士。

"宝儿还只是个护理员。"我冷冷地说。

"考个试不难的，何况她还这么……这么的聪明伶俐。"郑之龙不忘回头对后座的宝儿微笑。

我能想像那个涉世未深的小女孩肯定心中小鹿乱撞，得到一位名医的赏识是多么至高无上的光荣，果然……

"学姐夫你放心，我一定能通过考试，到时为你效犬马之劳。"她说。

这马屁算是拍对了，耳朵再次传来郑之龙呵呵呵的笑声，我赶紧泼冷水："那可不成，住院部缺人手，护士长还说想从别的部门调人手过来，怎么可能放人？再说了，Alisa做得好好的，对郑医生又多所赞扬，妳若过去了，Alisa怎么办？总不能让人回家吃土吧？！"

那两个一厢情愿的人这才沉默下来，大概也察觉到现实没想象中丰满。我转了话题，问老公是不是与我们一起看灯会？

"当然啰！人不是机器，我也需要娱乐。"他答。

然而人算不如天算，五分钟后医院来电要老公回去值急诊班，因为某位医生的因故缺席。

" No, I can't. I'm not available tonight."

尽管老公在电话里再三推辞仍抵不过人事的一声令下。

"抱歉，不能陪两位美女共游，今晚我得工作到午夜，哎！连续值班16个小时也没那个谁了。"

宝儿安慰他几句，不外仁心仁术、救死扶伤、杏林春暖……等，把郑之龙哄得很开心。

"病患的确需要医生，我不入地狱谁入地狱？总得有人牺牲小我完成大我才是。"

这时的老公已化为正义使者，大有"舍我其谁"的气概。

老公在实龙岗路放我们下车，交待几句后，风尘仆仆地赶回医院。

"这就是小印度啊！"宝儿望着一片灯海感叹。

1819年，莱佛士爵士的船只在新加坡靠岸，随行的队伍中有很多印度助手及士兵，他们成了新加坡土地上的第一批印度移民，大多聚居在如今的"小印度"地区，加上后来的移民及繁衍，这里的印度人越来越多，成了新加坡的一道特殊风景线。

"是的，钱包看紧一点儿，小心扒手！"我提醒。

由于这是宝儿的"第一次"，我先带她参观千灯寺院，里面保留了不少佛教古文物，最受瞩目的是一尊高达15米的大佛像，四周围点着无数的灯烛，灯火通明，佛座底下还悬挂着记录佛佗一生事迹的美丽画布。

"真是大开眼界，若不是学姐带我来，我还不知道这寺内别有洞天，连壁画都那么丰富。"

宝儿嘴甜的功夫真令人无法招架，被灌迷汤后的我紧接着又带她参观新加坡最大、最豪华的印度教神庙—维拉玛卡里亚曼兴都庙。它建于1881年，供俸的是拥有力量和勇气的卡里女神，其特殊的彩绘门楼是典型的南印度建筑风格，塔楼上堆砌着许多神祇、圣牛及战士的雕像，色彩鲜艳、栩栩如生。

"媛媛学姐，妳有没有闻到什么味道？"宝儿忽然问我。

不用她说，整个小印度充斥着辣椒、咖喱和香料的味道，想"找不到地"都有困难，基本不需要问路。

宝儿答她不是指这个，而是闻到消毒水的味道了。

我顺着她的眼光望过去，果然看到熟悉的人影，他正对着五彩灯光猛按快门。

"妳的鼻子真灵，趁他还没发现我们，赶紧走！。"

然而宝儿耳聋了，她不理会我，迳自走上前去。

汪致远很讶异会在此处遇见同事，话没说两句，我看见宝儿回过头指着我，大概说的是与我同行。

不是我多疑，汪医生看我的眼神是有那么点儿戒备。

" Guess what? "宝儿把人带过来，邀功似地说明，"今晚急诊室脱逃的医生在此，他就是害学姐夫赶回去补位的罪魁祸首。"

"噢！是吗？为什么？"我问那个一脸通红的人。

"因为……心情不好。"

我等着他解释为什么心情不好，但他闷不吭声。

"哎呀！肚子好饿，能不能找个地方吃饭？"宝儿出手化解尴尬。

那个原本沉默的人此时开口了，他说来时路上经过一个菜市场，里面有很多吃的，问我们要不要试试印度菜？

我对印度菜一直不感冒，来新加坡快三年了还没有勇气尝试，但宝儿不一样，她一脸兴奋地表示很想尝尝正宗的印度菜。为了"合群"，我只好跟着一同走进一家貌似只有印度人会去的餐厅，简陋到连菜单也无，只提供两种套餐—咖喱羊肉饭和咖喱鸡肉饭。

服务员问我们需不需要刀叉？宝儿抢着答不需要，于是生平第一次我尝试用手抓饭吃。

天知道这要怎么吃？我们三人像初学吃饭的小孩，吃得桌上"一片狼藉"，坐在对面的印度大叔看不下去，主动教我们如何吃，原来要用中间的 3 个手指挖饭，再用大拇指压住送入口中。

入乡随俗的结果是饭后即使洗了手，上面的咖喱味依旧不散，恶心死了！

带着一身异味，我们来到拱廊旁的甘贝尔巷，巷里有张灯结彩的店铺出售丰富多彩的印度特色物品，是个人气颇为旺盛的市集。走走停停，经过一家音乐行时，宝儿突然提到受室友所托，今晚她得买几张印度梵乐CD回去交差，然后留我和汪致远在比肩接踵的人流里对望。

"我不知道郑医生今晚值急诊班，我……不是故意的。"

汪致远旧事重提且极力撇清自己的任性行为具针对性，让我很迷惑。

"临时翘班，人事会抓狂，对临危受命的人来说也不公平。"

"我知道，但最近压力太大，如果不开小差，我怕自己会崩溃。"

我听说有刚来的中国医生因英语不好加上水土不服得了抑郁症，但我以为汪医生不会，他可是北大的高材生，而且看着很阳光。

他解释自己的确没那么糟糕，而是太害怕会栽在五官科里过不了关，一时想不开，所以任性而为……

"你的意思是我老公给你小鞋穿？"

他抿抿嘴，点头承认。

这下子我听明白了，郑之龙公报私仇，对"假想敌"加以打压，汪医生受不了才"出走"，没想到回马枪打在老公身上。

"恐怕郑医生现在对我更有意见了，妳能不能帮我解释一下？我真的不知道人事会找他代班。"

想起老公醋劲大，我还是绕道而行为佳。

面对我的不愿介入，汪致远很气馁，一副天要塌下来的模样。

"怎么了？"宝儿买完CD走出店家，一眼就看到那个阴郁的人。

"没什么，"他努力挤出一丝笑容，"我送妳们回家，时候不早了。"

洗完澡再把衬衫全烫好，老公这才推门进来，时间：00:35。

"屠妖节好玩吗？"他问。

"还行。"我接过他的公事包。

郑之龙松开领带，趿上拖鞋，一坐下来就抱怨："今天被中国来的医生摆一道，也不想想需要我评分，竟敢欺负到我头上，哼！"

我倒了杯开水给他，有意无意地说菜鸟还不致于使坏，这中间可能有误会……

"妳怎么知道是只菜鸟？"郑之龙的声音透着冷冷的杀气。

"因……因为你说……说需要评分，所以……"

老公直挺挺地看着我，让人不寒而栗。

"我去帮你放洗澡水。"我赶紧找借口离开。

睡到一半，有人压在我身上。

"晚上妳遇见谁了？"老公问。

"谁？"我丈二和尚摸不着头脑。

"妳晚上一定遇到什么人了，我有预感。"

我顿时吓出一身冷汗，指天发誓只和宝儿在一起，看完灯会就回家，谁也没遇着……

"是吗？"他伸出舌头开始舔我，口水糊了我一身。

"别……我想睡觉。"

"做完再睡。"他呢喃着。

第九章/药商代表

隔天一到医院，我马不停蹄地找人。

"原来妳在这里。"我气喘吁吁地说。

宝儿正在给一位得了胆囊炎的患者喂饭，那老人吃得很慢，每一口都咀嚼半天。

"还能在哪里？想到我的青春都耗在这里，连活下去的勇气都没有了。"她无限感叹。

"那就赶紧自立自强，书读了没？"我问。

她抬起头来，反问："如果我答好久没碰书了，妳会不会杀了我？"

我现在已经没力气杀人，先求自保要紧。

"到楼梯间讲话，我有重要事交待。"我转身先行一步。

"什么事？"一关上楼梯间的消防门，宝儿迫不及待地问。

"如果……如果我老公问起昨晚我们有没有遇见认识的人，请答没有。"

"认识的人？……妳指汪医生？……为什么？我们没做坏事呀！"她睁着无邪的大眼睛问。

我答当然没做坏事，只是……只是郑之龙对汪医生有成见，我若和他见面，不论为了什么，老公都会不开心。

"没想到郑医生这么古板，都是同事，抬头不见低头见，怎么可能不虚应一下？"她做沉思状，"看来我得好好教育他一番……"

"不，不，不，绝对不可以，这会出人命，千万千万别说昨晚我们和汪医生见过面，拜托了，我的好妹妹！"

宝儿听完噗嗤一笑，因为很少看我这么低声下气。

"好啦！又不是世界末日，瞧妳紧张的……"

见宝儿答应，我半吊的心终于能放下。

"记住了，一定不能说，知道不？"离去前我又再次叮咛。

～

今天早上有两床病人动手术，都送入手术室后，我回到护士站，刚喝了一口水，外科护士就跑过来说麻醉医生不见了，要我陪着找人。

"我刚刚还看见他在手术室里准备药品和器械。"我答。

"问题系而家佢唔见啦！"

还好有一阵子迷港剧，简单的广东话还是听得懂的。

"怒，我知咗。"我说。

麻醉医生是保障病人术中安全的天使，没有他，手术只能停摆，无奈之下我只好跟着找人。

我一间一间病房地找去，连厨房间、医护人员的休息床也没放过，可惜依旧没人，等回到护士站，我才听说麻醉医生昏倒在厕所里，被紧急送往抢救室。

"可别又猝死了，几个月前才死了一个。"我听到护士间的闲言碎语。

俗语说"内科出事几天，外科出事几小时，麻醉出事几分钟"，人命关天，医生（尤其麻醉科医生）的工作强度及压力之大可见一斑。

面对突发事件，我没有消沉很久，因为接下来得替6号病房第一床的病人打营养针，他术后无法正常进食……

别说我冷血，在医院待久了，很容易对生死反应麻木，逝者已矣，生者如斯，人只能活在当下。

风风火火地工作一上午，好不容易到了午餐时间却不见宝儿来唤我，心中不免犯嘀咕。

我独自走进食堂买加东叻沙吃，它的汤头以咖哩汁混合椰浆，口味甜、咸、辣兼有，加上新鲜的蛤、虾、鱼饼等，很是开胃。

"Is this seat available?"有人问我能坐下否？

我抬头望着问话的人，一时迷惑该答Yes 或No.

"I guess the answer is yes."说完，那人坐了下来，顺便把手中的果汁放在桌上。

老公曾经不止一次告诫我要远离Dr.Davies，但食堂不是我开的，他不请自来，我啥办法也没有。

彼此沉默了几秒后，还是Dr.Davies先开口，他要我转告老公低调点儿，有人反映他开的药品太贵……

"You can speak to him yourself."我說。

孰料他卻答以爲我會對藥商代表感興趣，看來他多慮了。

我問這是什麼意思？他笑了笑没回答，端起果汁走人。

是这样的，同样一款药，药效其实差不多，医生用A药或B药全凭个人喜好，于是药商便得出动代表与医生保持好的"合作"关系，男医生用上美人计，各种巧笑倩兮；女医生则攻心，各种体贴关怀，私下有没有交易行为不清楚，但郑之龙肯定有，证据是我们的蜜月之旅全程有人买单，逢年过节更是礼物收不完，平常还有免费的加油券及超市礼券，明眼人一瞧就知道是怎么回事。

Dr.Davies 属于医院的保守派，可说是"纪律委员会"的"义工"，难怪被老公列入黑名单。

"他提到'药商代表'到底是什么意思？难道有我不知道的部分？"我心想。

怀着忐忑不安的心回到住院部，护士长提醒我布置交谊厅，下午有中学生到医院义演，剧目是《阿姆雷特》。

我点了点头，往交谊厅的方向走去。

刚把米下锅，老公便来电，他要我马上整理行李，今晚他飞北海道。

"Why？之前没听你提起过。"

"临时被派去札幌医科大学做交流，我也是刚刚才知道。"他答。

这实在太不寻常了，哪有这么赶鸭子上架的？

我想起中午与Dr.Davies的对话，心中隐隐感到不安，遂说自已没去过北海道，今年的休假也还没用完，若跟人事说一声，也许能放行……

"妳赶什么热闹？我这是去工作，不是去玩，难不成妳打算留在酒店里度过三天？"

我还想说什么，被老公抢了先，他答自己正忙着，要我赶紧打包，两个小时后他回家取，然后很没礼貌地挂断。

～

老公拿上行李就出门，话懒得说一句。

五分钟后我也跟着出门，知道他坐的是日本航空，我直捣黄龙。

在check in 柜台前，我终于看到行单影只的郑之龙，顿时放下心来。真是的，竟然怀疑起自己的老公，吃饱了撑着！然而我没有开心很久，因为……

"Honey～"一位长发披肩的摩登女郎拖着行李箱快步走来。

郑之龙给了她一个熊抱，还摸了人家屁股一把，两人像连体婴似地进入安检口。

这是什么状况？我仿佛被雷击中，人彻底懵了。

待我能再度思考，已是好几分钟以后的事，赶忙翻出手机打给老公，铃声响了五、六声后被挂断，再打时对方已关机。

"郑之龙，你怎能这样？我待你还不够好吗？"我欲哭无泪，感觉心已死。

第十章/不醉不归

"Dr.Brown 怀疑我们的VIP病人声带长息肉，打了几次电话到耳鼻咽喉科，接电话的汪医生一会儿说妳老公上厕所；一会儿又说他有事外出，能不能麻烦妳转告一下？"护士长说。

我冷冷地答郑之龙有事到北海道了。

"怎……怎么汪医生不讲实话？"

我回答不知道，但内心想说的是—大概两人狼狈为奸吧！

"真是糟糕！我们的VIP病人不能等，但他又指定要名医动刀。"

"这简单，要嘛等我老公从北海道回来，要嘛转院，两者选其一。"

护士长想了想说也只能这样了，要我去问病人做何选择？

"为什么是我？"我没好气地问。

"难不成是我？"护士长也发飙，"崔媛媛，妳是不是大姨妈来了？别忘记我可是妳的顶头上司。"

把气发在上司身上的确不智，我只能摸摸鼻子走人，谁让我是卑微的下属？

~

这位VIP病人是国际知名的声乐家，最近唱歌有音域变窄、发声受限的现象，伴随呼吸困难及喘鸣。

沟通的结果是他愿意等郑医生回来，但仍希望先做个确诊。

耳鼻咽喉科有三位门诊医生，郑医生去了北海道，Dr.Robinson请事假，惟一的Dr.Thompson则忙得焦头烂额，门诊室外大排长龙。

"看来只能由你出马了，喉镜检查会不会？"我问。

"别忘了我在国内是认证过的主治医生。"汪致远有些恼怒地答。

"那好，我把病人带过来。"

~

汪医生细心地询问病人的生活习惯，譬如抽不抽烟？喝不喝酒？吃不吃辛辣食物？又问最近有无上呼吸道感染？唱歌频率多少？……

病人一一答复后，汪医生开始做喉镜检查，先喷麻药再下管，检查的结果在声门下腔发现单侧的带蒂息肉，还好不大，用喉显微技术即可切除。为了安抚病人的情绪，他还特别强调这种手术的创伤小，疼痛感也少，加上郑医生又是名医，大可放心……

他的说明让病人感到满意，我看见后者交待秘书给汪医生两张音乐会的入场券作为答谢，汪医生迟疑片刻，还是收下。

总是这样，护士只能当配角，病人并不认为也得给辛苦的护士来点儿奖励。

我将不平一把揉碎，带声乐家回VIP病房后，很快投入一天繁复的工作里。

"媛媛学姐～"我正给病人换第二瓶点滴，宝儿探头进来。

"又什么事？"

"今天是我的生日。"

我转头问她是真是假？她答千真万确，她是爱恨分明的天蠍座。

"那么……Happy Birthday to you."

宝儿说光口头祝福不够，还得来点儿实际的，今晚上她家吃饭，再到KTV唱通宵。

我答吃饭可以，唱通宵就免了，老公不喜欢……

"郑医生不是上北海道了吗？妳有什么好顾虑的？"

我停下手中动作问她听谁说的？

"听护士站里的护士说的，好像郑医生走得很匆忙，让耳鼻咽喉科鸡飞狗跳的。"

Shit! 流言的速度还真快，到底还有没有隐私可言？

"郑医生因公出差，两、三天就回来，耳鼻咽喉科还有其他医生在，说鸡飞狗跳太夸张了。"我赶紧澄清。

宝儿答既然老公不在，何不Happy两天？她等了很久才等来这个机会，汪医生应该不会好意思说不……

"等等，妳该不会让我去邀请汪致远参加妳的生日派对吧？！"我问。

宝儿笑得一脸灿烂，说我不愧是她的好姐姐，一眼就瞧出她的心思。

"对不起，时间不对、心情也不对，改天我送妳生日礼物，今晚就不出去了，我想在家静一静。"

老公出轨的伤害还在，我的心乱糟糟的，连上班都心神不宁。

"那……中午一起吃饭总可以吧？！妳买个蛋挞请我吃，算是祝我生日快乐。"

寿星的要求不过份，我点头同意。

中午时分，我随宝儿到食堂吃饭，只是没料到汪医生也在场，而且点了一桌子的菜，包括葡式蛋挞。

"生日快乐！"他对我说。

我一时迷糊，这是什么跟什么？

"媛媛学姐，我跟汪医生说今天是妳……的生日，郑医生刚好不在，一个人过生日多可怜！他马上表示和我们一同庆祝，菜和蛋挞都是他买的，妳看汪医生多有心！"

听完我气炸了，立即用眼神向宝儿抗议，她传来乞求的讯号，我在心里咒骂一句，但……看情形也只能帮她圆谎了。

"小生日，你们也太慎重其事了。"我坐了下来。

一顿普通的午餐成了我的生日宴席，真是莫名其妙得可以。

"郑医生因公出差，是一个人去的吗？"不明就里的宝儿突然哪壶不开提哪壶。

我还没想到怎么回答，汪致远代劳了："当然是一个人，不然还会有谁？呵呵！"

他说得那样急，让我不禁怀疑郑之龙的"偷吃"，他是知情的，搞不好还从中帮忙过，这可不，早上护士长问他郑医生在哪儿，他不也遮遮掩掩的？

想至此，我怒火中烧。

"我老公不是一个人，他和一位长发披肩的……医生一起出差，这个人汪医生也认识。"

"长发披肩的医生？"宝儿皱起眉头，"谁啊？"

"是……是其他医院的医生。"那个一脸窘迫的男人答。

"就说嘛！我们医院的女医生都是短发的，哪来的长发披肩？"宝儿松了口气。

汪致远的回答让我更确信他是知情人。

"来，"我举起果汁，"祝我29岁生日快乐！"

面对那两人的祝福，我突然感觉人生如戏，糊里糊涂成了寿星，也没那个谁了。

吃完中饭，我主动邀请汪医生今晚到宝儿家狂欢。

"你应该尝尝她的好手艺，还有，她的歌喉赛王菲，你也见识见识。"我说。

"妳呢？去吗？"汪医生问。

我答今晚有事不去。

"那……我也不去，手上还有essay要写。"

看到宝儿失望的神情，我再一次被同情俘虏。

"如果我去，你去还是不去？"我问。

汪医生答我若要他去，他就去。

这是啥意思？好像我左右他的决定似的。

"妳煮个饭要多久时间？"我转头问宝儿。

"七点能上桌。"她很快地答。

那够了，我打算利用这短暂的两、三个小时打听出小三的来路，所谓"知己知彼，百战百胜"。

"宝儿，下班后妳回家准备，我和汪医生去选瓶好酒庆生，咱们来个不醉不归！"我说。

第十一章/恋曲1990

宝儿对组屋有意见，认为外型丑，也没游泳池、桑拿、健身房……等公共设施，加上无保安，任何人都可以进入，等于门户洞开，可偏偏她的收入只能租组屋，而且还是老式那一种，不免气结。

"到时你们从中峇鲁路转进来，我住在茂源台。"宝儿说。

"这么巧？"汪医生很惊讶，"我住在忠坡路上。"

原来他们两人都住在中峇鲁市场附近的旧式组屋住宅区內，这下好了，近水楼台先得月。

~

我和汪致远约了下班后在医院大厅见，他脱下白大褂，我则脱了绿色护士服，但彼此身上仍有去除不掉的药水味。

"到哪个超市买酒？"他问。

我答附近就有好酒卖，要他随我来。

我们的医院座落在美丽的Dempsey Hill上，四十多年前这里还是英军驻扎的军营，谁能料到如今成了新加坡的"小清新"，拥有多家酒吧、风味餐厅、咖啡座、精品屋、古董傢俱店、画廊以及艺术展厅等，是文青们和小资派钟爱的休闲场所。

左拐右绕后，我带他来到"Jack's"，店內除了有纯正咖啡及新鲜出炉的糕点外，还能买到高品质的外国食品，比如法国黑松露、地中海海盐、意大利黑醋、印度茶叶、自然健康的蜂蜜和果酱、还有上百种芝士及各国美酒，即便是挑剔的大厨也会感到满意。

"不是买酒吗？"汪医生见我坐下，忍不住问。

"酒当然要买，一分钟的事，咖啡也要喝，我们若太早去宝儿家，等于给她压力，何不坐下来小憩片刻？"

汪致远只得无奈坐下。

我在"劈头直问"及"循序渐进"中游移，等点餐的服务员一走，我决定来软的，希望他大发慈悲，提供一些有利的线索。

"我从国内二线城市来到新加坡当注册护士，初期的水土不服以及'独在异乡为异客'的孤独感只有亲身体验过才会知道，所以当一个男人对我好，哪怕只是杯水车薪也会像荒漠甘泉般滋润早已枯竭的心，我不想失去这份安定，因为除了安定，我一无所有……"我语重心长地说。

"妳的安定若由他人给予，注定一辈子也无法安定。"

"那么……请告诉我是谁破坏了这个表面上的安定，总不能让我死不瞑目吧？！"

面对我的哀求，汪致远看着很纠结，眼睛直盯着远方不言语。

"好歹……好歹我们同文同种，搞不好远古时代还是一家亲，你不帮我，谁能帮我？"说完，我梨花带雨。

"Miss Cui, 妳别……这不是叫我为难吗？"

我因此哭得越发不可收拾，成功引来几道注目的眼光。

"好，好，好，我说，妳别哭了。"他终于投降。

原来那个长发披肩的女郎叫Lucy, 是大众药品的药商代表，经常在医院里走动。汪致远碰过她几次，但由于自己只是小小的MO, 决定不了生杀大权，所以Lucy的眼睛总放在头顶上，对他视若无睹。

也是凑巧，因为没完成郑之龙交待的工作，昨天中午用餐过后，他急忙往门诊室跑，就这么撞见Lucy与我老公坐在诊疗床上嬉戏，衣衫倒是整齐的。

他说了句Sorry后，退了出去。

没多久，Lucy走了出来，指责他是不懂得敲门的内地人，乡巴佬！

汪致远也来气："乡巴佬总比站街女强，郑医生是有家室的人，妻子也在这所医院工作，请低调点儿，省得成了过街老鼠。"

"哼！我偏要高调，看你们能把我怎么了？"Lucy答。

然后的然后，郑医生在下班前向人事告假三天，后面的事我也知道了。

听完，我沉默良久，一旦猜测成了事实，我反倒没那么心浮气躁了。

"也许……也许妳的伤痛还是我造成的，但……请相信那是无心之过。"他说。

"别把罪过揽在身上，会偷腥的猫挡也挡不住。"

"很抱歉在妳生日时发生这样的事，晚几天也好……"

我遂告诉他今天不是我过生日，而是宝儿，她为了能与他有更进一步的接触，撒了个谎。

"为……为什么？"

"大概是少女的矜持吧！待会儿你可别揭穿她。"我提醒。

喝完咖啡，我随便拿了两瓶红葡萄酒，汪致远主动到柜台买单，然后我们叫了部出租车到中峇鲁。

茂源台位于中峇鲁南，那里的老房子俗称"五层楼"，建成一个马蹄形，听说底层是废弃已久的防空壕。

"这是英国人设计的老房子，建得铜墙铁壁、坚硬非常，连根钉子都钉不进去。即使大战期间，炸弹也只是打穿一个小洞，底层拿来做防空壕再合适不过。"汪致远介绍。

我问他是怎么知道的？

"齐天宫的顾问说的，他是中峇鲁的地方领袖，也是本活字典。"他答。

大概为了安稳人心，寺庙在组屋群里很常见，汪医生因此结识顾问也就不足为奇。

走进老式组屋，每层都有一条长长的开放式走廊，两边住着多户人家，安静且干净，只是浓浓的咖喱味有点儿让人倒胃口。

"别告诉我今晚妳煮印度餐。"宝儿一开门，我冲口而出。

"没有的事，隔壁邻居是印度人，连夜里11、12点也煮，让人很受不了。"她答。

宝儿租的是三居室其中一间，房东是新加坡人，有个还在读高中的儿子。我们匆忙打过招呼后躲进房间内，小小的矮几上有个电磁炉，看来今晚吃火锅。

"知道你们爱吃辣，我特地准备了毛肚火锅。"宝儿邀功似地说明。

我能吃小辣，但不是非辣不欢，这个宝儿也知道，显然她把汪医生的口味摆在第一位。

"水滚了，让我先将牛脊髓放入火锅内，很快就能吃，你们快坐下。"宝儿说。

由于心情不好，我喝得多、吃得少，汪致远也是，我喝几杯，他也跟着喝，只有宝儿滴酒未沾。

"不喝酒的人生多乏味呀！"我感叹。

"妳以为我不愿意？但一想到会起酒疹，只得禁口。"她答。

酒足饭饱后，宝儿提议到Party World飙歌，我答不去，她说我不可以如此扫兴，硬是押着我一同出门。

在K歌房里，我才见识到什么是好歌喉。宝儿已经不得了，汪致远的歌声更胜天籁，他们两人不当歌手太可惜了。

"唱首失恋的歌给我听，快！"趁着几分醉意，我对那个男人提要求。

汪致远说为我唱歌可以，但他想唱快歌，因为不想看到有人流泪……

"唱！"我拿起宝特瓶指向他，"不唱我毙了你。"

"唱吧！我想听罗大佑的《恋曲1990》。"宝儿站在我这边。

盛情难却，汪致远喝了一大口水后，像下定某种决心，他拿起麦克风开唱。

……

人生难得再次寻觅相知的伴侣，

生命终究难舍蓝蓝的白云天。

……

. . .

不知为什么，听到这两句我感慨万千，泪水哗哗哗地流。

"媛媛学姐，妳怎么了？"宝儿轻抚我后背，"没这么感动吧？！太夸张了。"

"我来，"姓汪的丢了麦克风向我走来，一把推开宝儿拥我入怀，"没事了，乖，没事。"

他亲了亲我的发，我脑子一热，将嘴凑上去，两人就这么拥吻起来，直到宝儿气急败坏地将我们拉开。

"有完没完？"她咆哮着，"你们是真醉还是借酒装疯？"

"醉了，回家！"汪致远率先起身，但走没几步就一头撞上墙壁，发出好大的声响。

我呵呵呵地笑着，问他撞傻了没？没傻我们一起去酒店开房……

宝儿随即怒甩我一耳光，骂我不要脸！

"我哪里不……不要脸了？不要脸的在……在北海道……"我支支吾吾地答。

未曾想下一秒突然传来宝儿的呼喊声，那声音忽远忽近，忽近忽远，我的视线也越来越模糊，最终成了白茫茫一片，醒来已是隔天一早的事。

第十二章/意外

手机响了好几声，我翻了个身，不理。它却像挥之不去的梦魇，一声接着一声，非常的有毅力，我不得不伸手去接。

"Hello."我闭着眼睛说。

"妳在哪里？Miss Cui."护士长的声音凶巴巴的。

我答在家。

"都早上十点多了还在家？"

我一听吓坏了，睁眼一看更是彻底懵了，这是哪里？

"我……我……马上到！"

挂上手机，我才发现不止护士长打给我，连老公也打给我了，而且不下数十通，我是怎么了？睡死了？

跳下床，我拉开窗帘往外瞧，Party World K歌坊所在的亮阁购物中心近在咫尺，难不成是宝儿送我来的？人呢？

怀着不安的心，我很快梳洗一下，然后到前台退房，意外发现房费已付，看来待会儿得还宝儿钱。

～

即使打出租车，回到医院也近中午，护士长大动肝火，我像个孙子似地拼命赔不是。

"人手已经严重不足，妳和宝儿还玩失踪，到底有没有敬业精神？"

"宝……宝儿不见了？"我吓得合不拢嘴。

"谁说不是？她最好有个好理由，否则我肯定给她一个警告。"护士长气呼呼地走了。

昨晚醉酒以后的事，我怎么也想不起来，亏宝儿有心，送我到酒店住宿，可她人呢？

由于迟到，做完该做的，我晚了一个半钟头才到食堂吃饭，碰巧听到离座的人讲的话屑子，原来汪医生今天也无故缺席了。

难道昨晚那一撞撞得不轻？

我翻出手机分别打给那两人，可惜任凭铃声怎么响都无人接听，这是怎么回事？

"嘟……嘟嘟嘟……"刚挂上手机就有来电，我赶紧接听。

"妳到哪儿去了？我打了无数通电话给妳，还差点儿报警！"

听到老公的抱怨，我几乎要像从前一样缩头缩尾地道歉，还好今天脑子够清楚，没做"割地赔款"的事。

"还活着，有什么事？"我冷冷地答。

"我……"他有些错愕，大概没料到我是这种反应，"就想告诉妳，我在北海道交流得很好，得到不少经验和收获。"

呵呵！交流得很好？得到不少经验和收获？怎么听起来像污言秽语？

"Congratulations. 还有事吗？"我问。

"我明晚回家吃晚餐。"

"知道了。"

挂上电话我赶紧吃面，这么一耽搁，面都糊了。

下午三点多接到宝儿打来的电话，她要我跟人事告假。

"都这个点了才想起来要请假？医院是妳家开的？"我没好气地问。

她答医院不是她家开的，但睡死了有什么办法？昨晚把汪致远送往医院，又马不停蹄伙同KTV的服务人员将我送往就近的酒店，她已经筋疲力竭，更别说观察期一过，还得连夜把那个高大的男人送回家，还好汪致远能走两步，否则再怎么着她也无法背一个150斤的男子上楼……

"妳现在在哪儿？"

"汪致远家。"

"汪致远在哪里？"

"床上，额头肿了个大包。"

虽然很想问她昨晚睡哪里？但还是忍住没问。

"知道了。"我答。

挂上手机，我往人事处走去。

下班后，我上汪致远家探望那两人。宝儿说他们已经饿了一整天，问我能不能顺路上中峇鲁市场带两份外卖？她没力气煮饭了。

中峇鲁市场是一个建于50年代的菜市场，它不像牛车水那样专门接待各国游客，反倒像是当地人会去的地方，楼下卖菜，楼上提供美食，用餐环境非常干净、明亮。

我上二楼转了一圈，买了菜头粿、星洲炒米粉、娘惹粽、马来烤面包、烧鹅及豆花水，肉骨茶虽然看起来不错，但队伍排得太长，果断放弃。

～

别看现在的中峇鲁属于老街区，二战之前，这儿可是新加坡的富人区，普通人是住不起的。瞧！圆阳台、平房顶、螺旋楼梯、随处可见的椰子树……当时属于新式住宅，也吸引了不少文人墨客前往居住，比如作家郁达夫、画家刘海粟等。

汪致远住在中峇鲁路一转进来的忠坡路上，那里有很多"飞机楼"（长长的楼身两翼对称，仿佛一架架即将起飞的飞机，这是英国殖民政府兴建的第一批公共住房）。

我走进其中一架"飞机"內，是宝儿开的门。

"妳终于来了，我已经饿得前胸贴后背！"她接过外卖往厨房走去。

这是个有些阴暗的单元房，窗户很小，只有两张摊开的报纸大，如果改成落地窗，采光会好很多。

"Hi."那个额头上有明显血肿的男人向我打招呼。

"啧啧啧……冷敷了没？"我问。

"嗯！头颅CT也做了，没事。"他答。

我说那就好，医院少了他们两人，一整天都鸡飞狗跳的……

"真的？"汪医生一本正经地问。

"假的，"宝儿端来四盘吃食，"像我们这种小螺丝钉，可有可无。"

汪致远说此话差矣，螺丝钉虽小，缺了可不行，他明天就上班……

"额头肿成那样，还是休息两天吧！"宝儿关心地说。

我也站在她那边，留得青山在，不怕没柴烧，何况郑医生很快就会回来，能缓解耳鼻咽喉科的看诊压力……

"学姐夫什么时候回来？"宝儿问。

"明天晚上。"

"这下好了，小别胜新婚，一切又回归正常了。"宝儿面带喜色。

如果回归正常代表我又得像个小媳妇儿似地窝窝囊囊活着，那我宁愿"不正常"。

"吃吧！再不吃就凉了。"我先下箸，他们二位也跟着吃起来。

吃完饭没多久，汪医生的两位室友就陆续回家，我们也不好多停留，很快起身告辞。

"去哪儿？"宝儿问。

"回家。"

"妳家在哪儿？能不能让我见识见识？我还没参观过新加坡的豪宅呢！"她眼露期待地问。

我答也就那样，没啥稀奇的。

"拜托啦！小姐姐，就看一下下，看完就走，绝不食言。"

如果郑之龙在，我肯定不会带外人回家，偏偏他明天晚上才到，让我失去了最好的借口。

"好吧！看在昨晚的汗马功劳上，我就满足一下妳的好奇心，可别回头又跟别人说嘴去。"

"一定，一定。"宝儿忙不迭点头。

第十三章/离婚挽歌

"哇！好漂亮啊！我若住在这栋房子里，肯定每天笑着醒来。"宝儿站在玄关处睁大眼睛说。

"行了！也就住的前几天会开心，审美也有疲劳的时候。"

宝儿说我是人在福中不知福，如果她有这么一栋大房子，绝对天天开派对，不像我，小气得很！

我想起郑之龙，除了必要的客人外，轻易不肯让人进入他的私人领域，遑论开Party，那是犯大忌。

"妳随便看看哈！我泡壶茶，龙井还是香片？"我问。

宝儿答随便，然后像刘姥姥进大观园似地走开。

～

"媛媛学姐，我越来越羡慕妳了，人生开挂指的就是妳这种人。"

我们喝了多久的茶，宝儿就赞美了多久，连一块瓷砖、一片玻璃，在她看来都美得无懈可击。

"如果我说家里没请女佣，我得将上班以外的大部分时间都耗在维持这个家的干净、整齐上，妳还会羡慕我吗？"我问。

"请个阿姨也就一千多新币，对你们这种家庭来说，不贵的。"

宝儿不知道我家每月的开销得控制在一千新币上下，多了老公会过问。

"呵呵！是不贵，"我打起哈哈，"平常少运动，刚好做做家务活动一下筋骨，妳说是吧？！"

我们又聊了些无关痛痒的八卦，宝儿忽然提到汪医生，说感觉那人不排斥她，她还是有希望的。

"何以见得？"我太好奇了。

"他不介意我用他的电脑上网，而且吃我削好的苹果……"

"这……不是很寻常吗？"

宝儿说我不懂，使用电脑、吃她递上的苹果的确没什么，但汪致远不仅把电脑密码告诉她，还用含情脉脉的眼神看她削苹果，所以她认为未来可期。

含情脉脉的眼神？这不是戏剧里才会有的情节？难不成汪医生也来这一套？他看起来不像会做戏的人呀！

我想起自己索来的吻，也许别人会认为醉酒做的事不算数，但只有自己心里清楚，我是三分醉意，七分清醒，换个尖嘴猴腮让我试试，我肯定掩面而逃，更别说打啵儿了？然而……为什么汪致远不拒绝？

"医院里那么多医生，为啥妳独看中姓汪的？"我问起宝儿这个重要的问题。

她答"非我族类，其心必异"，虽然新加坡的华人居多，好几代以前也来自中国，但毕竟受过不同文化的洗礼，话都讲不到一块儿去，还是选国内来的人为妥，况且汪致远的长相好，带出去特有面子，不像郑……

看宝儿捂住嘴巴，我知道她指的是郑之龙。

"我知道自己的老公长得丑，但我也不是沉鱼落雁之姿，所以彼此彼此。"

"对不起，我不是有意的。"她吐了吐舌头。

"没事，"我起身去拿钱包，翻出几张票子递给她，"这是昨晚的酒店钱，谢谢妳送我上酒店。"

宝儿默默收下，然后说时候不早了，她得赶最后一班公交。

我没挽留她，陪她走到大街上。

即便是丑老公，也不保证安全，外面的莺莺燕燕看的不是皮囊而是钞票，偏偏老公有很多很多的钞票，这是很大的闪光点。

此时的我也感到压力山大，他是逢场做戏还是来真的？我该如何面对归来的老公？是假装不知情还是河东狮吼？

就在心烦意乱中，我将三道菜端上桌，老公进门时，我正面对还冒着热气的晚餐发愣。

"老公回来了，怎么不拿双拖鞋过来？非得我喊？"郑之龙站在玄关处发火，即使拖鞋就在他脚边不远处。

我噢了一声，勉为其难地走过去。

"真不知妳成天都在想些什么？"他一脸轻蔑。

我把到嘴的话压下去，崔媛媛，耐心点儿，还不到摊牌的时候。

郑之龙穿上我递过去的拖鞋后，转身走向洗手间。总是这样，他认为外面脏，进门一定得先洗手。

"就吃这些？"刚坐下他就抱怨，"好歹颜色也均匀些，怎么感觉血淋淋的？"

我猛一瞧，西红柿炒鸡蛋、糖醋鱼、酸辣白菜，三道菜都红火一片，难道潜意识当中我认为今晚会刀光血影？

"Shit."老公将嘴巴里的食物吐出，"不是让妳别在西红柿炒鸡蛋里加糖？"

我加了吗？也许迷迷糊糊当中错把糖当盐了。

郑之龙接着将筷子伸向糖醋鱼，很不确定地戳了戳，再夹一片白菜入口，咀嚼几下后很快下结论："鱼肉底层是生的，只有酸辣白菜还可以吃，妳是怎么了？傻了还是笨了？"

"是傻了、笨了，"我冷冷地答，"自己选的老公在外面偷腥，回来还趾高气昂，我……我受够了！"

"偷腥？神经病！谁偷腥来着？说话得有凭有据！"

好呀！不到黄河心不死，到现在还想耍赖？我遂把尾随他到机场，看见他摸一位长发披肩女人的屁股一事说出。

"So? 这只能证明我有咸猪手，不能证明我出轨，完全两码子事。"他毫无愧色地答。

啥？简直睁眼说瞎话，我气不打一处来，反问他若我和别的男人亲嘴，是否只能证明我作风海派，不能证明我浪荡？

"妳跟男人亲嘴了？"他虎着眼。

我想起与汪致远的激吻，一分神，没及时否认。

"果然亲了，妳这个不要脸的烂货！"

他伸手想打我，被我躲掉，让他更加愤怒，扑上来就是一顿好打。如果我没反抗，情况也许会好些，偏偏我反击了，所以被揍得更惨，而且连脸也遭殃，因为跌倒时撞上桌角，额头起了个大包，还因大声呼救又死不上楼，嘴巴被老公强行塞入抹布，拉扯中，嘴角裂开一个口子……

"说！跟妳亲嘴的是哪个不要命的？"

此时的我头发凌乱、伤痕累累，即使抹布被拿开，我也没力气喊叫。

"没有，没有人和我亲嘴。"我气若如丝地答。

"崔媛媛，妳肚子里有几条蛔虫我会不知道？妳肯定亲了，还是承认吧！坦白从宽、抗拒从严。"

我问他要不要也坦白从宽、抗拒从严？人事说他请的是事假，压根儿不是出公差，这作何解释？

他答生意上的事，说了我也不懂，要不是怕我误会，他也不会撒谎，又说男人在外工作多辛苦，女人在家就得多体谅，哪有趁老公不在和别的男人勾勾搭搭的？这在古代会被行木马刑，即在木马背上竖起一根大拇指粗的尖木桩，直刺女犯的下身，随着木马的前行，那根尖木桩也一伸一缩，让女犯鲜血直流、痛不欲生……

我知道自己的老公是传统的大男人，但没想到他的脑子还停留在那么久远以前，简直是食古不化。

"郑之龙，我受够了这一切，不管是木马刑还是五马分尸，I don't care. 只求你放过我，我们……我们还是离婚吧！"

这是我第一次提"离婚"，老公闷不吭声地直视我，那样子像是要把我活剥生吞。

我低下头去，躲开他眼里射出的箭。

"告诉我，那个要妳离婚的男人是谁？"

我还能听见从他牙缝里发出的声音，嘶嘶嘶的，像蛇在吐信。

"没有这样一个人，而是我真的受够了，再也不想过非人的生活。"

"妳要想清楚，离婚的女人难再嫁，也别想从我这里捞到一分好处，更别想要绿卡，因为我会尽一切办法将妳轰出新加坡，等着瞧！"

提到绿卡，这也是我耿耿于怀的地方。郑之龙曾信誓旦旦地说婚后会帮我申请护照，拿着新加坡护照，到哪儿，哪儿方便，然而一个月过去了、两个月过去了、半年过去了……我拿的还是工作签证。

"我总得观察观察妳，很多女人为了一本新加坡护照假结婚，我得确保自已不是那块跳板。"他是这么解释的。

如今他又以办绿卡为谈判筹码，威胁离婚就不给办，是可忍孰不可忍？

"不论护照还是绿卡，我通通不要，即使遣返回中国也无所谓，只求你在离婚协议书上签字，我可以净身出户。"

没想到我毫无原则的退让反倒让郑之龙更加确认我做了对不起他的事，否则懦弱的我不会如此决绝……

"没有……没有这么一个男人……是你……是你想出来的，拜托别打我，别打……我疼……"我边后退边苦苦哀求。

疼痛每几分钟就找上我，这次的下手力道比前几次都来的凶猛有力，我以为自己会因此挂了。

也许因为提到离婚的缘故，家暴过后郑之龙没像往常一样帮我上药、向我道歉，而是任凭我躺在客厅的冰凉地砖上度过一夜，完全不加理会。

"早餐呢？"老公边扣钮扣边下楼来。

"马上。"我猛的站起身，马上感到一阵昏眩，赶紧扶住墙壁。

"别装了，"他对着玄关的穿衣镜边打领带边说，"我们的事还没完，除非妳道歉并且告诉我那人是谁，否则天天有妳罪受。”

我忍住泪水、咬紧牙关，然后像只战败的鸡，有气无力
地走向厨房……

第十四章/扬长而去

老公要我在家休息，不是因为心疼我，而是因为脸上带伤，怕引起不必要的关注。

我默默吃粥，不发一语，等郑之龙前脚一走，我后脚也跟着出门。我的想法很简单，他怕什么，我来什么，偏要让他脸上无光。

~

" Miss Cui, what happened?"

运气好，一踏进医院就碰见院长，他可是神龙见首不见尾，一年难得见上几次面。

" My husband beat me last night."我答老公昨晚打我了。

他怔了一下，问我是不是开玩笑？

我没回答，说了声："Excuse me."后快步走人。

第二个开口问的是护士长，我依旧回答同样的答案，她的反应和院长同出一辙，我这才发现郑之龙的表面功夫做得很到位，至少周边的同事都不认为他会打老婆。

"媛媛学姐，"宝儿向我飞奔而来，"我听说了，妳……怎么摔的跤？"

原来大家都认为我是摔跤受的伤，压根儿不是被家暴。

"半夜起来上厕所，没开灯，摔了一跤。"为了"顺应民意"，我撒了个谎。

"就说嘛！怎么可能是学姐夫下的手，他是那么好的一个人。"

原来郑之龙如此强大，背后有那么多人支持，想跟他斗无异以卵击石。

"妳手上是什么东西？"我问宝儿。

"九号病房第二床今天早上咯血了，Dr.Jones要我把片子拿给呼吸内科的石医生看。"

呼吸内科和耳鼻咽喉科相距不到五十米。

"交给我吧！我正好要上内科转转。"我说。

把片子交给石医生后，我在内科晃荡，果不其然，收到好几双好奇的眼神，但我假装没看见。

"呦！这不是郑夫人？"内科冯主任向我走来。

他的眼光很快落在我脸上，我以为他会说出什么惊心动魄的话，但……没有。

"来找郑医生？"他很随意地问起。

我答不是，而是来揭示伤口，我……昨晚被老公打了。

"呵呵！"他笑了，"very funny. 我不知道郑医生的老婆如此幽默。"

整个内科归冯主任管，他与郑之龙又有着千丝万缕般的关系，是利益共同体，我断不可能从他这里得到任何同情与安慰。

"Excuse me."他很快与我道别，那样子像是甩掉一个大包袱。

我继续在内科闲荡，直到……

"Miss Cui, 妳怎么在这里？"

我转过头去，是汪医生，他的手里拿着一个银托盘，上面有针管和药剂。

"我……"

"妳的脸怎么了？"他关心地问。

我答跌了个跤。

"是不是……他？"显然汪致远并不买单。

"不是，"我看着他，那是一双清澈无邪的眼睛，"是，我经常被家暴。"

"打女人的男人很不可原谅，我就从来不打女人。"

不知为什么，听完这席话让我感触良深，怎么我就没那么好的运气遇上这么好的男人？

"别哭，"他看了一眼四周，"这里是医院，如果……我会尽绵薄之力。记住，别打草惊蛇，妳有我的电话。"

我们对目相望，尽在不言中。

"知道了，你快走吧！"我还是放走他。

这是在孤苦无援之际，第一次接收到来自血亲以外的温暖，总算有人相信我，也总算有人愿意作我的后盾，虽然我不知道他能帮我到什么程度。

～

汪医生说别打草惊蛇，于是我回住院部，让"任性妄为"戛然而止，然而不到午餐时间，老公还是上护士站找人。

"媛媛，我不是让妳在家好好休息吗？跌伤了还坚持上班，哎！妳就是这么敬业，叫我如何说妳好？"他过来牵我的手，"走！我带妳回家。"

他那一副"好丈夫"的嘴脸真让人恶心，但护士站里的护士却纷纷传来倾羡的眼神，大概没过多久，郑医生"疼老婆"的事迹会传遍整个医院。

我甩开他的手说自己不回去，这里正忙着。

"回去吧！老公都亲自过来带妳，这样的好男人，妳打灯笼都找不到。"说话的是Miss Qiu, 来自福建，五十岁上下。

众所周知，闽南女人的地位普遍低下，那里的男人又多是"甩手掌柜"，所以一旦遇到懂得疼惜女人的男人，无不动容。

"媛媛，还是别添乱，快走吧！嗯？"老公对我微笑，让我想起加菲猫。

就在众人的催促声中，我不负所望地答："好，让我把制服换下。"

人总得识时务，我不想被唾沫星子淹死，遂走向更衣室。

～

"妳不嫌丢脸吗？顶着个大花脸上班，还说是被我打的。"一回到家，老公就大发雷霆。

我问他是打人的丢脸还是被打的丢脸？

他恼羞成怒地说就算我昭告天下也没人会信，他可是医院里的表率，王牌中的王牌。

"越是菁英就越可恨，也许大部分的人都会被你的演技所蒙骗，但我相信这世上总有心如明镜的人存在。"

"呵呵！忘了妳还有个相好的。"

我答这是"欲加之罪何患无辞"，怎么不谈谈他的"北海道之旅"？

"不跟妳说了，我赶着上班。"他走没两步回过身来，"好好待在家里打扫卫生，哪儿也别想去，我替妳请假三天。"

"三天？我才不想在家待那么久！"我喊着。

老公不理会我，将门用力甩上。

我站在工具梯上擦拭挑高的窗户，一个不小心踩空跌了下去，感觉鼻子一阵剧痛，有热热的液体流了出来，用手一抹，原来流鼻血了，我赶紧头向前倾并用手指捏紧鼻翼根部静待血止。看着滴在白色地砖上的血花，心里无来由地感到悲哀，人都被欺负成这个样子，我还在打扫这栋"冰冷、无爱"的家，图的是什么？

等哭完，泪流尽，鼻血也止住了。

我冷静地上楼打包行李，这个家再也待不下去了。

要出走首先得有钱，我的手上有一张银行卡及信用卡的副卡，前者的余额不多，主要用来支付水、电、煤气、物业管理费……等，后者则依附在老公的主卡之下，每月的限额在2000新币。

"还好每亲英明，将我的薪水全留下，否则现在连出走的本钱也没有。"我心想。

当初为了躲过郑之龙的耳目曾将这笔钱办了自动转汇，钱一到账就汇往中国，为此老公不止一次地冷嘲热讽，他说光汇费就去掉收入的5%，真不知我父母是怎么想的，看过贪心的人，还没看过这么贪的……

其实汇费问题我早留意到，做戏三个月后，看郑之龙已不再纠结此事，我忙不迭上银行中止自动汇款至中国的服务，另外又开了户头，所以老公一直不知道我还有个小金库。

我将手伸进许久不穿的牛仔裤口袋内，摸出一张银色银行卡，里面应该还有两万多新币，够我支撑一阵子。

郑之龙的东西我一样也没带走，只有无名指上的两克拉钻戒让我踌躇了一会儿，脱了戴，戴了又脱，最后还是戴上。虽然那是个耻辱，让我签下了卖身契，但终究是属于我的，哪天……我可以卖了变现。

等收拾妥当后，我回头一望这栋让我的生命耗损十个月的笼子，忽然感觉一阵轻松。

"永别了！"我说。

拿上行李，我义无反顾地离去……

第十五章/朋友

我在牛车水附近租了个床位，在异国总不由自主地想和自己的祖国靠近些。

牛车水指的是"唐人街"，早年该地没有自来水，为了清扫尘土飞扬的街道，每天不得不用牛车运水来冲洗，故得其名。这里是新加坡华人聚集最多的地方，不仅拥有来自中国各地的小商品及美食，还包括现代购物中心。

" Good afternoon，Miss."我一进旅舍，前台小哥很热情地和我打招呼。

我回礼并报上名来，他说我订的是四人房，有两人已入住，洗手间和浴室共用，房间内有带锁的保险柜，附早餐，餐室在三楼……

入住背包客旅舍实属无奈，由于不知这场战役将持续多久，一分钱不得不掰成两分用，如果再延长久一点儿，恐怕得另租房子住了。

我的房间在二楼，没有电梯，还好行李不重，一个人扛没问题。

床是上下铺，每个床头都有充电插座和灯，挺干净的。与两位室友打过招呼后，我把行李箱塞进床底下，然后爬到上铺。

窗户很小，旁边就是清真寺，还能看见穿白袍的阿拉伯人及卖烤饼的小贩。我就这么望着窗外发呆，直到夕阳西下，然后夜幕降临……

"嘟……嘟嘟……"果然是郑之龙的来电，大概回家后发现我不见了。

我将手机调成静音，这种感觉很奇妙，好像老公在不远处咒骂我，而我却一句也听不见。

约莫半小时后，那人才放弃call我，改发短信，但我没兴趣打开来看。

既然警报解除，我恢复手机铃声，没想到随即传来熟悉的嘟嘟声，不会吧？这么有毅力？

还好挂断前我瞄了一眼来电显示，否则汪致远就要被我撇在一旁了。

"妳还好吧？"他问。

"很好，我……离家出走了。"

他在电话那头停顿一会儿后，说："那么出来吃个饭吧！"

我答行，让他来牛车水找我。

～

夜市的牛车水灯火辉煌、车水马龙，像是中国的庙会，吸引着全世界纷至沓来的游客。

我和汪致远约在牛车水大厦见面，就在地铁站出来不远处，一楼主要卖生活用品，二楼是大排档，有好吃的肉骨茶、港式点心和鱼豆腐等。

由于我住的旅舍离约定的地点很近，我特意晚了十分钟出门，没想到汪医生的动作这么快，他已经站在那里等候。

"Hi."我努力挤出一张笑脸。

他的目光停留在我脸上一小会儿，问郑医生是否"又"打我了？

"没有。"

"那妳的鼻子……"

噢！原来说的是这个。

"做家务时从工作梯上摔了下来。"我解释。

"算是工伤啰！"

本来想否认，但再一想，自从嫁给郑之龙以后，我在家一直做着女佣的工作，说是"工伤"也不为过。

"的确是工伤啊！可恨的是连保险费也拿不到。"面对苦难，我也只能自嘲兼故作潇洒，"想吃什么？我请客。"

他答怎能让女人破费？为了庆祝我重获自由身，他请我吃米其林餐厅。

那得多贵？

一路上我再三推辞，等靠近斯密斯街口时，我终于放下心来。

"怎么知道我爱吃他家的油鸡？"我问。

"因为我接收到妳的心电感应。"他答。

"了凡油鸡饭"是全球最便宜的米其林一星餐厅，5-7新币有一份，不仅鸡肉香嫩，鸡皮还特别弹Q，把鸡汁淋在米饭上，连盘子都能舔得干干净净。油鸡面也特别，用的是碱水面，非常有劲道。

拿号时，服务员告诉我们适逢饭点，得等一个钟头以上……

"等不等？"汪致远转头问我。

"等，我现在什么都没有，除了时间。"

为了这句"话中话"，他特意看了我一眼。

由于需要久候，汪致远提议到外面走走，经过路边冷饮摊时，他体贴地买了两杯喝的。

"妳要哪个？"他问。

我要了美禄恐龙，是用美禄调制的冰饮，为什么叫"恐龙"呢？因为表面还撒上一层巧克力粉，看起来很像恐龙的背脊，因而得名。我拿走"恐龙"，汪致远便只能喝"哥斯拉"，那是在美禄恐龙的基础上加上一球奶油冰淇淋。

"我喜欢喝美禄，小时候母亲经常泡给我喝，她说这是含麦芽的饮品，有多种矿物质和维生素，能让我既聪明又健康。"

我说他的确聪明，否则怎么考得上医学院？身体看着也健康，他父母一定引以为傲。

"母亲应该会，父亲......我不知道他是怎么想的？也许恨我吧！因为是我将他送进牢房里。"

话题一下子沉重起来，我问他是怎么回事？

"家暴，"他像说别人似地说自己，"我父亲爱喝酒，酒后便动粗，母亲和我没少挨打过。惨剧发生在一个刮风下雨的夜晚，母亲为了保护我，拿起菜刀和父亲拼命，慌乱之中，父亲夺刀砍死了母亲，我成了惟一的见证人。"

原来阳光青年也有晦暗的过去，而他对我的"义举"如今看来也其来有自，我的心因此与他靠近许多。

"I am sorry."我深表同情。

"没事，都过去了。我当然心疼母亲，但如果不是因为这件事，我也遇不上自己的养父母，他们无私地接纳我，还负担高昂的学费，我希望有朝一日能涌泉相报。"

我感慨地说他总算是守得云开见月明，而我还不知猴年马月才能真正脱离苦海……

"我认为首先妳得去报案留个记录，同时开具验伤报告，这样打起官司对妳才有利。"

想到既要报案又要验伤，我犹豫了。都说家丑不可外扬，一旦撕破脸，肯定两败俱伤，我看……还是先协商再说吧！

他答随我，如果我等得起的话。

"什么意思？"我问。

"根据新加坡的法律，结婚三年內不得提离婚，除非一方有重大过失，譬如家暴、刑事犯罪……等。"

"怎么办？我的婚姻还不满一年，若要再等两年，我恐怕会没命！"

"所以妳得尽快下决定，"他低头看了一眼腕表，"快轮到我们了，也许吃完饭妳的思路会清晰一些。"

我点点头，我们往相反的方向走去。

第十六章/模范夫妻

汪致远建议我去警局报案留记录，同时开具验伤报告，这样打起官司对我才有利。想到要在陌生人面前一遍又一遍地叙述被老公欺凌的过程，甚至掀开伤口让人拍照……不，不行，太丢脸了，别人会怎么看我？如果郑之龙被激怒，反泼我一身脏水，我要怎么办？难道让双方互撕直到玉石俱焚？

我摇摇头，对这步棋投下反对票。

就在混乱的思绪中，我迷迷糊糊走进梦乡，直到隔天一早被宝儿的来电叫醒。

"媛媛学姐，好点儿了没？听说妳大后天才上班，怎么办？我已经开始想妳了。"

听到自己被人需要着，我鼻头一酸，要她多保重，把份内的事做了，同时努力提升自己，将来找个好人嫁了，不像我……

宝儿在手机那端咯咯咯地笑，要我别开玩笑了，她一生最大的愿望就是找一个像学姐夫一样多金又有学识的人嫁了，当然，如果颜质再好一点儿就满分了。

"不说了，放妳去工作，省得妳被护士长骂。"

话不投机，我想早点儿收线，但宝儿不依，她说我真沉得住气，自己的老公获奖了还能处变不惊，她要是我，早……

"获奖？获什么奖？"我问。

"媛媛学姐别装了，再装就不像了。我不管，这次妳一定得请客，我想吃André的法式大餐……"

挂上电话，我还能感觉耳朵嗡嗡作响。

得知老公获奖的消息，虽然有些惊讶，但不感意外。郑之龙一向自我期许很高，打从认识至今，他没有一天不看书，有时甚至会为了一件棘手的病症，不辞辛苦地与其他医生讨论及翻阅国际医学杂志，就想从中找出相同或类似的病例好借鉴。这样战战兢兢、如履薄冰的敬业精神的确值得表扬，即使我对他的人品并不苟同。

旅舍的早餐不外面包、果酱、麦片、咖啡、牛奶等，自然和五星级酒店的没法儿比，但管吃饱。

我边吃边看早报，报上说中国现在有无人超市及ATM机扫脸取款服务，我忽然觉得自己已被时代巨轮辗压，这还是我认识的祖国吗？才出国几年自己竟成了乡巴佬。

同桌的两个年轻洋人看我看得入迷，问我报上可有什么新消息？我将报纸递过去，告诉他们中国有多现代化，蓝眼珠一脸惊讶，反问我中国有电吗？

我忍俊不禁，告诉他们中国没水没电，到现在女人还裹小脚……

然后黑皮肤弯腰看了我桌面下的双足后，说还好我不是中国人。

" Sorry, I am Chinese."我骄傲地答我是中国人，然后起身将自己用过的杯盘拿到厨房清洗。

~

用过早餐，本想宅在旅舍一整天，但吸尘器的声音实在太吵杂，我决定出外走走。当走到哈芝巷时，我不由自主地停下脚步，这是一条曾经遍布战前房屋的空荡街道，如今大批本土设计师和创业者前仆后继而来，使这条旧巷重获新生，成了特色小店区。

我之所以伫足不前不是因为被玻璃窗后的精品时装或前卫设计所吸引，而是有对新人在拍照，新娘子穿着白纱和新郎倚靠在五彩缤纷的艺术涂鸦墙面上，有种另类的美感。

没有对比就没有伤害，我想到家里那张挂在主卧室床头上的36寸婚纱照，背景是假山假水，我和郑之龙都笑得僵硬，再也没比那张更假、更廉价的了。

" 婚纱照不重要，有就好，还是过日子要紧。"这是老公的解释。

事实证明仪式感在婚姻当中不可或缺，女人如果连这么重要的时刻都能马虎带过，还有什么值得珍惜？

这可不？ 一步错，步步错，老公觉得我好打发，连生日礼物挑的都是地摊货！

为了避免触景伤情，我选择绕路而行，不想再看别人晒幸福。

~

汪致远打电话来时，我正在逛东南亚最大的书店—纪伊国书屋,就在乌节路的义安购物城内，不单外文书十分齐全，连中文书籍也自成一区，而且版本都很新。

"找妳吃晚饭。"他说。

我答好，就吃路边摊。

新加坡的"路边摊"是个地名，在克拉码头摩天轮下方，现已改名"新加坡美食汇"，与大食代、美食广场极为类似。

"那里很一般，为什么想到那里吃？"他问。

"因为想坐摩天轮。"我答。

吃完口味不过不失的海鲜炒面、煎蚝和虾饼后，我如愿坐上摩天轮。

新加坡的摩天轮高165米相当于42层楼高，比英国伦敦的"千禧眼"还要高出30米。 坐在摩天轮里可把新加坡风光明媚的滨海湾、高耸的摩天大楼以及马来西亚、印度尼西亚的部份岛屿都尽收眼底，尤其当华灯初上时，五光十色更显魅力。

"郑医生获得新加坡的杏林医学奖，主要表彰他在医学教育及医药卫生事业上所做的贡献。消息一传来，整个REQ无不振奋，一整天恭贺的电话响个不停，电视台及电台也争相采访。"汪致远说。

"他肯定笑得合不拢嘴。"我望着远处的流光溢彩答。

汪医生说人前的确如此，但喧哗过后，郑医生反倒眉头紧锁，看来我的出走带给他很大的压力。

"他有什么好损失的？我走了还会有下一个郑夫人，这世界多的是不明所以的无脑女人，像我一样。"

"别自我贬低，人生这么长，总会遇到几个人渣，跌倒了再爬起来，没什么大不了的。"

我收回被窗外夜色吸引的目光，重新打在他那双清透无暇的眼眸上。

"谢谢！没有你的鼓励，我恐怕会就此沉沦，走上绝路也不无可能。"

"No,妳太小看女人的潜力，没有我，妳一样能自愈，而且风雨过后会更强大。"

"谢谢！"我忍住即将夺眶而出的泪水，"谢谢你……谢谢……"

一整天没接到郑之龙的电话，我隐隐感到不安。

打开手机，昨天他发来十几条短信，今天却只有一条。抵不过好奇心的驱使，我点开阅读。

和我猜测的一样，昨天的留言基本是辱骂、威胁加诅咒，一条比一条凶狠，一条比一条歹毒，还说我若午夜之前没回家，不管天涯海角，他一定会逮到我，让我成为"人彘"。

彘即猪，人彘是指把人变成猪的一种酷刑（吕后发明的，拿来对付受汉高祖宠爱的戚夫人），手法极为残忍，把人的四肢剁掉，使其不良于行；挖出眼睛，使其失明；用铜注入耳朵，使其失聪；割去舌头，使其不能言语，最后扔到厕所里任其痛苦死去……

郑之龙想让我成为人彘，可见恨我至深，我不禁心底发毛。

然而今天发来的短信却又让我迷惑，内容极短，只有十几个字：获奖，无人分享；心伤，盼妻回；爱妳，全心全意。

如果昨天的他是杀人不眨眼的魔王，今天的他便是深情款款的罗密欧，我到底该相信哪个？

我陷入痛苦的深渊里……

又是个阳光普照的好天气，吃完早餐，我被前台的印度妹

唤住，她问我是否住到今天？我答不是，也许多住一个礼拜。

于是她要我赶紧把床位给定了，看样子很快会客满。

我很爽快地付给她一张橘色票子。

"嘟……嘟嘟……"是护士长的来电，我接听了。

"什么时候回来上班？"她问。

我答后天一早。

"十二月妳排晚班忘了吗？我知道妳请了三天假，但因排班的关系，明天下午四点得上班，除非妳想再多请一天假。"

无端少了半天假，我毫无怨言，因为才休息两天我就闲得慌，想赶紧投入工作之中。

"好，明天下午到。"我答。

"真奇怪，今天一早我让郑医生转告妳，他突然发火说没义务当传声筒，怎么，两夫妻吵架了？"护士长接着问。

"呃……他要我多休息，我不肯，所以……"

那个单纯的女人听了一点儿也没怀疑，反而说应该颁发"模范夫妻"的奖牌给我们，这狗粮洒得真是"人神共愤"呀！

她大笑两声后挂机，而我还在想着到底是活在谎言里还是面对现实比较幸福？

我……没有答案。

第十七章/地狱使者

虽然付了旅舍一周的床位费，但心中一直筹划着租一间完全属于自己的小天地，于是上华新网、狮城论坛以及其他搜房平台查找房源，赫然发现600新币的月租已成神话，除非我想住在印度人聚集的区域或红灯区。

新加坡的房屋分为组屋、公寓、排屋或别墅，房间的种类则有主卧、普通房以及佣人房。我不介意与人共用卫浴和厨房，只要位置离REQ不远，周边配套设施完善，月租控制在1000新币以下即可。

考虑再三，若想在短时间内租到合适的房，还得找中介，虽然因此多出半个月的房费。

约的中介是一个胖胖的中年大叔叫Jerry，长得有点儿像香港演员郑则仕，走路很慢，爬楼梯还会气喘如牛。

看的第一个，房子刚装修好，有两间空房，一间已出租出去。房东要求只能轻煮（水煮），衣服晾晒在房间内，水电及网费平均分担，月租金800新币。

我有些心动，但仍说要考虑一下，没想到刚走出巷口Jerry就收到消息—房间出租出去了。

"房东大概不喜欢我吧！"我很气馁。

"不是的，新加坡的租赁市场就是这样，条件好点儿的，很快就会出租出去，所谓'手慢无'，妳若看对眼就得赶紧下决定才成。"他答。

第二个是个有些年份的组屋，虽然是带卫浴的主卧出租，但屋况没第一个好，还要价1000新币，果断放弃。

第三个是个公寓，有漂亮的小区和游泳池，房间很大、很亮敞，还有个不小的阳台，报价1200新币。我让Jerry还价1100新币，没想到房东在电话中不降反升，现在的月租金是1400新币。

我很反感临时加价的房东，一开始心里就有疙瘩，以后要如何相处？即使后来房东来电维持1200新币的月租金，我也兴趣缺缺。

"这样吧！我回去再帮妳找找，明天能看房吗？"Jerry问。

我答下午三点前可以。

刚和中介在巴士站分手就接到宝儿的来电，她问我在哪里？我答正要上新捷运巴士。

"那正好，妳在武吉巴梳路站下，我们在那里碰面。"

我问为什么？她答因为André在那里。

"宝儿，现在不是吃大餐的时候，何况……"

"何况学姐夫已经同意让妳请客了。"她将话截去。

啥？这是什么状况？

原来宝儿今天独自上食堂吃饭，没料到郑之龙也在，两人便一起用午餐。

"学姐夫真是个大好人，给我叫了大碗叻沙和冬阴功汤，连饭后的酸奶冰淇淋也是他买的。"她说。

老公很抠，但凡请客肯定有目的，我问宝儿吃饭时他们都谈了些什么？

"都是些生活琐事，鸡毛蒜皮的……噢！他问起前阵子他出差到北海道，我有没有约妳出去玩？"

"妳……妳都说了什么？"我感觉自己正在高空上走钢索。

"说……哎呀！手机快没电了，媛媛学姐，记住了，我们在餐厅见，不见不……"话没说完，宝儿的手机便罢工了。

我跳上巴士，匆忙往武吉巴梳路前进。

ANDRÉ被评为米其林二星餐厅，开在一间十九世纪的老式住宅内，室内设计走简约风格，很有几分文艺气息。主厨来自台湾，他用"独特、质感、记忆、纯净、风土、盐、南方和手艺"等"八角哲学"来呈现美食。

早听过有关这家餐厅的传说，但一直没机会吃（更确切地说是没预算吃），如今为了和宝儿见上一面，我不得不硬着头皮进入。

"放心，咱们不点酒，贵不到哪儿去。"宝儿压低声音说。

饶是这样，晚餐人均也要350新币起，两人便要700新币，我的一个月薪水已去掉1/5。

正餐开始前，先呈上的是几款咸味小食，趁宝儿正在大啖野生杂菌塔，我问她有没有跟郑之龙提起汪医生的事？

"汪医生能有什么事？"她反问我。

"就……就是我们三人上KTV唱歌的事。"

"噢～那件，说了啊！唱歌是很正常的社交活动。"

我哆嗦着继续追问："除了唱歌，妳没讲别的吧？！"

"别的？接吻吗？那个肯定不能主动讲，我没那么笨！"

听宝儿这么一答，我大大松了一口气。

"可是……学姐夫说他有第六感—妳在那段时间出轨了，这让他痛苦不堪，每天像生活在水深火热当中。于是我告诉他，那些全是空穴来风，没有的事，即使学姐和汪医生接吻了，也是在醉酒的状态下，我敢作证，除了接吻，你们两人当天什么事都没发生。"

听完，我煞白了脸。

"媛媛学姐，妳还好吧？！"她问。

"不好，很不好,妳该不会连在屠妖节上遇见汪医生一事也说了吧？！"

"那个……说溜嘴了，下次……下次肯定记住。"她双手合十作求饶状。

完了，全毁了。

见我一副生无可恋的样子，宝儿说她不明白我为什么要如此戒慎惶恐，学姐夫听了都没我的反应大，还说早猜到是汪医生，就差一层窗户纸了……

"妳听不出这是暴风雨前的宁静吗？"我捂住脸，欲哭无泪，"我该怎么办？妳教教我。"

"媛……媛学姐……"宝儿唤我，声音是飘着的。

我放下手来，赫然发现一个人就立在桌旁。

"太好了，才上到前菜，不介意我加入吧？！"我的老公说。

临时多加一个人，服务员问是否多来一份套餐？郑之龙就敢厚着脸皮拒绝，理由是他的老婆胃口小，他吃我的即可。

事实证明的确如此，面对佳肴我完全没胃口，即使餐后甜点是我爱吃的抹茶冰淇淋，我也味同嚼蜡。

宝儿曾对我投来关心的眼神，但都被郑之龙截了去，他关心地问她家里有什么人？现在住哪里？来新加坡适应不？对未来有什么计划？……

宝儿是人来熟，何况对郑医生并不陌生，一来二去，话匣子打开便止不住，两人相谈甚欢。

"我……我上个厕所。"我把膝上的餐巾置于桌面。

"我陪妳去。"老公说。

"那是女厕。"

"没关系，我进男厕。"

实际上郑之龙就待在女厕外守候，若不是厕所内的窗户小，我肯定爬窗脱逃。

"告诉妳，"他附在我耳边低语，"休想逃出我的手掌心。"

郑之龙把车停在茂源台，我还能看见下车后的宝儿笑得一脸灿烂，她挥手与我们道别。

车子重新上路后，老公问："要不要弯到汪医生家把妳的随身用品拿走？"

我答我不住汪致远家，他怎么可以有这么肮脏的想法？

"呵呵！肮脏？妳也知道肮脏？想到妳这张嘴亲过那个奶油小生，我恶心到想吐！"

我受不了他的冷嘲热讽，要求他停车，然而他非但没有放缓车速反而脚踩油门。我一急，用手去扳车门，他没有犹豫，立马猛击我的头部。

"臭婊子！还轮得到妳撒野？"他骂道，然后拉上车门且上锁。

我被揍得眼冒金星。

"停……停车，我……我不舒服。"我捂住口，因为酸水直往外冒。

"忍住，待会儿我帮妳治一治。"他一语双关。

第十八章/隐去的曙光

一回到家，老公便强押我上楼，在固若金汤的主卧室里，任凭我怎么哀嚎也无人听见。

"不守妇道、做淫乱之事、毁坏我的清誉、最后还好意思离家出走，简直天理难容……"老公开始控诉我的罪状，而我已被五花大绑在椅子上。

"我知道我不是个好老婆，是我配不上你行不？让我们好聚好散吧！"

随即甩来的耳光，连疼痛的滋味都那么熟悉。

"妳以为全身而退那么简单？再怎么着也得折磨折磨妳以泄心头恨。"郑之龙愤恨地说。

"折磨吧！不论怎么折磨我都能忍，但折磨过后请放我走。拜托了，我在这里一个亲人也没有……"

说完，我的眼泪哗哗哗地流。

"啧啧啧！把我说得像个混世魔王似的。凭良心说，哪次打妳没有理由？是妳咎由自取，怨不得人。"

郑之龙有自己的一套逻辑，向来都是别人错，自己只是替天行道罢了。

我还在哭泣，老公忽然走出房外，很快又回来，手里拿着一把手术用的弯头剪刀，此工具多用于剪除胬肉、血筋、皮、膜等。

"你……要干嘛？！"

"妳说拔哪个好？"老公蹲下身端详我的脚趾头。

"不，别拔，求你了，我疼……"知道他想干啥，我害怕极了。

郑之龙答拔是肯定得拔，好让我长记性，还问我小趾头怎样？面积小愈合快，也没那么疼……

我拼命摇头，眼泪像开了闸的洪水。

"没说话表示默许，我这就拔了，警告妳别试图抗拒，抗拒一次多拔一个。"

患者会到医院拔趾甲通常是因为内里积血坏死或趾甲长到肉里面，为了减轻疼痛，医生通常会打麻药，但显然郑之龙想跳过那个步骤直接将趾甲硬生生拔下，那得多疼？

我紧闭双眼、咬紧牙关，果然疼痛像墨水滴入清水里，很快扩散开来……

"我还以为妳的血是黑的呢！"他站起身来嘲弄我，而我已无力反驳。

～

"对不起，发了几封邮件，忘了时间。"去而复返的老公低头看我的伤口，"怎么肿成这样？不行，我帮妳擦药。"

我下意识将腿往内缩，告诉他别猫哭耗子，我不领情！

"别闹孩子脾气，若感染了，最后可能得截肢，我可舍不得妳受罪。"

说完，他拿来急救箱为我消毒再上药，当然没忘了解开我身上的绳索。

"疼吗？疼告诉我，我再轻点儿。"他说，像一位极有爱心的医生。

我告诉他自己很疼，不止脚趾疼，心更疼，问他能否结束这种相互折磨？

"我还不够爱妳吗？人要有良心，妳跟那个小白脸眉来眼去我都大度地原谅妳了，妳还想怎样？要我把心剖开让妳看吗？"

不知道的人恐怕要以为我是"得了便宜还卖乖"的一方。

我斩钉截铁地表示我们夫妻之间的事与外人无关，结婚以来我的痛苦多过快乐，如果他能放过我，我敬他是条汉子，如果不行……他可以桎梏我的肉体但阻止不了我想飞的心。

"也就是说，不管我对妳如何掏心掏肺，妳都铁了心要离开，是吗？"他涨红了脸问。

知道火上加油会带来什么后果，但我把头伸出去，就等他一刀砍下，大不了一死。

得到答案后，郑之龙愤而抓住我前襟，眼睛睁得比牛铃还大，我以为他会像平常一样给我一顿好打，然而……

"这次我不打妳，妳还得留着好皮相陪我参加颁奖酒会，但我告诉妳，咱们之间的事还没完，妳若斗胆离开我，那个姓汪的就别想有好日子过，妳自己看着办！"

想到郑之龙手操汪致远的生杀大权，我犹豫了。

自己早对未来没有盼头，但汪医生不一样，他还有大好前程，我不能因为自己的爱恨情仇毁了他一生，尤其他还是对我伸出过援手的恩人……

"想清楚了就上床！"老公率先一步走向席梦思床，"妳有五分钟思考时间。"

抢夺、掳掠、破坏、捣毁……我的身体像一座庙宇被横抢武夺。

"能不能配合点儿？这样一点儿都不好玩！"老公抱怨，不忘在我的肩胛骨上留下一个血印子。

"去找Lucy吧！她会全力配合。"我冷冷地答。

"告诉过妳，我和Lucy之间没什么事，妳要钻牛角尖请便，但别忘了妳的应尽义务！"

义务通常和权力捆绑在一起，我的义务是"上得了厅堂下得了厨房，上床还得当荡妇"，那么我的权力何在？

郑之龙伸出舌头边舔我边呢喃着："妳的权力就是享受无穷无尽的鱼水之欢……"

我厌恶地撇开脸。

中介问我在哪里？他等我有一刻钟了。

"对……对不起，临时出状况，我……不租了。"

他又问我是不是价钱的问题？钱的事情好商量……

我答不是，而是找到住处了。

"那也得事先通知我呀！"他扬起声，"真是的，内地人就是这样，有几个钱就随意指使别人……"

我听了老大不高兴但也无言反驳，自己的确错了，昨晚至今意外频发，我怎么记得住和中介的约定？临时爽约，人家不高兴也可理解。

挂上电话，我怀着快快的心到牛车水的旅舍办退房。前台说提早退房只能退押金，房费不给退，政策上写得很清楚……

我答我了解。

退房后，我找了家咖啡店喝咖啡乌，不加糖和奶，苦涩的滋味如同我现在的心情。生命刚出现曙光马上又隐去，我内心的抑郁可想而知，但我没得选，只能继续活在黑暗之中……

"嘟……嘟嘟……"是宝儿的来电，但我一点儿都不想接听。

然而在她打来第五通时，我还是接听了，"不知者无罪"，牵怒她没道理。

" Thank God. 妳总算接电话，要不然我真以为妳生气了。"她说。

"妳也知道自己罪恶滔天？我离自由就只差一步。"

宝儿问我这是什么意思？我才发现自己说溜嘴了，忙答没什么意思，当我发神经好了。

"学姐怎么可能发神经？爱说笑！"她在手机那端果真呵呵呵地笑起来，"就想问妳能不能帮我补习？下个月我有资格考试。"

"恐怕不行，这个月我上晚班。"

如果没记错，宝儿这个月上大夜班，时间上两人无交集。

"可不可以……"

"不可以，"我马上否绝，"熬夜很伤身，如果再用有限的睡眠时间帮妳补习是自杀行为，妳只能自求多福了。"

听得出来宝儿很失望，而且多少埋怨我没有为朋友两肋插刀，但我的烦恼事太多，已经无暇他顾。

" Miss Cui，听说妳请假好几天了，今天又是满床，我很怕妳不来。"说话的是晚班护士长，身材矮胖，背地里我们都喊她"大番薯"。

"我这不是来了吗？医嘱呢？"我问。

她答在护士站的桌上，话锋一转她说我一定很骄傲自己的老公获奖，让她好生羡慕，不像老胡，多年不思进取，像个打卡的公务员……

"大番薯"的老公是救护车上的急救员，人像树枝一样纤细，大概肉都堆到护士长身上了。

"我认为老胡做的是了不起的工作，他是挽救急症患者的先锋。"我说。

"但哪能跟郑医生比？"她翻了翻白眼，"杏林医学奖可不是谁想得就能得，院长已经交待下去，明晚的酒会放妳假，记得打扮得美美的，后天一早的头条新闻肯定有你们夫妻俩。"

原来酒会订在明晚，难怪老公"舍不得"打我。

我答知道了，转身到护士站拿医嘱。

第十九章/美艳佳人

医嘱就是医生根据病情和治疗的需要对病人在饮食、用药、化验等方面所做的指示，分为长期医嘱、临时医嘱和备用医嘱三类。

很多国家已采用智能化管理，让值班护士可实时上电脑查看医嘱，但不知为什么，REQ的某些老医生仍采取旧式的手写方式，厚厚的一沓表格，让人看了眼花缭乱。

" Room 7, 6th bed patient has pneumothorax. MO Wang asked us to watch that guy."我正查看医嘱，Miss Clinton 在边上说七号病房，第六床病人有气胸，MO Wang 要我们多留意病人。

MO Wang? 难道是汪致远？ 他也值晚班？

读完医嘱，我赶着去测病人的血压，又给中风者喂饭，再帮重度低血糖患者注射葡萄糖，等忙完回到护士站，刚坐下就听到两位年轻护士的对话。

" 汪医生真可怜，已经连值两个班好几天了，郑医生真狠心，也不怕出人命！ "

"这跟郑医生有啥关系？班又不是他排的。"

"听说郑医生不满意汪医生，给他的评价极低，原因是英语不行、临床经验也不够，虽然值晚班是汪医生主动提的，但始作俑者还是郑医生。人手不足，人事当然乐见其成，只差没让他连大夜班也一块儿上了。"

"这么说的确可怜，别的**Medical Officer**都顺利到下一个单位实习，只有他还卡在五官科，再这么拖下去，怕赶不上农历新年过后的**Post Graduate**考试。"

……

知道郑之龙开始使出杀手锏，我感到愤怒与内疚，愤怒是针对老公，内疚则给了汪医生。

"如果他不淌这浑水就好了。"我心想。

我特意到各个病房转转，终于在二十号病房发现那人的身影，他正和一位肝癌患者Lisa说话。

老太太的病情我是知道的，乙型肝炎兼肝硬化，肝腹水使她的腹部高高隆起，只能仰面躺着，连护士轻微的盖被动作都让她喊疼。

" Am I dying?"病人问医生自己是不是快死了？

汪致远避重就轻地答未来还有无限可能，这明显是白色谎言。

" Miss Cui, am I dying?"没想到Lisa把同样的问题甩给站在汪医生背后的我。

我没考虑多久便决定和医生站在同一阵线，要她放宽心，一切都会好的。

随后汪致远要我准备白蛋白注射，注射完毕让Lisa采半卧位，必要时给予氧气吸入，同时对易出现褥疮的部位进行按摩……

"Yes, MO Wang."我信心十足地答。

趁汪医生走出二十号病房，正要进入下一个病房前，我在走廊适时将他拦截。

"听说你已经连续加班好几天了。"我说。

"没办法，师傅不满意，我只好采'勤能补拙'的笨方法。"

"对不起……"

他笑了，问我何需抱歉？这事与我无关，还问郑之龙有没有找我麻烦？

"没……没有，我……回家了。"

汪致远的嘴巴张得老大，似乎不敢相信耳朵听到的。

我叹了口气说自己是如此软弱，愧对他的帮助，今后就让我们各走各路，他……别管我了。

他沉默了一会儿后，问我Lisa有没有康复的可能？

我答她是肝癌晚期，生命已是倒计时了。

"重回施暴者的怀抱也是生命倒计时，妳要做的是抵抗恶势力而不是屈服，懂吗？"

哎～我怎么不懂？但郑之龙以他人的职业生涯要挟，叫我如何是好？

"我想……老公还是爱我的，只要不惹他生气，婚姻还是能继续，我自己不也缺点一大堆？夫妻就是要互相包容才能走得长远……"我洋洋洒洒地阐述夫妻相处之道，连自己都差点儿相信了。

"好吧！算我杞人忧天，祝妳和郑医生白头携老。"说完，他面无表情地跨进二十一号病房。

洗完澡，我轻手轻脚地上床，已是凌晨两点多，我不想吵醒熟睡的人。

"上完班，妳去哪里了？"老公翻过身，将我压在底下，"今天晚了二十分钟到家。"

我答下班前送来一位刚动完手术的车祸重伤者，因为住院部满床，我们只好又将他推回急诊观察室……

"妳最好说实话，别忘了妳老公神通广大，随便一查便知有没有。"

"查吧！在你面前我早已无所遁形。"

接着郑之龙将鼻子凑近我的脸，像猎犬般嗅着，我问他干嘛？

"闻妳身上有没有别的男人的味道。"

"神经！"

我想推开他，手腕反被他铐在床头的铁艺栏杆上，铐完一只再铐另一只。

"哈哈！网上真的什么都能买到。"他胜利一笑。

"这是干嘛？快放了我！"

"做完再放。"他脱下自己的睡裤。

郑之龙找到新玩法，把我折腾得骨头都快散了才放我睡

觉，而今晨六点半我照样得起床为他准备早餐，睡眠时间不到四个小时。

"怎么搞的？蛋煮老了，"他老大不高兴，又用叉子掀开面包，"说好了Kaya酱要自制，就会买现成的偷懒！"

说起新加坡的"国民早餐"非咖椰吐司莫属，把调味酱（用鸡蛋、糖、椰浆以及香兰香料制作而成）涂抹在烤好的吐司片上，再加入小块黄油，同时搭配着吃的还有撒上白胡椒粉及酱油的三分熟养生蛋。

"Kaya酱是在亚坤买的，你不也喜欢他家的东西？"我弱弱地答，感觉自己快昏睡过去。

老公答那是赶时间或没的选的情况下不得不做出的让步，我既然有大把时间就该好好做份早餐，也不是很难的事，怎么这么不上心？

"拜托！我已经累到两眼睁不开，想吃好的明天吧！现在我得去睡个回笼觉。"我手揉太阳穴说。

老公提醒我睡完回笼觉好好打扮一下，今晚七点别忘了参加富丽敦酒店的颁奖典礼，还要我把他的礼服准备好放进后车厢内，今天事多，我们直接在酒店碰面。

哎呀！他不说，我还真把这事给忘了。

"我的礼服穿旧的还是买新的？"想起衣柜里毫不出彩的衣服，我问。

郑之龙想了一下答买新的，但别上乌节路买，那里随便一件T恤也要好几张橘色票子。

送走老公，我上楼倒头就睡。在梦中，我穿着一件Alexander MacQueen设计的米色露背拖地晚礼服，头发高高挽起，一举手一投足，顾盼生姿，美得不可方物……

第二十章/二见LUCY

就因为做了一场美梦，醒来后我拿上钱包直奔乌节路，把老公的叮嘱抛在脑后。

"妳运气好，这是刚到的货，昨晚差点儿被方太买去。"Alexander MacQueen工作室的导购边替我拉开裙褶边说。

"方太？谁是方太？"我问。

她答就是方淮安的二太太，大老婆长年吃斋念佛，早已不过问俗事，现在方家的大小事都是二太太张罗，俨然是原配，然而谁不知道上位前她还只是个赌场里的发牌员……

"方淮安？该不会是那位长期霸占东南亚制药公司产业链，还有自己研发团队的隐性富豪吧？"我问。

"可不是，不说新加坡首富了，前五名肯定排得上。"

看着落地镜中的自己，我喃喃自语："没想到他老婆的审美观和我相同。"

说来真不可思议，我竟然在Alexander MacQueen工作室找到与梦中一模一样的晚礼服，连拉低的胸口位置也如出一辙。

"要我说，这种晚礼服就得有对大胸脯才撑得起来，方太的胸像泄了气的皮球，谁看谁尴尬，难怪后来选了中规中矩的高领礼服，把自己的缺点严严实实地包起来。"

这也是我担心的地方，衣服的胸口开得太低，极易走光，回头还得找个裁缝把它缝上……

导购睁大眼睛，问我是不是在开玩笑？礼服就是要吸人眼球，我把好料藏着掖着，枉费这八千新币了。

"什么？！八……八千？"我吓坏了。

导购没注意到我的心情起伏，重申我好运气，还说Alexander MacQueen的礼服很少有这么好看又便宜的。

美丽是需要付出代价的。

付完八千，我想着大头都出了，何必在乎小钱？于是上高岛屋的 Chez Vous 把头发给做了，不仅染了色还梳成梦中的花苞头。

"我就说紫红的发色适合妳，妳现在看起来比泰国人妖还美！"那个嗲声嗲气的发型师Kevin说道。

看过蒂芬妮秀的人都知道泰国人妖比女人还要女人，Kevin所言非贬义词。

"谢谢！"我没忘记梦里的配饰，"我还需要珍珠头饰。"

"Certainly."

Kevin消失一会儿后，带着珍珠归来，那是一串可以从头绕到颈项的长链子，亮白色的珠子颗颗饱满。

"看过达芬奇的'戴珍珠头饰的夫人像'没？这条就是仿的，不贵，五百新币不到。"他说。

～

六点半，我抵达富丽敦酒店会议厅入口。

"呦！这不是郑夫人？"内科冯主任看见我，眼前一亮，像饥饿的狼看见油汪汪的肥肉。

我问他有没有看见我老公？

"刚刚还在，他被几个商人模样的人带走了，怎么，两人走丢了？"

"没有的事，我从家里过来的。"

冯主任说既然这样，让他带我入场，郑医生是今晚的主角，我们夫妻被安排坐大桌。

走进会议厅，原以为会像上大课一样排排坐，结果触目所及全是铺上笔挺桌布的大圆桌。我被带到前排正中的十人座，同桌的除了REQ的院长及其夫人外，还有另一对看着眼熟的男女，桌上的红酒已开瓶，他们四人正把酒言欢。

"容我介绍一下，这位是郑医生夫人，她同时也是REQ的杰出护士。"冯主任转而介绍另一方，"REQ的院长及夫人就不多说了，另外这两位是杏林医学奖的赞助者及授予方-蒋博士及尹博士。"

我微笑着说"幸会"。

一入座，冯主任立马为我的高脚杯注入红色的琼浆玉液，今晚的他鞍前马后的，让人有些招架不住。

"谢谢！"我说。

没想到那人不仅没离开，反而紧挨着我坐下，而且眼光直落入我胸口，让人很不舒服。我赶紧抓来餐巾捂住洞开的口阻止侵略，随后他找个借口离开。

"我说这会议厅的冷气也太强了，郑夫人穿成这样会不会太冷？我包里还有条长丝巾。"说话的是院长夫人，已是当奶奶的年纪。

"年轻人身体好，妳就别多管闲事了。"院长说，样子有些尴尬。

其实一走进会议厅我就后悔，冷气仿佛不要钱似的，我的低胸兼露背礼服成了最差劲的选择，虽然它成功地吸引住所有男人的目光，并且让我成为与会女人的公敌。

很快，十人座大桌又来了两位，据说是政府官员，除了铁定会来的老公外，另外两个位置留给谁？

答案在两分钟后揭晓，郑之龙和一对男女走过来入座，那男的一头花白，身体还算硬朗，女的则年轻许多，身着高领的中式礼服，不过不失。

"让我介绍一下，企业家方淮安及夫人百忙之中抽空前来参加小弟的颁奖典礼，真是荣幸、荣幸。"老公向同桌者郑重介绍。

"原来方淮安已是耄耋老人，我还以为是精壮的中年人……"我心想。

没想到我在观察人，别人也在观察我，方太的眼光没离开过我的衣裳。

"Alexander MacQueen的新货。"我主动提起。

"我知道，若不是我的好姐妹说看着很廉价，昨晚我差点儿买了。"她答。

第一次会面就刀光血影，让我如坐针毡。

"衣服因人而异，穿在公主身上便成了传奇，反之亦然。"我冷剑出鞘。

方太还想说什么，但司仪宣布颁奖典礼开始，她只好硬生生将话吞进肚里去。

" ......I am really honoured to be presented with this award . Without the help of REQ and my dear wife's unwavering support, I won't be standing here today. Thank you . I love you."

我很庆幸老公的获奖感言没有像老太婆的裹脚布一样又臭又长，相反的，它很精简，时间控制在三分钟，恰恰在一般人尚能忍受的范围内。

"郑医生是人中蛟龙，妳一定很为他骄傲。"方淮安边鼓掌边与我低语。

"谢谢！"我对他微笑。

"有没有人说妳笑如春花？"那老人问，很友善的样子。

我本来想否认，但看见方太不怀好意的眼神，突然改主意，反问他这样的微笑是否想拥有？

方淮安没料到我会说风话，支支吾吾了半天，方太则铁青着一张脸。

"方老已经拥有太多，"院长开口圆场，"事业兴旺、家庭和睦、方太还明艳动人，再也无人比他拥有更多。"

老公拿奖后回到座位，估计听到话屑子。

"没错，方老要风得风要雨得雨，的确羡煞旁人，但他有一样永远也得不到，"郑之龙拥住我，"我的美丽娇妻。"

酒会开始没多久老公就消失了，让我像个傀儡似地应付前来道贺的人群。

"郑医生呢？"冯主任不知从哪里又冒出来。

"不知道，也许上厕所了。"

"我帮妳去找。"

美丽果然有魔力，冯主任平常高傲得很，今晚却像只勤劳的小蜜蜂，挥都挥不去。

等了十分钟还不见小蜜蜂飞回来献殷勤，我知道有事不对劲，拎起拖地的长裙往洗手间走去。

就在角落，我看见冯主任找到另一个落单的女子，两人正窃窃私语着，等他的眼光和我一衔接，瞬间我全明白了，转身便往左边旋转门走去，只因他的眼睛不由自主地往那边瞄，很怯生生的样子，这个细微的动作不巧被我捕捉到，果然……

郑之龙和Lucy在楼梯下方亲亲我我，旁若无人的样子让人为之气结。

那女人是药商代表，这种医学界的颁奖盛事她肯定知道（也许还是老公告诉她的）。想到此，我感到悲哀，自己做如此精致打扮为哪桩？老公还不是背着我偷腥？

我踩着高跟鞋回到会议厅，不同的是这回我决定自弃，并且仗着酒醉放浪形骸，就想让郑之龙颜面扫地。

当老公拉开我时，我正挂在方淮安身上。

"Sorry."我听见他向对方道歉，但听不见那老人说了什么。

一进车内，老公就冲着我发火："妳就不能给我留点儿面子？大庭广众之下跟个糟老头不清不楚的，可真会选对象！"

"不跟糟老头，跟……跟谁？哈！跟Lucy。"我呵呵呵地笑着。

郑之龙说我发酒疯，他不跟我计较，呵！好个烟雾弹。

老公把银制奖杯放在客厅的显眼处，转身对我说："妳今晚的服装太难看，坦胸露背的，一看就是不正经的女人。"

"Alexander MacQueen的……新货，八千新币呢！"我跌进沙发里，冷不防打了个酒嗝。

"八……"他气得脸红脖子粗，"崔媛媛，妳脑子进水了？"

我答没进水，与会的男人都因此羡慕他娶了个性感尤物，还有比这个更值的吗？

郑之龙还想说什么，被突来的手机音乐声给打断了。

"Hello."

他一接听，我便跳起来抢他手机，果然是贱人打来的，我大骂她不要脸，抢人抢到颁奖酒会上……

"有完没完？"老公过来回抢他的手机，反被我张口一咬，虎口因此留下个血口子。

"崔媛媛，没想到妳真疯了！"郑之龙捂住受伤的手，很气急败坏的样子，"妳等着，等我回来跟妳算账！"

大门开了又关，然后是车子驶离的声音。

我舔了舔嘴边遗留的血渍，发现它竟然是咸的。

"哈哈！原以为老公的血会像黄莲一样苦。"

我大笑着，然后在沙发上摆个最舒服的姿势沉沉睡去……

第二十一章/突发事件

醒来已是午后，餐桌上有用过的碗，吃的是麦片，显然老公草草吃了早饭应付过去。

我在沙发上坐起，约莫十几分钟后才总算将昨晚发生的事一一捋清。

"不知老公生气了没？"我有些担心。

一进住院部，"大番薯"便迫不及待地拿出报纸与我分享。

"没想到妳的身材这么有料，猛一看还以为是哪个明星。"

"郑医生太瘦了，妳没给他做吃的？"

"方淮安比去年老多了，他太太倒还是一脸精明相。"

……

晚班护士长人不坏，就是喜欢八卦，估计同样的话题她已经和别人倒带无数次了。

"妳也认识方淮安？"我边问边打卡。

"大番薯"说那自然是，他是REQ的VIP客人，每年都会上这里做身体检查，一住就是三天，只有最优秀的护士才能获得服侍他的机会……

"又不是王公贵族，说得好像是件美差。"我嗤之以鼻。

"怎么不是？"她附在我耳边低语，"去年Miss Zhou拿到不菲的小费，立马将Honda换成Buick."

Miss Zhou是体检部的年轻护士，说话轻声细语，很有小家碧玉的样子。

"看来今年她能把Buick换成路虎了。"我开着玩笑。

"大番薯"答人家早开上了，服侍完方淮安没多久，Miss Zhou便离开REQ成了方老板的私人看护，薪水不知翻了多少倍。

"那倒好，麻雀变凤凰。"

"大番薯"听完笑得很神秘，她说不久之后又会有一只新凤凰诞生。

我来不及问她什么意思，一位看着面生的护理员拎着一口黑色大塑料袋前来，话未出口，护士长指着我道："这位也是中国来的，有什么问题问她。"。

待胖胖的身躯离去，那个清汤挂面的新进人员望了我身上的名牌一眼后，说出惊心动魄的话："媛媛学姐，请问医疗废弃物扔哪里？"

～

忙完一圈回到护士站，Miss Fan递过来一个塑料盒，问我吃不吃鸭脖子？

我捡了根酱得红通通的细长物，边啃边问她哪里来的好东西？

她答牛车水的熟食摊能买到，不过水平参差不齐，她买的这个还行，我若喜欢，下次帮我带。

"不必了，这东西偶尔吃吃还行，我更喜欢美珍香的猪肉干。"

"好奇怪！汪医生也这么说，你们说好统一口径了吗？"她问。

"没有的事，"我吮了吮沾满酱汁的手指，"汪医生人呢？"

"早阵亡了，他正在休息室里睡大觉，但愿今晚一夜无事。"

汪医生已经连续加班好几天，就算铁打的身体也会受不住，然而怕什么来什么，今天转院过来的新病人在剧烈咳嗽后突然大咯血，我给他服用镇咳药后好了些，没想到才洗个手回来，他又第二次咯血，地板上血迹斑斑。

"我去叫汪医生。"Miss Fan说。

我要她别去，让汪医生多睡会儿，自己会从旁观察，没事的……

护士小范一走，我让患者二次服药，待病人的呼吸渐趋平稳，我拉把椅子坐下，打算至少观察一个小时。

我被突来的呕吐及喘息声吵醒，地板上又有了新的血迹，依据呼吸急促及皮肤发绀等现象，我判断病人有休克的危险，赶紧按下紧急铃。

汪医生赶到时，咯血量已超过500 ml，情况非常危急。

"快！马上体位引流！"他喊。

我帮着将床尾抬高45度，汪医生则让病人侧头，然后轻拍其背部，避免血液流入肺部。

"替病人戴上氧气罩，我去拿血浆，马上进行止血和输血。"他一脸严肃地说。

一直到大夜班的医生和护士接手，我们两人才像刚跑完马拉松的选手，累得瘫坐在椅子上。

"为什么不在第一次咯血时通知我？"汪医生望着天花板问。

"我……我想让你多睡会儿。"

没想到他像换了个人似地凶我："妳这是弃病患于不顾，他们是妳的玩偶吗？妳不知道过度抑制咳嗽中枢会使血液淤积气道引起窒息吗？亏妳还是多年的护士，这点常识也无！"

我被他骂得哑口无言。

"是的，我是意气用事愧对我的护士执照，但说到底还不是为了你，不想让你积劳成疾，你不懂吗？"我拭去不争气的眼泪，"算了，就当我热脸贴冷屁股吧！"

运气好的话，下班时会有善心同事"顺路"载我一程，但显然今天的运气不好。

我拿出手机拨号，半夜打车我习惯使用UberX或GrabCar，因为零点过后，出租车的附加费会增加50%。

当我站在医院右侧的路灯下等车时，一个瘦高的影子走过来，我赶紧背对他。

"打车吗？"汪医生问。

"不用你管。"

"能让我坐一段吗？放我在牛车水下即可，我步行回家。"

我答"道不同不相为谋"，他还是另外叫车吧！

"可是……我的钱包丢了，现在身上一分钱也无。"

刚来REQ时我也丢过钱包，说来很诡异，不过是转个身，现金连同银行卡就这么不翼而飞，让我不禁怀疑遇上了高级扒手。

我叹了口气从皮夹里掏出二十新币给他，被他拒绝了。

"其实丢钱一事是假的，就想找个机会跟妳道歉，今晚我太冲动，对不起！"

我还想说什么，一辆私家车驶过来，驾驶员问我是不是叫车了？我答是。

"上车吧！明天见！"汪致远替我开了车门。

直到车子离开医院正门的小圆环，我还能看见那男人屹立在昏黄的路灯下……

~

一开灯，赫然发现客厅沙发上坐个人，右手掌缠着纱布。

"吓死我了，"我捂住胸口，"你就不能出点儿声？"

老公说"不做亏心事，半夜不怕鬼敲门"，由此可证，我铁定做了不可饶恕的事。

"随你怎么说，我累了，今晚有突发状况，我和汪医生……"话一落音我就后悔，赶紧踩刹车。

"汪医生？怎么又是他？这个点他还在医院？"

看得出山洪就要爆发，我试图稳住局面："还问为什么？你不是给人家打低分吗？汪医生为了博你好感，主动加班好几天了。"

"妳心疼吗？"

知道老公又在鸡蛋里挑骨头，我找了个借口上楼避难。

第二十二章/在劫难逃

送走老公，我把碗盘洗了、地擦了，再把脏衣服丢进洗衣机里……

在轰隆轰隆的机子运转声中，我泡了壶碧螺春，打算看本书小憩一下。

"村上春树在哪里？"我在书架前流连。

我是村上春树迷，他的每一本小说我都有，而且重复阅读N多遍，每次都有新感觉。今天我想重读的是《再袭面包店》，由看似互不相干的6个短篇组成，演绎人入中年的必有光景……

"哈！找到了。"

也许是洒入的阳光刚刚好，也或许是余光恰巧落在对的地方，找到书的同时我竟然发现久未触摸的护理考试用书不见了。

望着空了的架子，我的脑海里开始排列各种的可能性。

"不，不会的，不可能……她不会背叛我。"

我拼命摇头，但仍拿出手机拨号，宝儿上大夜班，这时肯定睡了。

手机响了五声后被接听。

"媛媛学姐，怎么是妳？我刚要入睡。"

"噢！没什么事，就想问妳资格考试准备得怎么样？"

"考试？很好啊！我有信心能通过助理护士的考试。"

电话中的宝儿表现得很正常，我遂放下心来，要她赶紧上床，我不吵她了……

放下手机，我喃喃自语："崔媛媛啊崔媛媛，妳也太小题大做，简直成了惊弓之鸟。"

～

一进住院部，整个氛围诡异极了，像有什么不安的因子在蠕动着。

"Miss Cui，主任找妳。"晚班护士长说。

"Why？"

她答不清楚，汪医生也被叫去了。

～

"2号病房，第九床病人今晨过世了，大夜班的程医生说他是从你们二位的手中接过病人，当时情况还好，没想到后来又咯血，大量的血液进入气管堵塞了管腔，虽经抢救但仍告不治，你们能还原最初的发病状况吗？"住院部余主任问。

知道那位瘦弱的青年病人身亡，我感到无比震惊，我们离开时他的体征其实已经渐趋平稳，怎么后来又急转直下了？

"我……我是在晚上九点多时发现病人咯血，给他服用了镇咳药，当第二次咯血时，我……又给镇咳药，到了第三次……我按下紧急铃，汪医生过来急救……"

余主任愤而拍打桌面，问我镇咳药是神仙妙丹吗？咯血是多么严重的事，我没通知医生找病源，反而胡乱给药，那还要医生做什么？

"我……对不起……我错了……"

"这可不是动动嘴皮子就能解决的事，我会将妳交给医疗监控部门。"

一个多月前的"刘勇事件"记忆犹新，当时余主任让Crisha独自顶罪，我还内疚了好一阵子，没想到风向一转，一向偏袒我的人这回主动将我推向风口浪尖……

"余主任，"汪医生开口了，"这件事跟Miss Cui无关，而是我睡着了，要她别吵醒我。"

没想到汪致远将过错一肩扛起，这与事实不符，我赶紧否认。

"真是有趣，"余主任皮笑肉不笑，"你们二位互相争着担责任，即使是手足也不见得能做到，这么可贵的情谊真令人感动啊！"

他的话中有话，但我管不了那么多，一心要将汪医生排除在外，他还没参加Post Graduate的考试，顶多只能算是半吊子的医生，如果再摊上麻烦事，等于宣告职业生涯的终止。

"汪医生，"那双不怀好意的贼眼打在汪致远的身上，"我就问一句，昨晚当班时你是否睡着了？"

"拜托！说没有。"我内心祈祷着。

约莫三十秒后……

"是的，我睡着了，这件事和Miss Cui无关。"他答。

从主任办公室出来，我强拉汪医生到楼梯间。

"干嘛说谎？事情根本不是这样，你知道一旦被送医疗监控部门，小则声誉受损，大则可能被判刑，你何必替我顶罪？"我质问。

他答虽然没要求我别吵醒他，但我的出发点是好的，为了这份心意，他有义务站出来……

"傻瓜，大傻瓜，"我气不打一处来，"估计被监控部门这么一调查，你连Post Graduate的考试资格都没有了，REQ立马会不要你。"

"不要就不要，大不了回国，我照样有饭吃。"

他假装无所谓的样子让人更心疼，我决定挽回劣势。

下午五点，我又回到办公室，主任正在收拾桌面，看来准备回家。

"余主任，你别为难汪医生了，我愿意承担所有的罪过，请你放他一马。"

"Miss Cui,"他指示我坐下，"我不明白妳为何找罪受？一个多月前怎不见妳替Crisha求情？"

"那是……那是因为……"

"那是因为汪医生比郑医生年轻、有魅力。"他接话。

我赶紧否认，这是什么跟什么？余主任怎么可以有这种可怕的联想？太糟糕了！

余主任没解释，反而另起炉灶，他说自己没去参加郑医生的颁奖酒会，只能从报上瞻仰其风采，但他的眼光却不由自主地被照片上的一只性感小猫所吸引，感慨过去几年瞎了眼，错过一亲芳泽的机会……

"你……什么意思？"我沉下脸来。

"没什么意思，医院出纰漏的事情何其多，我若要一件一件拿出来计较肯定过劳死，"他摘下黑框眼镜用领带擦拭干净后重新戴回，"过两天我到香格里拉酒店开医学座谈会，休息时间也许我们能就这件事商讨解决方案。"

什么？这岂不是公然约炮？我怒不可遏。

"别发火，郑之龙跟我说过一定要弄走姓汪的，即使汪医生逃得了这一劫，也逃不过某人的刻意封杀，现在能救他的人也只有我……和妳，明白不？"他说。

第二十三章/不是宝儿

我心情郁闷地回到工作岗位，做什么都不带劲。

"媛媛学姐，"一位身着蓝色工作服的护理员很热情地跟我打招呼。

看到清汤挂面，我想起她是昨晚见过面的新进员工。

"又见面了，在REQ工作还习惯吧？"我问。

她坦言不太习惯，譬如才刚入职，医院就让她连值两个班，从下午四点到隔天早上八点，要不是加班费多，肯定熬不下去……

我安慰她加班不是常态，刚来那会儿，我也常加班，大概是REQ的传统吧？！让新人先吃点儿苦，以后才有"倒吃甘蔗"的幸福感。

"听妳这么说我就放心了，"她笑了，"宝儿学姐说的没错，妳是个大好人。"

宝儿？我问她是否也认识蔡宝儿？

"那当然了，她值大夜班，有什么不懂的地方我总问她，她有时挺热心，有时又不理人，大概因为下个月有资格考试的缘故，她打算抓紧时间复习。”

我借机鼓励她，说护理员的薪水低，做的事又杂又多，她也该跟宝儿学学，工作一阵子后准备资格考试，不说别的，工资起码翻倍……

“好呀！好呀！到时跟妳借考试用书看。”

“妳……怎么知道我有书？”我太惊讶了。

她笑弯了眼：“我看到了呀！宝儿学姐读的书就是跟妳借的，封面上有妳的名字。”

～

上床时，我故意发出很大的声响，老公嘟嚷两句，转个身又沉沉睡去。

望着窗外的月光，我怎么也睡不着，郑之龙把我的书给了宝儿，而宝儿一句话也没吭，他们两人到底背对我做了什么？

我努力回想日常的点滴，老公照常六点半起床沐浴，七点吃我煮的早饭，七点半开车上路以便赶上八点钟的打卡。

正常的情况下，他下午四点能下班，但拖到五点多也正常，这几天我上晚班，下午三点便得出门，意即我们只能床上见。

至于宝儿，她上大夜班，从零点到早上八点，我看不出他们两人在时间上有任何交集，除非……除非趁我上班时约了见面。

有这个想法后，我不淡定了，越想越可疑，越想越对号入座，简直到了草木皆兵的程度。

“我一定得揪出他们在背地里玩什么把戏？”我下定决心。

～

"Mɪss Cuɪ, 余主任找妳。"

我正在给一位严重腹泻的病人打生理盐水，晚班护士长走过来传达命令。

"跟他说我不在。"我头抬也不抬地说。

待我挂好点滴，发现"大番薯"还杵在那里。

"What?"我问。

"这句话应该是我问妳，妳是吃了熊心豹子胆了？敢跟主任说不。"

我答没有的事，而是该做的事太多，我现在要去帮Lisa翻身兼按摩，她长褥疮了，臀部中间部位已经结成黑痂，周边总流水……

"妳别管，我找别人代替，妳赶紧去报到。"她轻推我一把。

话都说到这个份上，再不去就说不过去，我只好深呼吸一口气，走向主任办公室。

"妳来了，坐。"

我等余主任坐下，自己才挑了个远点儿的位子坐。

"瞧妳，这对商讨解决方案完全没有帮助。"他欺身过来。

我赶紧跳起，干脆不坐了，问他有什么事找我？

"明天我到圣淘沙香格里拉酒店开会三天，中午12点半会回酒店小憩一下，房间号是518。"

果然露出狐狸尾巴了，我语带威胁地说就当他什么都没说，这件事如果被我老公知道了，肯定有他好受……

没想到余主任笑得好大声，仿佛就要岔了气。

"你这是干嘛？有那么好笑吗？"

"当然，郑之龙玩得可High了,若知道自己的老婆替他守身如玉，绝对大受感动！"

Lucy的事我早知道，老公抵死否认，我也就自欺欺人，显然余主任也知道此事。

"除非亲眼见到Lucy和我老公有不轨的行为，否则我还是选择相信他。"

"Lucy? 他奶奶的，连Lucy也......"余主任看了我一眼，赶紧换口供，"这个Lucy也太不像话了，回头我说她去哈！"

离开主任办公室，我闷闷不乐，非常明显，除了Lucy之外，老公还和别人不清不楚，是谁？

此时脑海中出现一个人。

" Miss Evans, could you tell the head-nurse I am going out for a while?" 我抓住其中一位同事,要她转告护士长我出去一下。

Miss Evans问我去哪儿？我答回家，因为......后院着火了。

晚上八点多，我绕到后院直接用钥匙开门，厨房里一团乱，餐桌上有未收拾的两个大盘和两个高脚杯。

楼下很安静，我轻手轻脚地上楼，主卧室紧闭着，我走上前贴紧房门，可惜静悄悄的,倒是走廊尽头的客房内有女人细微的说话声，分辨不出是谁。

"崔媛媛，冷静点儿，稍安勿躁，她不一定是宝儿。"

"不是宝儿也是某个女人，这下子我真的后院起火了。"

"我看算了吧！哪个男人不偷腥？睁一只眼闭一只眼，只要他还认这个家。"

"很快家就不是家了，像宝儿这种'良家妇女'最可怕，她们要的不是几张钞票，而是一锅端走，连汤都不让妳喝。"

"那能怎么办？妳倒是说说。"

……

我像个傻子似地自我对话。

～

我没有像其他原配一样当场捉奸，而是选择逃跑，大概还心存侥幸，只要不当场戳破，男人玩玩就收手，一切还有挽回的余地。

"嘟……嘟嘟……"坐在出租车里，有人打电话给我。

"Hello."

"媛媛学姐，妳房子着火了吗？"

听到宝儿的声音，我喜极而泣。

"妳怎么了？别哭，我现在过去找妳！"

我要她别来，自己正在赶回医院的路上……

"那妳慢点儿，我给妳带宵夜来了。"

～

宝儿给我们带的是"添好运"的叉烧包，与一般的叉烧包不同，它的外皮比较酥，还带着甜味，很像香港菠萝包的味道，吃一个很经饿。

"Miss Cui, 家里没事吧？Miss Evans 说妳家后院着火，我还吓了一跳。"晚班护士长边吃边说。

"我……我以为忘了关瓦斯，所以……"

"还好今晚很太平，不然护士们都要乱成一团了。"

她又八卦了一下最新的影视消息后才要大家作鸟兽散，只留下晚到的我及送宵夜的天使。

"妳今天怎么提早上班？"我问宝儿。

"也不是上班，汪医生说也许……也许有空解答我的模拟试卷难题，所以……"

哎～我差点儿忘了汪致远才是宝儿的菜。

"人呢？"我撕下包子皮塞进嘴里。

"他正给病人换药，马上来。"

我们彼此沉默，直到我的眼光落在自己的书上。

"宝儿，妳怎么会有我的书？"我还是问了。

她显得很诧异，问难道不是我主动借给她的？反正郑医生是这么说的……

"噢！是，我忘了。"我赶紧跟着圆谎。

宝儿松了口气，转而赞美我老公是个大好人，不仅答应今晚帮她解题，还请吃饭，可惜后来郑医生临时有事，她只好向汪医生求助，嘻嘻！没想到男神真答应了。

我喉咙发干地问郑之龙打算在哪里教她？

"当然上妳家啰！他还说上课前会亲自下厨做印尼炒饭请我吃。"她答。

第二十四章/魔高一丈

第一次上郑之龙家，他端出的便是印尼炒饭，除了色泽油亮的饭外，还有虾片及沙爹牛肉串当配菜，很有南洋风味。

我问他饭里的特殊味道是什么？他答是用糖、虾米、辣椒、盐、酸柑汁、食油、虾膏等炒出的酱料，叫桑巴酱或马拉盏。

"没想到你还会做饭，可惜我对印尼菜没研究。"

"没事，以后妳随便煮煮，只要是中国饭我都爱吃。"

婚后我才知道郑之龙服膺"君子远庖厨"，惟一拿得出手的只有印尼炒饭，而每个和他交往过的女人都吃过这一味，原因是会做饭的男人更具魅力，他的外貌已经减分了，不得不以此加分。

如今我的男人也想让宝儿吃"鸿门宴"，司马昭之心昭然若揭。

"宝儿，我老公做的饭很难吃，下次……请说不。"我沉下脸来。

没想到她说我太谦虚了，郑医生的印尼炒饭在REQ是出了名的，他尤其喜欢请护理员或助理护士吃饭，顺便指导她们的功课……

"妳怎么知道？"

"女人最爱八卦了，妳应该认识Alisa，她原是五官科的助理护士，现在已经升为注册护士。她说郑医生学富五车，对考题的走向很清楚，如果我也想通过考试，最好找他指导，这已是护士间公开的秘密了。"

我听了脊背发凉，到底还有多少护士被郑之龙染指？

"宝儿，相信我，没有我老公的指导，妳照样能通过考试，不难的。"

她嗤之以鼻，说自己可不像我一样头脑顶呱呱，只要面对考试，她的脑子就不好使，大概是小时候发高烧给烧坏的……

"妳是怎么了？听不懂人话吗？好说歹说，妳还是不撞南墙不回头，Shit，花痴指的就是妳这种人！"

"媛媛学姐，妳怎么……"

看宝儿一副受伤的样子，我才意识到自己说重了，正想低头道歉，然而她的眼光却不在我身上，眼泪像断了线的珍珠，啪啦啪啦地掉……

我转过身去，赫然发现汪医生就立在我身后。

"妳也太过分了，大家都是同事，何必呢？"他说。

我正想解释，宝儿已经冲进汪致远的怀里哭成泪人。我抿抿嘴转身离去，不想看见汪医生安慰人的样子。

一整晚我都不说话，看谁都讨厌，看谁都不给好脸色，好不容易捱到下班时间，我一马当先走出医院大门。

新加坡位处热带地区，全年皆夏，无明显的四季之分，只是冬季比较多雨罢了。好比现在，外面正下着倾盆大雨，我走也不是，不走也不是。

"媛媛学姐，"宝儿突然向我奔来，"我的伞借妳。"

我本想接受她的好意，借此修复关系，没想到汪致远此时也走出医院大门，害我拉不下脸来。

"不必！"我冷冷地对宝儿说，然后一头钻进大雨里。

到家时已然成了"落汤鸡"。

洗完热水澡，再把湿漉漉的地板擦干，上楼时已近凌晨三点。

我原本应该向左走向主卧室，但脚却不由自主地向右走向走廊尽头的客房……

这栋别墅有四个房间，全在楼上，除了主卧室之外，其他三个房间基本空着。由于"突发事件"的发生，我认为有一探究竟的必要。

打开房门后，初看并无异样，傢俱照旧摆放得井然有序、整整齐齐，但我还是在床底下发现用黑色塑料袋装着的旧床单。

原来这就是郑之龙玩的把戏，事后铺上新床单，然后把用过的丢弃，船过水无痕，难怪我一直未发现他带女人回家共度良宵的痕迹。

我跌坐在床上，一会儿哭一会儿笑，像个疯子似的。

自从嫁给郑之龙后，我的人生便一直走下坡路，虽然极力想掉转车头，无奈驾驶盘脱落兼刹车失灵，只能眼睁睁看着车子坠落无底深渊……

"我恨你！郑之龙。"我握紧拳头，像头被激怒的母狮子。

我重新穿上 Alexander MacQueen 设计的米色露背拖地晚礼服，再将头发高高挽起，除了早上因为没准时叫醒老公，挨了他一巴掌留下的五爪印外，我仍是那个美得不可方物的崔媛媛。

在脸颊上涂上厚厚的粉后，我琢磨着该涂哪个颜色的唇膏，最后选择像血一样的石榴红。

圣淘沙被誉为新加坡最迷人的度假小岛，它曾经只是一个小渔村，后被英国占领成为军事基地，直到 1972 年才被改造成为一个悠闲美丽的度假村，岛上有各式各样的娱乐设施和休闲活动区域。

从新加坡本岛前往圣淘沙的交通方式有五种，分别是缆车、渡轮、巴士、捷运和出租车。由于身着晚礼服，我选择搭出租车前往。

当余主任发现我站在 518 房外时，像中了头彩似的兴奋非常。

"快，请进。"

由于太过激动，他的卡刷了五、六次才成功打开房门。

"吃中饭了没？"进到房内，他问。

我答没，待会儿吃他就行。

余主任哼哼哈哈地笑着，我们两人就这么尴尬地互望，直到他按耐不住扑上来，我才表明要他立字为据。

"写什么写？！"他将我递过去的纸笔扔一旁，"春宵一刻值千金，待会儿再写。"

我打掉他不安份的手，说不写就走人，我不被人白玩。

"妈的，真扫兴！"他弯腰捡起纸笔，问我写什么？

"一、让汪医生安稳地待在REQ。二、找个名义弄走郑之龙。三、把崔媛媛调到体检部。"

他提出抗议，说这是三个要求，未免太多了？

"所以我陪你三天嘛！"我答。

他挑起眉梢，色眯眯地看着我好几秒后，开始疾笔书写，一签完大名及日期后，他跳起来将我扑倒在床。

"妳这个闷骚货太会撩人了，看我怎么治妳！"他的脏嘴凑了上来，顺便撕下我的乳贴。

在一上一下的起伏中，我转头看搁在电视柜上的包，那里有个小孔正闪着红色的光芒……

接下来的两天，我都准时报到，次次功夫做足，连余主任都夸赞我敬业。

"如果……真想打造个金窝将妳眷养起来。"他在我耳边低语。

我推开他，把衣服一件件穿回去，然后慢条斯理地说："也不怕你太太河东狮吼，偷吃得适可而止。"

余夫人是个厉害角色，于公于私都大权在握，余主任能坐上这个位子，她功不可没。

"好端端地提她做什么？晦气！"

"不提就不提，"我拿上包，"我走了，别忘了你的承诺。"

余主任似笑非笑地反问我什么承诺？他可什么都没答应呀！

切，早知道他是只老狐狸，事后会反悔。

我气定神闲地从包里拿出一个削笔器大小的黑色塑料物，嘴巴道出一长串地址，那是他老婆上班的地方。

"我警告妳别乱来，那会死人的。"余主任急了。

"知道就好，什么时候完成三项使命，什么时候我将小东西给你，里面的画面可精采了，把你的脸孔拍得一清二楚。"

他愤而扑上来抢针孔摄像机，被我巧妙地躲掉。

"我同样警告你，别让我做玉石俱焚的事。"我龇牙咧嘴，然后踩着高跟鞋傲睨自若地离去。

第二十五章/宏图大业

郑之龙完全没察觉到我的"出轨"，让我有了"报复"后的小小快感。

"Alisa走了，新来的助理护士糊里糊涂的，让人很头疼。"老公边吃早餐边说。

"她为什么要走？"我明知故问。

他答Alisa通过考试，现在已是注册护士，被调到肾脏科，所以……

我忍不住酸溜溜地问该不会因为他的帮忙，Alisa才通过考试吧？

"什么意思？"郑之龙停下咀嚼的动作。

"没什么意思……对了，宝儿说你想请她吃饭，顺便指导功课，我告诉她这世界免费的最贵，要她三思而行。"

"有病！同事间互相帮忙很正常，妳别胡乱搅和！"

还不到摊牌的时候，我没回嘴，用筷子戳破蛋黄，让蛋液四处流窜。

B杜

刚进住院部就与从办公室走出来的余主任碰上面，他很热情地和我打招呼，像往常一样。

"昨晚睡得好吗？"我问。

他答很好，反问我是否也睡得安稳？

"不好，翻来覆去的，因为想起昨天忘了服避孕药。"

余主任听了大惊失色，一把将我跩进办公室里。

"妳说过每天吃早餐时会顺便吞一片妈富隆，所以我才没采取任何防护措施，现在……这是怎么回事？说！"他问，样子像要杀了我。

我无所谓地答："忘了呗！放心，没那么好运。"

"好运？那是天崩地裂的灾难呀！妳等着，别走开。"

没多久余主任踅回，递给我一杯水及一个白色药片。

"吃这个有副作用，我不吃！"我将脸撇向一旁。

那个一脸衰相的人说这事可由不得我，他已经五十岁高龄，不想再当爹。

我答要我吃也行，但郑之龙得在一个星期内垮台，他一走，汪医生就安全了，等于一石二鸟。

"崔媛媛，妳干脆杀了我吧！要弄走一个刚获得杏林医学奖的人谈何容易？总得让我坐筹帷幄，好好策划一下吧！"

"别告诉我，你不知道郑之龙拿药商回扣的事；也别告诉我，你不知道他把八成新的医疗器材报销，然后转移到即将开幕的私人诊所里。"

余主任听完在办公室内很不安地来回踱步，我乘胜追击，告诉他夜长梦多，我去酒店找他时曾在走廊撞见骨科的李医生，那人若多嘴，他想全身而退就难了，郑之龙什么事都干得出来……

"知道了，"他停止踱步，"把药吃了，我……尽快。"

我听话地服下药片，然后开门走人。

我没在酒店走廊碰见李医生，充其量只是看到他的背影；我也没有服用避孕药的习惯，因为婚后我和老公就积极造人，可惜送子娘娘还是缺席。

你若问我怕不怕怀了余主任的孩子？怕，我当然怕，而且很怕，所以当他要我服用左炔诺孕酮肠溶片时，我求之不得，但紧急避孕药的副作用实在太大，没多久我便全身乏力，不仅头痛，还吐了两回。

" Miss Cui, 妳不要紧吧？ ！"我从厕所出来，"大番薯"很关心地问。

"没……没什么，大概吃坏肚子了。"

"那怎么成？我叫医生过来看看。"

我答不必了，自己到休息室的床上躺一下就行。

然而"热心过度"的晚班护士长还是找来汪医生，他坐在我身侧，问我今天吃了什么东西？

"培根、炒蛋、豆浆、水饺、酸辣汤……左炔诺孕酮肠溶片。"我答。

身为医生，他完全清楚最后一项指的是什么。

"紧急避孕药很伤身，妳和郑医生应该谨慎一点儿才好。"

我说我知道，但一时没考虑那么多，尤其余主任又这么猴急……

汪医生听完像看怪物一样地看我，让人很难受。

"我能运用的资源就这么多，你让小虾米如何对付大白鲨？"我弱弱地答。

汪致远叹了一口气，紧接着又叹第二口气。

"不用替我担心，好坏我都能承受，大不了一死。"

"妳不能死，听到没？"他扬起声，"医院里每天都有人死去，难道妳没从中学会什么吗？"

没错，死亡是最不需要赶的，因为它最终会来到，蝼蚁尚且偷生，我又何尝不是？然而正因不想沦为俎上肉，我才不得不舍去尊严奋力一博，但说这些外人是不会懂的。

"置死地才能后生，有战死的准备才会奋勇向前，都已经这样了，我只能顺势走下去。"我试图说服自己也说服汪医生。

余主任的动作很快，回到家，我看见老公还没睡。

"快凌晨一点了，怎么还不睡？"

他答晚上接到內科冯主任打来的紧急电话，有人举报他收受药商回扣，还好给的是商场抵用券，会有专人以七折回收，他现在急着删除与中间人的邮件往来……

知道郑之龙正在毁灭证据，事不宜迟，我马上脱光衣服走向他。

"妳……这是怎么了？"他颇感意外。

"好久没和你一起淋浴，走，我们一块儿洗白白。"

我不由分说地拉他起身走向浴室，待他放松后又以拿香氛为借口回到他的电脑前，把即将被删除的邮件拷贝到U盘上。

早餐桌上，老公话多得令人厌烦。

"……我和REQ的医生、护士们关系都非常好，想不出会有谁扯我后腿。"他仍对"告密"事件耿耿于怀。

我提醒他树大招风，多的是嫉妒他获奖的人。

"妳这么说让我想起 Dr.Smith，从学生时代起我们就有瑜亮情结，肯定是他在背后搞鬼！"

知道他没联想到余主任，我放心了，要他赶紧把早饭吃了好上路，再不出发就赶不上八点钟打卡。

"今天不去上班了，我得差人把私人诊所里的医疗器材捣毁后扔垃圾场。哎！扔的全是钱，没办法，我得防着小人使坏。"

当老公指挥工人把医疗器材从尚未开门营业的私人诊所移出时，我正在马路对面的椰子树后猛按快门，连老公的身影也被我摄入。

"郑之龙，看你这回往哪里跑？"我愤恨地想。

成果在五天后显现，我一进住院部，晚班护士长就拉我到一旁说悄悄话。

"怎么回事？听说妳老公辞职开私人诊所去了，为什么辞？一边在大医院任职，一边开诊所才赚钱呢！"

我答他老了，不想太劳累。

"大番薯"睨了我一眼："四十多岁就喊老，你让REQ那些年过半百的医生怎么想？不对，郑医生肯定有更长远的计划。"

我 笑 着 同 意 ， 说 郑 之 龙 有 心 从 政 ， 目 标 是 当
上卫生部部长……

"那么妳就是部长夫人啰！到时可别忘了我们这帮老同事
呀！"她说。

哎！燕雀安知鸿鹄之志？我失去那个多，绝不会满足一个小
小的"部长夫人"头衔，弄走郑之龙不过是第一步，我的宏图
大业才刚要开始呢！

"当然，到时给老胡安插个急救大队长的位子哈！"我说。

老胡是"大番薯"的老公，目前是救护车上的急救员。

"急救大队长？有这个位子吗？"晚班护士长没听出我话
里的揶揄。

我大笑着离开。

第二十六章/又一个交易

汪医生说要给一位急性发作的哮喘病患者输液及做吸氧治疗，我帮着把阿奇霉素的点滴挂上。

"听说……郑医生辞职了。"他边帮患者戴上氧气罩边问。

"你的消息真灵通。"

他苦笑着答怎能不灵通？耳鼻咽喉科只有三位门诊医生，郑医生不在，让Dr.Robinson和Dr.Thompson忙得焦头烂额，因为门诊室外大排长龙，连他也被抓去看诊了。

"很好呀！当上家庭医生或全科医生不是你的最终目标吗？"

"妳忘了我的当前目标是通过Post Graduate考试？我已经待在五官科太久了，再不到其他科实习，连考试的资格都没有，遑论最终目标。"

哎呀！我怎么把这个给忘了？

"你放心，给你穿小鞋的人走了，你马上就能离开五官科到下一个科室报到。"

"但愿如此，"他叹了一口气，"Dr.Robinson说最近呼吸道感染的情况有扩大的趋势，加上政策原因，医院暂停招收从国外引进的Medical Officer，所以除非有新进主治医生入主五官科，否则短期内我是走不了了。”

哎呀！机关算尽竟没算上这一步，真是失策！

“别心急，一定有办法可以解决，一定的。”我为他，也为自己打气。

一走进办公室，住院部余主任就给我脸色看。

“又怎么了？不是把妳老公成功踢出去了吗？”他虎着眼，完全失去昔日在床上时的柔情蜜意。

我问汪医生怎么回事？郑之龙一走，他反倒卡死在五官科。

“奇怪了，汪医生卡死在哪儿干我何事？我和妳之间的事已了，妳走妳的阳关道，我过我的独木桥，别再来烦我！”

医院里谣传余主任的妻子看上一个小鲜肉，两人打得火热，搞得他心情大坏，难道谣言是真的？

“我们之间的事还没了，你忘了协议上的第三条：把崔媛媛调到体检部。”我说。

“那我不管，妳的事我已经做到仁至义尽，到此为止吧！妳若想公布不雅视频，悉听尊便，我就不信妳会做鱼死网破的事！”

与一个礼拜前的胆战心惊不同，余主任有自弃般的决绝，我问出了什么事？

“不关妳的事，妳管好妳自己就行。”他突然想起什么似，恶狠狠地看着我，“回答我，汪医生的床上功夫是不是很了得？否则无法解释妳为什么会做吃里扒外的事，切！女人全一个德行，贱！”

"闭上你的脏嘴，我和汪医生是清白的，他的高风亮节不是你们这帮衣冠禽兽所能及。"

"呵呵！衣冠禽兽？内科冯主任算不算？现在也只有他能救妳的情夫，有本事别求衣冠禽兽，慢走不送。"

被赶出办公室，整晚我心神不宁，三条协议中只完成一条，偏偏我还拿余主任没办法，让人如鲠在喉。

想到助理护士资格考试一结束，五月份上场的就是Post Graduate考试，离现在不过三个月，再怎么着也得赶紧让汪医生到下一个科室实习，否则真要来不及了……

当我还在魂不守舍，忽闻晚班护士长的催促声："Miss Cui，妳怎么还在这里？八号病房第七床病人正等妳换药呢！"

我噢了一声，赶紧上药房取药。

回到家，发现老公还没睡，床上有好几本花花公子杂志，封面上的金发碧眼美女正对着看倌挤眉弄眼，身上的布料一个比一个少。

"妳越来越晚回来了。"郑之龙望了一眼墙上挂钟后说。

"医院的事说不准，你又不是不知道。"

说完，我走向衣柜拿换洗衣服，临下班才处理完一个大小便失禁的病患，全身脏得难受。

没料到我一进浴室，郑之龙也跟着进来。

"出去！今天没心情。"我没好气地说。

"跟老婆亲热还得挑日子？没这个道理。"

然后我被他强押着在淋浴房里行周公之礼，而且在我尚未准备好的情况下长驱直入，疼得我眼泪直流。

"最近事多，除了做爱，我无处发泄。"离开我的身体后，他说。

不用他解释，我也知道郑之龙情绪不佳，他原先的计划是医院和私人诊所两头跑，可以的话，还能把医院的病患带回自己的私人诊所，等于挖墙脚，然而这个完美计划却在两天前被打破，医院院长在毫无预警的情况下请他喝茶，告诉他某个重量级人物举报他的不端行为，有物证（包括他收受药商回扣及"偷窃"医疗器材），问他要自行引退还是交由医疗监控部门调查？

老公当场壮士断腕，立马提出辞呈，连办公室里的私人物品还是由我打包取回。

被请退后，郑之龙满脑子想的就是揪出那个背后使坏的小人，还让我帮着找，压根儿没怀疑到我及余主任身上，让我松了一口气。

"其实你也没什么好损失，名声算是保住了，顶多缺了REQ的收入，但你有更多时间经营私人诊所，亏不了多少。"我说。

"这不是钱的问题，而是感觉有股力量在蠢蠢欲动，让我芒刺在背。"

我宽慰他职场上的角力很正常，要怪只能怪他锋芒外露，还好现在远离暴风圈，可以过几天太平日子……

"说到太平日子，那个姓汪的大概以为自己安全了。不行，得将他弄走，我人是不在了，但势力还在，冯主任肯定会帮忙。"

这是继离开余主任办公室后，第二次听到"冯主任"的大名。

"为什么……为什么你看他不顺眼？他不过是个想往上爬的MO，连正式的医生资格都还未取得。"

老公阴阴地笑："怪也只能怪他长得太俊，我最讨厌皮相好的男人，这个世界对他们太宽容，我得替丑人行道。话说回来，妳大概对他一直有非份之想，我可不允许自己被戴绿帽。"

原来长得好看也是原罪，真替汪致远叫屈。

话不投机，我赶紧转话题："既然私人诊所九点才开门，以后能不能晚一个钟头起床？我也能多睡会儿。"

"不行，业精于勤荒于嬉，我刚好趁这多出来的一个小时多做研究，医学论文不能马虎。"

这就是郑之龙，一个在专业领域里战战兢兢到近乎严苛的悬壶济世者，却在日常生活中施暴和纵欲。我多希望他只是个杏林学者而非变态，那么我也无庸做"吃里扒外"的缺德事了。

我特意提早半小时上班，下午三点半，冯主任殷勤地替我倒茶水。

"郑医生忽然辞识让内科鸡飞狗跳，尤其五官科，最近呼吸道疾病增多，走道里都是排队等看病的人。"

"我知道，汪医生提起过。"

"汪医生……提起过？"他投来好奇的眼神。

我赶紧把汪致远三个月后有资格考试，但临床轮转一直卡在五官科一事告知。

"是汪医生让妳来求情的？"他问。

"不是，这是我的个人行为。"

他呵呵笑，说我们郑氏夫妻真有意思，一个要他将人往死里整，另一个却大献爱心，他不知该听谁的？

"别理我老公，他现在不在医院里工作，没影响力了，你犯不着鞍前马后。"

"医护行业说大不大，说小不小，抬头不见低头见，搞不好哪天我需要郑医生帮忙，何况他是获奖的名医……"冯主任说得很慢，似乎在等我表态。

我叹了一口气，问他有什么条件？

"我想再看一次妳穿低胸晚礼服的样子，就妳跟我。"

"哪里？"我有气无力地问。

"我老婆刚回中国探亲，家里没人。"他答。

第二十七章/一错再错

你若问我为什么要一错再错？我也答不上来，好比洗头洗到一半，总得洗干净吧？否则顶着一头泡沫要何去何从？

冯主任答应我做完"那件事"，隔天汪医生就能到眼科报到，一切顺利的话，参加五月份的考试绝对没问题，至于将我调到体检部一事……只有院长和HR说得上话，这不在他的权力范围内。

看来也只能走一步算一步了。

～

我和冯主任约了下午一点见面，他从医院溜出来，然后在离我家十分钟步行距离的便利店接我。我拎了个大型纸袋（里面是撩人的米色低胸晚礼服）偷偷摸摸地出门，路上不巧遇到相认的邻居还得装作不认识，好比谍战大片。

在REQ的医生群中，内科冯主任并不显突出，我是说他长着一张大众脸，一米七的身高，不胖不瘦的身材……除了身上的狐臭和油腻感之外，很难让人有深刻印象，直到他将车子

"

开上格兰芝路上的高级住宅区时，我对他的评价才稍有改观，原来他也是隐性富豪呀！

"那是莱佛士女子中学，看到没？"冯主任手指着右前方的黄色大楼，"如果不是为了女儿，我们不会把房子买在'彭美华庭'，太贵了，每尺近三千新币哪！"

接着他把豪宅的优势介绍得巨细靡遗，宛如房产中介，我因此知道这楼盘距离乌节路地铁站和世界城购物中心只有八、九百米，往东是繁华商圈，往北是使馆区，周边除了本地名校莱佛士女子中学外，还有ISS国际学校、新加坡女子小学及英华小学等，Gramercy公园也近在咫尺……

"你女儿真幸福。"我说着应酬话。

"才14岁就有96公分的大长腿，脸也长得像她妈，漂亮得很，把莱佛士书院的男生迷得神魂颠倒，我不得不让家务助理每天接送，好赶走那群苍蝇。"冯主任继续吹嘘。

"还好这个点你的漂亮女儿不在家，否则就不好解释了。"我冷冷地说。

"是，是，"他略显尴尬，"现在家务助理也不在，我打发她到燕窝工厂拿货，而且叮咛她得盯着洗燕师把燕毛和燕头都清洗干净，估计往返也要三个小时以上。"

他像交待什么似的，在我耳中却是即将巫山云雨的告示。

晚班从下午四点到午夜零时，我和冯主任进入医院大厅时刚好差一刻钟四点，还好没迟到。我刚松了一口气，忽然看到汪医生往我们这边走来，顿时慌了，五官科不是人满为患吗？他怎么有时间出外"溜达"？

"汪医生，"冯主任向他招手，"正要找你呢！"

完了，就要东窗事发了……

"什么事？"汪医生看着冯主任，又转头看立在主任身后的我。

"明天调你到眼科，你在五官科待太久了，"冯主任拍拍他的肩膀，"小伙子不错，加油！我看好你。"

他呵呵一笑后离开，留下我和汪医生四眼相望。

"怎么回事？"他问。

"什么怎么回事？"我的心跳得好快，"噢！那件事，你也听到了，你被调到眼科实习，恭喜了，呵呵！"

相对我的"强颜欢笑"，汪医生却是一脸寒霜："我问妳，冯主任为什么无缘无故调我离开五官科？妳……做了什么？"

我答什么都没做，是他表现好，不关我的事，我什么都没说也没做，和主任一起进医院纯属偶然，碰巧在停车场遇上，他刚回家一趟……

越描越黑说的就是我，眼瞅着编不下去了，我赶紧借口上班要迟到，拜！

～

一连几天都没看到汪医生，我放下心来。

眼科部的主治医生个个"慈眉善目"，他无庸连续值两个班讨某人欢心，这是好消息。

～

今晚我值大夜班，从凌晨到早上八点，辛苦不在话下。

"看来二月份我们基本睡不到一起了。"老公早餐桌上说。

"嗯！储藏柜里有谷物，是你喜欢的牌子，如果吃腻了就到诊所旁边的食肆吃早餐，有油条、烧饼、豆腐脑等，晚上回来我煮好吃的等你。"

郑之龙很满意我的回答，他把鸡汤细面囫囵吞下肚，抹了一下嘴角后，起身准备上班。

之所以刻意讨好老公是因为爸妈今天下午到，他们来新加坡与我共度农历新年，我希望到时他"赏脸"，别让我下不了台。

郑之龙走了之后，我到新加坡最高端的超市 Market Place 采买，近一年没能承欢父母膝下，我感到内疚，所以想在食物上做补偿。我挑了最新鲜的食材，还买了父亲爱喝的五粮液，飘洋过海而来的中国酒在价格上贵出很多，但我不在乎。

回家后，该洗的洗，该切的切，眼看时间不早了，我脱下围裙赶搭东西线地铁至樟宜机场接机。

老公回家时，母亲正将炸好的桂鱼淋上热气腾腾的卤汁，吱吱叫的声音，活像松鼠在哀嚎。

"我爸妈来了，"我接过他的公事包，低语，"快打声招呼吧！"

郑之龙面无表情地走过去喊了声："爸、妈，你们来了。"

相较女婿的冷漠，我爸妈可是热情洋溢，问他累不累？要不要喝口水？马上就开饭了……

老公答不累、不渴，然后转身提醒我吃饭时再叫他，他上楼去了。

"之龙怎么了？很不高兴的样子。"母亲一副戒慎小心的样子。

"没事，可能在诊所受了气。"我安慰她。

母亲一下飞机就赶着将我手上的活儿接过去，头发乱了、满脸油光，却还关心自己女婿的心情起伏，我突然好想哭。

～

原本应该是和乐温馨的一餐，却被郑之龙给破坏无遗。

"桂鱼多少钱一斤？什么？！三十新币？妳也太不会过日子了。"

"怎么不买葡萄酒？十新币有一大瓶，这五粮液在新加坡可贵了，早知道就从中国带回来，省不止一半的钱。"

"我们平常吃饭基本不超过三道菜，像这样的'宴席'绝无仅有。"

"刚开了家私人诊所，贷了一大笔钱，也不知什么时候能还完，借贷人是我们夫妻二人，所以不光是我个人的问题。"

……

真不知道郑之龙是怎么想的，偏偏挑这个时候谈钱，让爸妈胃口尽失，可惜了一桌好酒好菜。

"你……省省吧！不是刚买了个所费不赀的水晶吊灯挂在诊所大厅吗？"我没好气地反击。

老公答那不一样，病人进入高大上的诊所，掏钱才会爽快，说到底这是投资，懂不？

听到此，父亲开口了："我不知道你们的经济状况，看样子小嫒在这个家用钱要非常小心。你放心，我们这次来主要是家人团聚，伙食和住宿费多少会添点儿，只会多不会少。"

"爸，你说啥？"我急了，"来女儿家住还谈钱，太见外了。"

说完，我望向自己的老公，希望他也表表态，然而他却把眼光落在蚝油牛肉上，吃得津津有味。

"没事，"母亲对我微笑，" 我们多年前买的股票涨了，每个月还有退休金，平常也没什么开销，旅游度假不也得花钱，哪有来女儿女婿家过得舒心？"

有了两位老人的承诺，郑之龙的态度一百八十度转变，不仅劝我父母多吃点儿，还跟父亲干了好几杯五粮液，整个人轻松许多。

我在厨房里洗碗盘，母亲帮着擦流理台和炉灶，只听见哗啦啦的水声及碗盘碰撞的声音。

"之龙对妳好吗？"母亲还是问了。

" 好。"一答完，我的眼泪像断了线的珍珠，啪啦啪啦地往下掉。

"要真过不下去就跟我们回家吧！"

母亲说回"家"，我才发现在新加坡我没有"家"，充其量只是住在一栋华美的宿舍里，没有爱和关怀，只有利用与折磨。

" 回去不过是一张机票的事，但我不甘心就这么灰头土脸地离开。"我拭去泪水。

" 唉！当时看郑之龙老实巴交的，没想到是只披了羊皮的狼，早知道该多看看，妳舅舅的公司就有几个不错的小伙子……"

知道母亲又要说些"事后诸葛亮"的话，我赶紧表示自己上大夜班，得走了。

"让之龙送妳一程吧！"母亲说。

" 我向来自己打车。"

听见母亲在我身后长叹一口气，再也没有比那个更无奈的了，唉～

第二十八章/年夜饭

再过两天就是除夕夜，我好说歹说才得了连假，从除夕当天到大年初三零时，总算能和远道而来的父母过大年，怎不令人雀跃？但……

"后天一早我飞巴厘岛，帮我整理行李，大年初四回来。"吃完晚餐回到房内，老公说。

私人诊所不像医院全年无休，农历新年是放假的，通常从除夕放到大年初四。本来想着老公有五天长假，我们全家能出外踏青，享受天伦之乐，没想到计划全被打破了。

"为什么？别告诉我出公差。"我冷冷地问。

"的确是出公差，我到巴厘岛参观制药厂，为以后的进药做准备。"

"巴厘岛有制药厂？"我扬起声来，"你怎么不说伊拉克有时装秀？"

郑之龙冷哼一声，说我是井底蛙，既短视又肤浅，他懒得跟我沟通……

"是呀！家花哪有野花香？想必Lucy不是井底蛙，既不短视也不肤浅，你乐得跟她沟通，而且是用身体沟通……"

"啪！"郑之龙跳起来赏我一巴掌，"久没打妳，皮痒了？"

老实说，我以为再怎么着，老公也不会在我父母来的时候打我，不看僧面看佛面嘛！没想到他仍秉持一贯的作风，想打就打，毫不手软。

"你干脆打死我好了，打呀！"我跨前一步，"给你打！"

"妳以为我不敢？"

当父母闯进来时，我已躺在地上捂着肚子喊疼。

"小媛，怎么了？"母亲过来扶我。

"妈～"还没告状，我已经泪流满面。

爸开口了，听得出来竭力想压住怒火："之龙，小媛有什么错不能用说的，非得把她打倒在地？"

"你问问你的宝贝女儿做了什么？男人在外工作容易吗？动不动就疑神疑鬼，叫我如何安心工作？"老公说得理直气壮。

我赶紧澄清自己不是无理取闹，有谁大过年会出公差？怕是和小三双宿双飞，他和一个药商代表已经不清不楚很久了……

"你们听听，这是什么话？"郑之龙转向我，"崔媛媛，妳脑子有病，该看精神科！"

"够了！"父亲大喝一声，"我自己的女儿清楚着，她不是胡乱编派是非的人，你肯定有不检点之处。"

没想到父亲的"申张正义"换来的是我们仨同时被赶出主卧室。

"小媛，要不……"母亲哽咽了。

"爸、妈，对不起，让你们看到这么不堪的一幕，我是如此不孝……"

我永远无法原谅那个名义上称为老公的人，让我们全家在应当欢乐的日子里抱头痛哭。

郑之龙，我恨你！

除夕早上值完大夜班回家，刚好和拖着行李箱出门的老公擦肩而过，我们彼此没有交谈。

"小媛，快来吃早餐，妈给妳做了爱吃的大肉包，"她停顿了一下，"连之龙也吃了好几个。"

母亲的肉包在亲友间是出了名的，皮薄、肉厚、汁多，但因那个冤家也吃了，害我顿时失去胃口。

"为什么给他吃？他还打妳女儿呢！"我很不满，觉得自己被背叛了。

母亲拉着我的手坐下，给我盛了碗豆浆，再从蒸笼里挟了几个热呼呼的包子放在盘里递给我："吃！没放姜，知道妳不喜欢。"

我勉强拿起来入口，天呀！这么好吃，简直是人间美味。

母亲看我吃得开心，清了清喉咙后说："小媛呀！我和妳爸商量了，夫妻劝和不劝离，哪对夫妻不吵架？妳之所以生气是认定之龙偷腥去了，但万一他真的是为这个家去打拼呢？难怪他会气得打人……"

"妈～"我喊了起来，"你……你们到底站哪边？我可是你们的亲生女呀！"

父亲本来坐在客厅里看报，这时也加入谈话："正因为妳是我们钟爱的女儿，我们才会委屈求全，如果不是为了大局着想，我这把老骨头肯定和那人拼了，但……妳有没有想过离婚的女人难再嫁？哪天我和妳妈上西天，妳身边没个人照应，我们如何安心？"

"是呀是呀！"母亲接棒，"而且今天早上之龙也说了，打人不对，他意识到自己的错误，只是碍于面子没跟妳道歉。"

虽然我有一箩筐的话要说，包括自结婚以来，挨拳头已成了家常便饭，离婚是难再嫁，但也胜"伴君如伴虎"，还有还有，郑之龙绝不是因公出差，没听过度假胜地还有制药厂……但这些我都不能说。

父母的思想很老旧，虽然偶尔有让我回家的念头，那不过是脑子一热的结果，等冷静下来就不是那么回事了。

见我不言语，母亲递过来一个信封，说："之龙很有心，他让我们今晚找家餐厅吃年夜饭，别忙活了，这钱是他给的。"

我下意识打开来看，哈！亏他有心全换成2元纸钞，看着厚厚一沓，其实才100新币，折合人民币五百元不到，这个数只够上大排档吃年夜饭。

"成，既然是他给的，我们就痛快地花掉，也算不枉费他的一番苦心。"我自嘲。

母亲要我吃完早餐睡觉去，下午四点再叫我，但我睡不着，开始翻箱倒柜，你若问我找什么？我答："老公的银行卡。"

前阵子买诊所的水晶吊灯时，商家说刷银行卡可省3%，就在老公输入密码时被我"刻意"偷瞄到，现在只要找到卡即可……

没错，我不介意当"家贼"。

郑之龙为了防止我多花钱，每月只给寒酸的生活费，如果有额外的开销得另外申请，申请不通过就只能自掏腰包，而今天……这个理当家庭团聚的日子，他竟然想用100新币堵住我们三人的嘴，门儿都没有，非得让他大出血不可。

我把想得到的地方都翻了个遍，依旧没有银行卡的影子，想必被带走了。我很气馁，原以为他会像前几次一样，不小心把卡遗留在家里。

∼

下午四点，母亲准时唤我。

"还想睡吗？想睡就不吵妳。"母亲小声说，"对了，赶紧给之龙打个电话，他的银行卡搁在兜里，还好洗衣服前被我发现，否则……"

我赶紧跳起，抢过卡一看，果然是大华银行卡，太好了！

老公有多张银行卡和信用卡，小小的皮夹被撑得鼓鼓的，也许就是这个原因把其中一张卡给"挤"出来了。

"知道了，我会打给他。"我答，然后自然而然地收下那张卡。

"我看年夜饭还是在家里吃了算，就我们仨，炒个菜很快的。"母亲说。

我答怎么成？她的女婿已经给钱了，不出去吃不合适，然后将她往房外一送："去化化妆，穿身漂亮衣裳，待会儿我们上顶级餐厅吃饭，嗯？"

第二十九章/植物园

新加坡人普遍喜欢外食，平均每月的外食金额占亚太地区第一。到了重要节日，譬如农历新年就更不在话下，各大餐厅的年夜饭早早爆棚，不光得提前预定，还被限制时段。这可不，我打了不下十几通电话，皆被打回票。

"我看算了吧！家里还有半块叉烧及未开封的腊肉，我煮叉烧炒饭及青椒腊肉，再煮个笋片汤凑合着吃吧！"母亲说。

这怎么可以？一年中最重要的家庭团圆日却吃得如此寒酸，父母还打老远过来，怎么都说不过去。我赶紧又拨打电话，这次是"鸿福轩"，一个平常就人山人海的中式餐厅，走的是高档路线。

果然接线员跟我说抱歉，他家的预约早一个月前就满了。我正想放弃，忽闻电话那头传来对话声，大意是有客人因班机延误来不了了……

"把预约给我吧！"我抢着说，"我们二十分钟内能赶到。"

"可是……那是十人包间，有最低消费。"

"钱不是问题。"我豪气地答。

我们才花十五分钟就赶到"鸿福轩"，里面已经人山人海。

"这么多人，有位吗？"母亲皱紧眉头问。

我要她别担心，订的是包间，在最里面，没人跟我们抢……

"Miss Cui, 也来吃年夜饭？"

听见有人喊我，我转过头去，发现是REQ的MO(全是中国来的),总共五位，清一色是男的，包括汪致远。

"你们怎么在这里？"我问。

答话的是小个头的简医生，他说他们五个"老乡"约了一起吃年夜饭，谁知道吃顿饭还得预约，他们已经被多家餐厅拒绝，看来得回家吃泡面……

"吃什么泡面？跟我们一起吃吧！我订了十人的大包间。"反正有最低消费，我乐得慷慨。

就这么着，用餐人数从三人增至八人，一群人吱吱喳喳地进入包间。

五头南非鲍鱼八宝鸭、黄尾鱼金枪鱼捞生、干炒蜜酱芝麻鸡、药轲虾、香煎三文鱼、银鱼炒饭、窝打春卷、西蓝花炒腊肉、四川烤鱼、家常火锅，外加两打啤酒及五扎鲜榨果汁。

"Miss Cui, 妳中彩票了？全点贵的，让我看看自己皮夹里的钱够不够付……"说话的是广东腔很重的文医生。

我答不用他们付，这单我买了。

话一落音，四位医生齐齐举杯谢我，除了汪致远。

菜陆续上，啤酒开了十几瓶，酒醉饭饱后，大家松懈了下来……

"你们都结婚了吗？"母亲问。

这五人当中有三人已婚，只有矮个子简医生及汪致远未婚，于是母亲将注意力转向这两人。

"老家哪里？喜欢什么样的女孩？"母亲问外在条件明显比较好的汪医生。

知道母亲在想什么，我提出抗议，要她别问私人问题。

"问问何妨？"母亲睨了我一眼，"或许我可以帮他们介绍好女孩。"

"我已经有喜欢的人了。"汪致远答。

母亲因此流露出失望的神情。

"伯母若能替我介绍就太好了，我没啥要求，不嫌弃我矮就行。"简医生抢着说。

母亲的眼睛重新亮了起来，问他介不介意娶离过婚的女人？

"这……不合适吧？！我人虽矮，好歹是个医生，应该配得上没结过婚的女人。"

话题瞬间冷了下来，母亲终于闭上嘴不再发问。

"吃！"父亲接棒，"你们医生平常很忙，吃没吃好，趁现在补一补，有好的身体才能走更长远的路。"

为了这句话，医生们轮番敬父亲酒，只有汪致远将父亲的酒移开，递上橙汁，说上了年纪的人要控制酒量……

结账时不多不少近1000新币，几位医生想塞钱给我都被我回绝了，包括汪致远。

"这样吧！明天轮到我休假，载你们出外逛逛，算是抵餐费。"

汪医生一说完，其他四位都把钱给了"司机"，要他好好招待我们。

"太好了，有辆车到哪儿都方便。"母亲喜滋滋地答。

我问汪致远哪儿来的车？他答Avis网上就能租到，一天约一百新币。

"那好，明天早点儿来，我们一起吃早餐。"我说。

过去几天我值大夜班，加上老公每天在家吃晚饭，而我上班回来还得补眠，一天的时间被切割得乱七八糟，等于父母被迫宅在家里，所以当汪致远说要载我们出去玩时，我的心里是欢喜的，不光为了父母，也为了赶走家里的阴霾。

早上八点，汪医生来敲门，母亲笑盈盈地迎他进门。

"今天天气好，是踏青的好日子。"母亲说。

"是的，就怕待会儿太阳太大，还好植物园里有很多树，应该不致于太热。"他答。

去植物园是父母昨晚做的决定，一来就在市区，一天可来回；二来散散步，顺便活动筋骨；三来植物园免门票，再好不过。

我们四人边吃着父亲做的"崔氏葱油饼"边话家常，兜兜转转后，母亲问汪医生："你父母是做什么的？家里有兄弟姐妹吗？"

知道她又要调查户口，我赶紧说国外不时兴问这个，没想到汪致远主动交待自己的身世，还说平常喜欢摄影，待会儿帮我们拍照，他连专业照相机都带来了。

"这个好，今年我们仨还没拍过全家福呢！"父亲说。

新加坡植物园开放于1859年，这个位于闹区旁边的绿色宝

地汇集了超过两万种亚热带和热带的珍奇花卉与原始树林，整个园区规划得很好，环境优美、空气清新，到处都是适合拍照的点。汪致远拿起他的专业单反相机，咔嚓咔嚓地帮我们拍了好几张。

"口渴了吧？！我去小卖部买几瓶冷饮。"汪致远把相机交给我后，转身就走。

"多好的小伙子呀！如果当初看上的是他，妳也不用受苦了。"母亲感叹。

我答"当初"汪医生还在中国的某个城市，何况他已经有喜欢的人了……

没多久，汪致远捧着汽水及冰棒过来，有我爱吃的榴莲味。

"汪医生，这边坐，"母亲挪了挪身子，空出个位置来，"这里凉快些。"

我抗议自己和父亲坐在凹凸不平的大石头上，汪致远却能坐在平坦的花台上……

"吃人的嘴软嘛！"母亲转向汪医生，"你喜欢的女生是哪里人？大过年怎么没约着见面？"

又来了，我要母亲别再问私人问题（虽然自己也挺想知道答案）。

"她……住新加坡，今天……跟父母外出了。"

汪致远真的有女朋友，还是新加坡人？这真是条大新闻，平常看他很忙，也不知是什么时候认识的？

"我家小媛要有那个命就好了……"

"妈～"我喊了起来，"说什么呀！让人看笑话了。"

父亲赶紧接口："老太婆，去前面的胡姬花园看看吧！妳不是挺喜欢花的？"

就在我们父女的通力合作下，总算成功转移了尴尬话题。

第三十章/温水煮青蛙

逛完植物园，父母说想看看海洋馆。

新加坡的海洋馆在圣淘沙岛上，是世界上最大的海洋馆，拥有10万多个海洋动物，游客们可一窥令人叹为观止的海底世界。馆内还设有全球最大的水族观景窗，呈现无与伦比的壮观景象。

"妳的父母很有童心啊！"汪致远说。

"的确，人家说'老小孩'，老人就像孩子，要哄着、疼着。"

"那么待会儿上'海之味餐厅'，他们肯定喜欢。"

"海之味餐厅"设在海洋馆内，算是整个新加坡最浪漫的地方，其神秘而忧郁的蓝色色调笼罩着整个餐厅，墙上有大片的玻璃窗，让成群的海洋生物缓缓而过，说是置身海洋世界也不为过。

果然父母对此大为惊艳，嘴巴张得老大，大概不相信世界上竟然还有这么梦幻的地方。

坐下后，汪致远点了香煎鲂鱼、熏烤土豆泥，芹菜心、鱼子酱、杏仁碎番茄冻、煎北极鲑、柠檬粗麦饭、仙人掌冰生蚝，焖牛肋佐松露酱、香煎鸭腿、炸面包蟹等等。

父母一直说好了、好了、够了、够了、吃不完、别再点了……但做东的汪医生却不手软，点了一道又一道，等呈上来时又是一番惊喜，因为不仅摆盘漂亮，东西还好吃，配合周边的美丽环境，这个新年晚餐实在太丰盛了，然而"一分钱一分货"，结账时我发现这一餐竟然比"鸿福轩"的十人年夜饭还贵。

"不行，不能让你付。"我掏出老公的大华银行卡，但被汪致远推开。

"差也就几十新币，我不付，回去怎么跟其他弟兄交待？"他说。

听至此，我释然了。

的确，其他MO给了他钱，总不能让他背负私吞的恶名吧？！

回家路上，汪医生问我何时上班？我答明天午夜。

"我休到后天，要不，我们上乌敏岛玩玩？一天可来回，不会耽误妳上班。"

我本来想回绝，但一想到过几天父母就回国了，眼下我又即将上班，总得趁假期带他们四处转转，好留下点儿回忆，况且"欠"汪医生的钱也能在游玩中以买这买那的名义归还，否则如何两清？

"好，明天见。"我答。

～

半夜起床找水喝，听到客房里传来父母的对话声。

· · ·

"这个汪医生人挺好的，要多个女儿就好了。"母亲说。

"多个女儿又怎样？人家已经有女朋友了。"

"我看不是那么回事，要真有，大过年不约着出去？我猜暗恋的成份居多。"

"暗恋就暗恋呗！老太婆管的事还真多。"

"这你就不懂了，暗恋表示还没成，小伙子还单着，哎！若配咱家媛媛多好，郑之龙这个王八蛋，根本就是只癞蛤蟆。"

"妳少说两句，小媛还是有夫之妇，这传出去多难听，省省吧！儿孙自有儿孙福。"

……

知道父母还在操心我的婚姻，我很内疚，结了婚也没让他们省心，真是不孝！

～

早听说乌敏岛是新加坡最后的村落，一直有心前往一探究竟，可惜总被这事、那事牵绊而未能成行，经汪致远这么一提议，我终于有机会一睹庐山真面目。

开车到樟宜村时刚过八点，由于时间尚早，开门的店铺不多，我们随便找了家咖啡店点椰浆饭当早餐，味道还不错。

吃完饭走到樟宜角码头乘船，是那种很古老的小船，在摇摇晃晃中，我们顺利抵达对岸。

一上乌敏岛，立马让人忘记城市的喧嚣，很难相信新加坡还有这么"乡下"的地方，在这里就该行走或骑自行车。考虑到要"环岛"，我们租了自行车上路，天气很好，阳光普照，沿路不仅看到山猪以及奇奇怪怪的植物，还经过一个穆斯林坟墓及眺望台。

就这么骑骑停停，拍了多张照片后才往回走。下山时，风从耳边吹过的感觉太舒爽，让人从内到外都洗涤了一遍。

回到车上，我们继续话家常，由于气氛融洽，当汪致远提到想念家乡的红烧肉时，母亲立马表示家里有带皮五花肉，现在才下午三点多，时间上来得及做晚饭，也不会耽误我上大夜班……

"妈，也许汪医生还有约会。"我赶紧阻止。

"没有，我没有约会，很想尝尝崔妈妈的手艺。"他答。

哎！话都说到这个份上，我只能任车子往Nassim Road驶去。

一回到家，母亲马上进厨房，父亲则喊累，说要上楼躺躺，吃饭时再叫他。

诺大的客厅因只剩我和汪致远两人，我为他泡了杯热茶。

"郑医生……不在？"他问。

"嗯！他……去巴厘岛……参观制药厂……后天回来。"

"巴厘岛……制药厂……"他喃喃道。

我知道这回答很难令人信服，但恰恰是郑之龙给的。

"你的临床轮转如何？"我转移话题。

"不错，眼科部的主治医生都很nice，有问必答，教会我不少东西……谢谢妳。"

我问他何以言谢？这事与我无关。

"与妳无关也谢妳，很少有人会为我牺牲这么多。"

汪致远的回答让人一头雾水，他到底知道了什么？

"你在这里人生地不熟的，我们又同为中国人，别说牺牲，太言重了，算是抱团取暖吧！"我答。

谁知汪致远放下茶水，直言："媛媛，妳应该离开郑医生，他是泥沼，迟早会让妳灭顶。"

听他唤我"媛媛"而非"Miss Cui"，代表我们之间的情谊更进一步，让我深受感动。

"我知道，这需要时间，老公又是脾气暴躁的人，我若想走，怕有一番折腾。"

在新加坡，离婚对女性采取明显的倾斜性保护，比如不管妻子是否有收入，离婚后前夫都必须支付赡养费直至前妻再婚或去世为止，而赡养费的支付标准是让前妻的生活水平不会因离婚而降低。

郑之龙已经离过一次婚，时不时还抱怨每月得"养"着不相干的人，我若提离婚，他岂不是又要大出血一次？哪有轻易放手的道理？

"妳若真想走总有办法，譬如提出家暴证明。新加坡对家暴采零容忍，妳很容易能从不愉快的婚姻关系中解脱。"

我答非不得已不想走那一步，毕竟"面子"对我而言很重要，况且郑之龙"正常"的时候对我还是不错的，我不想将事情做得太绝……

"哎～家暴就是一步步踩着对方的底线而来，好比温水煮青蛙，当事人往往不明白自己正在受苦，反而找各种借口替对方开脱，我不想看到母亲的悲剧再次重演，妳……好好想想。"

"会的，我会深思熟虑，谢谢你的提醒。"我答。

第三十一章/手舞足蹈

汪致远说错了，我不是不知道老公正一步步踩着我的底线将我逼至绝境，也明白自己正受苦着，之所以忍耐是因为还未部署好，等时机成熟后必来个回马枪，让欺负我的人跪在地上求饶。

郑之龙是在大年初四的晚上十点多进的门，那时我正收拾东西准备出门上大夜班。

"人哪？我刚谈了笔大生意，回来连个拖鞋也没有。"他立在门口咆哮。

老公的拖鞋一向搁在入口处，大概这几天人不在，母亲拖地时把鞋收进鞋柜里了。

"应该在鞋柜内，你弯腰取就是。"我答。

"我偏不，妳帮我拿。"

"我赶上班呢!"

我走过去跶上平底鞋，一转身被老公抓住，然后火速吃了他一个耳括子："翅膀硬了？把老公的话当放屁！"

为了不惊动在楼上休息的父母，我委屈自己给他取拖鞋。郑之龙跶上后还踹了我一脚，骂我动作太慢。

我忍住泪水对他说："我父母明天回国，能不能别吵？给他们留点儿好印象。"

"这得看妳的表现，不是我说，妳最近像吃了熊心豹子胆，和我作对的次数越来越多。我警告妳，再这么任性下去，妳有苦头吃了。"说完，他迳自走向客厅。

我在原地沉默一会儿后，默默开门走向黑夜。

"媛媛学姐，妳说爱人幸福还是被爱幸福？"问话的是清汤挂面的护理员，几次见面后，我知道她叫黄莺，刚满二十岁。

虽然出门前吃了老公一巴掌，心情很不好，但我还是回答了。

"怎么会无解？妳和学姐夫是公认的神仙眷侣，最有资格回答这个问题了。"她说。

我想了想，小女生对爱情很懵懂，有这类疑问很正常，遂告诉她有人觉得爱人幸福，另有人觉得被爱幸福，答案因人而异，能彼此相爱最好。

"没错，就像学姐和学姐夫一样。"她笑嘻嘻地答。

噢！不，我对他从来没有爱的感觉，若有，那也是不了解所带来的假象，至于他爱不爱我……如果"打是情，骂是爱"，那么他肯定很爱很爱我。

早上七点，还不到交接班，我却看到宝儿的身影。

"家里没吃的，特意来食堂吃早餐，一大早就吃汤包，满嘴油腻腻的。"她解释。

我啪啪啪地打着键盘，宝儿也没歇着，把最近发生的大小事都巨细靡遗地给交待了，包括汪致远被调到眼科部一事。

"妳说怪不怪？五官科的新医生还未报到就放人，害两位主治医生一天看一百多个号，连上厕所或喝口水都没时间，遑论吃饭，看Dr.Robinson和Dr.Thompson瘦得……"

我笑她太杞人忧天了，何况Dr.Robinson和Dr.Thompson一点儿也不瘦，两人加起来近四百斤。

"哎呀！我是说跟以前比，倒是汪致远这两天有点儿发福，也许春节吃多了。"

"有种肥叫幸福肥，所谓'心宽体胖'嘛！"

宝儿说她不这么想，一胖毁所有，如果汪医生和她走到了一起，她会严格控制他的体重，让男神的地位永远屹立不摇。

"太迟了……"

话一说出口我就后悔，宝儿缠着我问为什么，尽管我答不清楚，别问了，她依旧像咬住猎物的狼，丝毫不放弃。

"好吧！告诉妳，汪医生有喜欢的人了，还是新加坡人，妳……"

"不可能！"宝儿抢话，"这几天我上早班，下班后都和汪医生一起念书，他很nice，一直辅导我的功课，若有喜欢的人，怎么可能好几天不约着出去玩？"

有那么几秒钟，我怀疑汪医生喜欢的人是宝儿，但再一想，宝儿不是新加坡人，她的父母也一直待在中国，与汪致远描述的有出入。

"Well，这是他亲口说的，妳若有疑问可以向当事人求证。"

"亲口？你们约了见面？"

我遂把这两天发生的事坦白相告。

"哎！大过年若不用上班，我也能跟你们一起出去玩。"她很懊恼，好像已经从汪致远的"女朋友疑云"中抽身而出。

在机场免不了又是离情依依的场面，不同的是父母不再说些"吃饱穿暖，有空回国"之类的温馨话，而是一昧地要我对丈夫顺从，忍耐才能守得云开见月明，等老公老了，他会知道发妻的重要性……

"是呀！等他齿摇发落没力气打我时，我的幸运日就来到……如果在那之前我没被打死的话。"我心想。

"小媛，"母亲拉着我的手，"要个孩子吧！有了孩子，男人的心就定下来，不会被外面的花花草草所迷惑。"

我无力地答知道了，然后催促父母进关。看他们离去后，我身体内的某些东西也被带走，人好像成了空壳，恍恍惚惚的。

"郑夫人……郑夫人……郑夫人……"

我一直走到机场六号口，那个"郑夫人"的呼唤声还不绝于耳，我心想这个郑夫人还真耳背，不料右侧肩膀被人点了一下，我转过头去，是个西装笔挺的中年男士，很面生。

"请问是郑夫人吗？"他问。

我想了一下，回答自己的老公姓郑，但我不认识他，他认错人了。

"我也不清楚自己是否认错人，但我的老板让我过来喊妳。"

我顺着那人的目光望过去，看到一位身穿高尔夫休闲服的老人，他向我招了招手，原来是方淮安。

"是……是的，我是郑夫人。"我承认。

"那么一起过去吧！老板的车停在地下二层。"他答。

方淮安的车子是1959年的凯迪拉克古董车，尾翼是经典的火箭造型，车身的颜色为苹果绿，还有个白色的顶篷，开在路上肯定拉风。

"这车是老板从一年一度的蒙特雷汽车周中竞价得来，花了1400万美元。"方淮安的司机报料。

我倒吸一口气，这价钱大概能买下一座小岛。

"呵呵！把我卖了也卖不到1400万美元。"我笑说。

方淮安倒没在这个话题上打转，他问候我的老公，我答郑之龙已经离开REQ，开了一家私人诊所……

"真可惜，他若在，下礼拜的体检就能请他帮我检查，最近老鼻塞加耳鸣，不知身体出了什么问题？"

"放心，体检部的医生都是一时之选，尤其您是VIP客人，服务绝对是一等一。"

"哎！我喜欢的护士不在那里，再好的服务也不过尔尔。"他叹了一口气答。

我想起"大番薯"说过的话，去年体检部护士Miss Zhou在服侍完方淮安之后便离开REQ成为他的私人看护，薪水不知翻了多少倍，俨然现实版的"麻雀变凤凰"。现在方老板说他喜欢的护士不在体检部，难道指的是Miss Zhou？不对呀！他天天能见上面，何来遗憾？

当我"胡思乱想"之际，方淮安仿佛有心电感应，主动告诉我周护士离开新加坡到美国读书去了，进修的费用还是他出的。

原来如此，看来替方老板工作油水很多，不仅能把座驾从Honda换成路虎，还能远渡重洋到彼岸镀金，任谁都知道，留学的费用不会是笔小数目。

"体检部是个美差，工作轻松还不用倒三班，我也想调到那里去。"我有感而发。

"妳真的想到体检部工作？"他问。

"是的，做梦都想。"

"小事一桩，我让妳美梦成真。"他豪气地答。

车子停在小区门口后，我和方淮安互留电话号码，然后目视凯迪拉克呼啸而去。

没等桌上的热茶冷却，手机就传来短信："对我而言，妳比凯迪拉克古董车还珍贵，哪里能竞拍？告诉我。"

看完短信，我喝了口茶水，意外发现茶味竟如此甘甜，以前怎么没发觉？

老公坐下来吃回国后的第一顿晚餐。

"Lucy怀孕了。"他边吃边说。

我愣了好几秒后，问："是那个风骚女人Lucy吗？"

"药商代表就药商代表，干嘛给人家乱扣帽子？"

我吞了一口口水，艰难地问孩子该不会是他的吧？

郑之龙兜了好大一圈，不外Lucy爱玩，不会是个好母亲，但能怎么办？他已经四十多岁了，老婆又是只不会下蛋的母鸡……

刚结婚那会儿，我也期待有安琪儿降临，所以完全不做防范措施，偏偏在频繁的房事后肚皮依然无声无息，郑之龙遂将矛头指向我，认为是我偷偷服用避孕药的结果。我把父母的生命拿来发毒誓，加上他翻箱倒柜也找不到物证才勉强相信，而下场是从此他便名正言顺地指责我是只不会下蛋的母鸡，让我百口莫辩。

"别做梦了，我宁愿离婚也不帮别人养小孩，省省吧你。"我推开桌子离席。

一整晚我都在怪自己厄运当头、所遇非人，就在自怨自艾中，我突然灵光乍现："崔媛媛呀崔媛媛，妳犯傻了？这是老公出轨的最佳证明，咬住这个迫他离婚，很快妳就能重获自由身。"

想到此，我像中了头彩似地手舞足蹈起来。

第三十二章/回到原点

上完大夜班回家，看见冰箱贴下有张老公留的纸条，他要我将蓝色西装裤拿去干洗，又说最近很容易疲倦，叮咛我买只老母鸡炖汤喝，末了，问我有没有看到他的大华银行卡？

看到"大华银行卡"五个字，我的心喀噔了一下，怎么把这事给忘了？

我把谷物倒入大碗里，加了牛奶后，边吃边想："衣服送洗、炖鸡汤、银行卡……衣服送洗……巴厘岛……Lucy……怀孕……"

老天！郑之龙和小三旅游完后回家，还理直气壮地要求我炖汤及送洗游玩时穿的长裤，而我还愣愣地发愁该如何解释吃年夜饭花去的968新币，简直蠢得可以！

我把5新币一大盒的Kellogg's推开，拿上老公的大华银行卡出门血拼去。

$\sim$

滨海湾的金沙购物广场面积很大，共有10层高，采用了全玻璃的透明内饰，让消费者能沐浴在阳光下购物。与其他购物广场不同的是，它的地下一层有一条室内小运河，很像澳门的威尼斯人度假村酒店，两岸同样有奢侈品商店和餐馆。

我买了LV的Cluncy手袋及Prada的杀手包，转身看到某牌护肤品正在做促销，什么神仙水、大红瓶、小红瓶……等，我一出手就是两盒套装，只因销售说买两盒送一盒，结账时才发现送的是一盒面膜。

大概我的脸色不太好看，销售把我拉到一旁说悄悄话，告诉我来自迪拜的某家水疗中心正在试营业，我的消费超过1000新币，能获得一张免费的面部护理券，然后很热心地带我前往，还好不远，拐个弯就到。

接待我的人果然长着一副中东脸孔，能说怪腔怪调的英语，尚且达意。说好的给我做免费的保湿护理，话锋一转，提到她家新推出一款黄金面膜，还科普黄金自古以来便是美容圣品，其产生的微电流与人体电流基本相同，通过负离子作用能促进血液循环及刺激细胞生长，达到新陈代谢的效果……

我问多少钱？她答和美丽的容颜一比不算什么，何况现在是试营业，所有疗程半价。

想到今天就是来花钱解气的，有什么不可以？于是躺下，享受土豪才配享有的待遇。

付完4158新币的黄金面膜疗程后，我已经不再畏惧花钱，把鱼子酱当零食吃还买了好几件专柜的当季衣服及鞋，甚至还买了一顶观马赛用的紫色幽兰花礼帽，天知道我连赛马场在哪儿都不清楚。

花钱解气后，很快闲得发慌，是时候和小三谈判，我约她在小运河边的咖啡厅喝咖啡。

"没空，正上班呢！"她说。

"都六点了，上个鸟班？别怕，我不打孕妇。"

"妳……都知道了？"

我答非但知道，自己还被钦定当她孩子的养母，为了这个任重道远的安排，再怎么着也得见见面讨论讨论……

刚挂上手机就接到老公的来电，他问我今晚的晚餐在哪里？

"冰冻层有电视餐，放到微波炉里加热即可，再不然，下个饺子总会吧？"

"崔媛媛，妳一天到晚在家都做了什么？连个晚餐也煮不出来？"

我要他别生气，不过是一餐，大不了出去吃……噢！不，不能出去吃，待会儿有人送货上门，他得帮我签收。

"送什么货？"

我答我拿了他给的"精神损失费"买了几样小东西，顺便预告待会儿请他的情妇吃饭，鲍鱼及鱼翅乌骨汤的花费不低，估计没有一千也得八百……

"妳哪来的钱？"他问。

"你的大华银行卡呀！傻子。"我哈哈大笑后挂上手机，同时为了防止老公再打来，立马关机。

请小三吃鲍鱼、喝鱼翅乌骨汤？我脑子进水了？门儿都没有。

Lucy一坐下，我马上替她点了最便宜的美式咖啡。

"我不喝美式。"她答。

"不喝也成，没人规定谈判一定得喝东西。"

"谈什么？"她将脸撇向一旁，"有什么好谈的？"

我看情势不对，自己有所求，得来软的，遂收起防卫的剑。

"妳肚里的宝宝多大了？"我问。

"不知道，反正要打掉。"

想到这是郑之龙盼星星盼月亮得来的骨肉，哪能说不要就不要？

"这事还得问孩子的爹。"我说。

"切，我都不清楚孩子的爹是哪位，问谁去？"

"妳什么意思？"

Lucy在下一秒给出答案，原来她真的和老公上巴厘岛游玩（果然如同猜测），郑之龙提议玩"水上飞鱼"，Lucy以"两个月没来例假，可能怀孕"为借口，拒绝玩高危的水上活动，没想到郑之龙自己对号入座，她倒没否认，毕竟孩子也有可能是他的……

这下子我懵了，原以为是板上钉钉的事，现在却是一团迷雾。

见我沉默，Lucy开口安慰："孩子应该不是妳老公的，时间往前推算，另一位医生更可疑，反正我不准备生下来，所以生父是谁不重要。"

"不，一定得是郑之龙的，"我几乎是怒火攻心，"拜托，别打掉孩子，妳早晚要生，倒不如趁年轻时生，身体恢复也快。"

Lucy像看怪物一样地看我。

我深吸一口气后，把已在脑海里回锅多次的计划告知：**我无条件同意离婚，不要赡养费，她可以和郑医生组成幸福的三口之家……**

"我不明白妳这唱的是哪一出？如果是行苦肉计大可不必，我和未婚夫就要结婚了，连酒席都订好了。"

"妳……妳跟郑之龙不是来真的？"我吓得下巴几乎要掉下来。

Lucy笑得花枝乱颤，她说这不过是婚前的浪荡，根本没想过要跟张三或李四有任何结果，何况她的未婚夫要容貌有容貌，要学历有学历，要工作有工作，她已经打算金盆洗手，从此过上正常的家庭主妇生活……

怎么会这样？与我预想的完全不一样。

"怎么？松了一口气吧？"她端起咖啡喝上一口，"小三能做到我这样不容易，一不要名分，二不要分手费，三连孩子都自己处理掉，妳呀！该知足了。"

哎！我宁愿她要名分、要钱、要孩子，现在她什么都不要才令人头疼，害我又重新回到原点。

一进家门，我差点儿被堆在门口的大小纸袋绊倒。

"送货员很尽责，交给我各个店铺的明细，我按了计算器，一共是25188新币，妳够可以的了，厉害厉害！"

老公这个点还在家，有点儿出乎我的意料，不过我打算让他更"如鲠在喉"。

"我还做了黄金面膜疗程及吃了点儿精致料理，总共不到五千新币，具体多少不清楚，你到网上银行查得了。"

郑之龙听完气得脸红脖子粗，我随时等候他出拳，没想到他只是要回他的银行卡并且警告我没有下一次。

"这不像你。"我皱起眉头问。

"要接受老公在外撒种的事实不容易，钱的事我不跟妳计较，但仅此一次，下不为例。"他轻抚我的肩头，"放心，妳的原配地位不变，Lucy终究会成为过往云烟。"

～

好运没持续两天，当我上完大夜班回家，刚一关上门，一个玻璃杯便迎面飞来，还好我反应快，让杯子砸在身后的大门上，往下跌个粉碎。

"你……怎么……了？"我吓傻了。

"哼！我怎么了？亏妳还问得出来，说！Lucy为什么打胎？妳到底对她说了什么？"郑之龙怒发冲冠。

我反问他何不亲自去问他的老相好？

"她把我拉黑了，电话不接、短信不回，只给了一纸声明说孩子打掉了，还说要和别人结婚，从此不再与我有任何瓜葛。"

"这不挺好的？"

话一说完，第二个玻璃杯又掷向我，只是这次没那么好运，杯子正中我的额头，当场起了个大包。

"没想到妳是这样狠毒的女人，巴不得我郑家绝后，也成，除非妳能生出个一儿半女，否则就别想走出这个大门！"

第三十三章/脱离苦海

说来真可笑，因为小三，我被老公强奸了，直到他再也举不起来，才施恩般地放开我，而我浑身的骨头早已散了架。

被施暴後，我以为自己会一夜无眠，没想到依然走入梦鄉。迷迷糊糊中，我听到忽远忽近的铃声，拿起手机接听，是母亲，她要我多保重身体，不要和老公硬来，以柔克刚才是正道……

挂上手机，我依然能听到铃声，猛一张开眼，才发现刚刚是梦境，母亲并没有来电话。

"Hello."我含糊不清地说。

"Miss Cui,还睡？太阳都下山了。"是早班护士长的声音。

我问是不是明天排早班的事糊了？噢！不，我太讨厌当夜行动物了，熬夜很伤身，我的脸上已经开始长痘痘，黑眼圈也很严重……

"别往坏里想，刚刚人事告诉我，妳被调到体检部，今晚不用上大夜班，明天直接到体检大楼报到。"

"真……真的？"太过惊喜，让我一度怀疑自己依旧在梦中。

"当然是真的，说也奇怪，体检部不缺人，反倒我们住院部人手奇缺，妳一走，代表体检部有个护士会过来，我想她恐怕不会太高兴，搞不好背后问候妳祖宗八代……"

我呵呵一笑，说："还不致于这么小气吧？！"

挂上电话，我的心中冒起无数个幸福的小泡泡。

中国有句话"否极泰来"，西方也有句话"上帝关上门后，一定会另开一扇窗"，看来一点儿也不假，我的好日子就要来到！

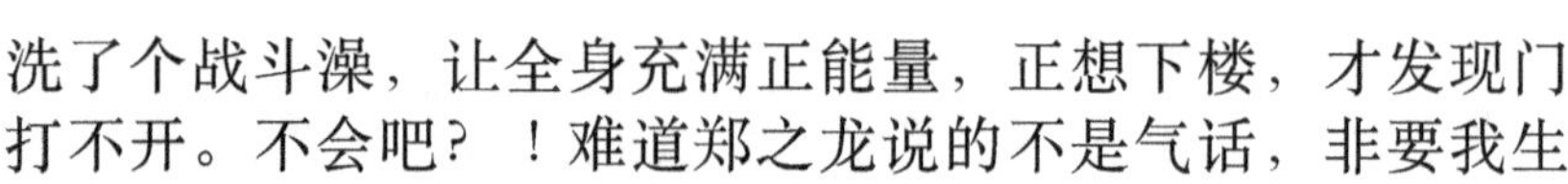

洗了个战斗澡，让全身充满正能量，正想下楼，才发现门打不开。不会吧？！难道郑之龙说的不是气话，非要我生出个一儿半女，否则别想走出大门？

"喂！门打不开，你让我怎么煮饭？"我一通电话打给老公。

"呵呵！急了吧？！晚餐我上The White Rabbit 吃牛排，放妳假，不用煮了。"

我又喂了两声，才发现郑之龙挂电话了。

这是处罚，肯定的，罚我杀了他的孩子及赶走他的情妇。天知道我根本什么都没做，这完全是Lucy的个人决定及作为。

我焦急地在房内来回踱步，像只无头苍蝇似的，就在束手无策之际，"媛媛学姐"的呼唤声忽然响起。

对了，现在能救我的只有她。

宝儿值早班，此时应该快下班，我立马打电话给她，邀她来家里吃饭。

"好呀好呀！最近没一块儿值班，挺想学姐的，不过我还得在医院多待两小时，没办法，有护理员生病了，大家得分担工作。"

我答没关系，我家吃得晚，又让她打个电话给我老公，要他买瓶酒回家，因为家里没酒了……

"为什么妳不亲自打？"

"因……因为……哎呀！就是那么回事，我们夫妻闹矛盾，正冷战着，妳是大家的开心果，有妳在，我们的感情才容易修复。"

宝儿一听，很义气地表示学姐的事就是她的事，放心，有她当和事佬，包管今晚我和老公大和解，很快又能甜甜蜜蜜地共浴爱河……

挂上电话不到二十分钟，郑之龙就飞车回家，不仅打开上锁的房门，还催促我洗手做羹汤，因为贵客就要来家里吃饭。

"还是三个菜？"我问。

老公想了想说多添两个吧！来者是客，不能怠慢。

我在厨房里洗洗切切，没留意郑之龙上哪儿了，待我放好碗筷才发现他已洗完澡，身上还喷了刺鼻的古龙水。

"啧啧啧！这是怎么回事？搞得像吃相亲饭似的。"我挖苦他。

"书上说一个人对另一人的观感在见面的13秒内就已决定，我得让人留下好印象才成。"他边打领带边说。

我第一次见有人在家里吃饭还打领带，说白了就是色心不改，今晚若是个男的过来用餐，他能穿条正式长裤就算不错了。

宝儿抵达时已近八点，她不停地道歉，抱怨病人临时出状况。

"没事，快坐下，肚子饿了吧？"老公表现得很体贴，只差没替客人夹菜。

席间，宝儿果然不负所托，拼命拉拢我和郑之龙，说我们是人人称羡的神仙眷侣，她若有我的运气，能遇上这么好的老公，半夜也会笑醒……

"我真的有那么好？"老公被捧得飘飘然。

"当然，人既聪明又多金，对学姐还温柔，简直好得不能再好。"宝儿继续灌迷汤。

"是，没错，"他点头，"媛媛能嫁我是前世修来的福气，可惜她不知足，不懂得感恩。"

我赶紧表示自己懂得投桃报李，只是工作忙又得倒三班，难免顾此失彼，还好今天得了个好消息，明天正式到体检部报到，不用再轮三班，可以更好地照顾他……

宝儿听了尖叫一声，她说体检部不仅工作轻松，还能认识名人及富豪，再好不过，她也想到体检部工作云云。

"妳真的调到体检部了？"老公仍有怀疑。

我告诉他是真的，众所周知，REQ的体检部是人脉中心，多少大鳄都在那里体检过，我若能认识其中一、两位，对他的事业有利无害。

老公听完不再说话，专心吃起桌上的雪菜毛豆。我知道他已入瓮。

"媛媛学姐，哪天妳若飞黄腾达，可别忘了提携一下妳的小学妹喔！"宝儿说。

"那当然。"我笑着回答。

也许在别家医院，体检部只能算鸡肋，但在REQ不仅不是鸡肋，还是只会下金蛋的母鸡，此话从何说起？

新加坡是继纽约、伦敦、香港之后的第四大国际金融中心，也就是说在这个弹丸之地居住着很多富豪，他们想得到好的医疗服务完全可以理解，这也是REQ高级体检部应运而生的原因，至于后来"醉翁之意不在酒"，吸引到全球有钱、有名望的人士前往则是附加利益，谁不想在体检的同时也认识某个投行经理或公司老总？

由于服务对象的尊贵，REQ体检部另外独立出去，不仅在医院主体建筑物之外另建一座小楼，里面也豪华到媲美五星级酒店。医生、护士当然都是一时之选，也不知故意与否，从体检部开始营业以来，在最前线服务的注册护士清一色是未婚女子，而且颜质杠杠的，把她们往选美比赛一送，丝毫不逊色。

护士长以"体检部首位已婚注册护士"介绍我，引来讪笑。讲话一结束，她把我叫到一旁，要我去见体检部主任。

"为什么？"我问。

"大概是欢迎妳来到这个大家庭吧！"

"别的护士新报到时也是如此吗？"

那个已至不惑之年仍风韵犹存的女人想了想后，说："没有，不过我来体检部不到一年，也许以前有这个惯例。"

谢过护士长后，我往主任办公室走去。

主任从大办公桌后起身，示意我坐在小型会客室的沙发上。

" Tea or coffee ?"他问。

我答皆不用。

待主任一坐下，我才发现他不仅长得好看，还有一双大长腿，有点儿像日本演员阿部宽。

难不成体检部非帅哥美女不用？

"是这样的，两天前人事通知我要安插个人进来，因为我们的VIP客户点名要妳服务。考虑到这里的护士都是经过层层筛选出来，为了不落人口实，我们安排妳暂时在这里工作，还好该客户体检只需三天，三天过后，妳还是重回妳的住院部，这就是我要说的。"

这消息无疑当头棒喝，原来体检部压根儿没看上我，我不过是做了一场春秋大梦。

"如果……如果在这三天里我表现良好，有没有……有没有一丝丝的可能性让我留下来？"我小心地问。

主任沉默许久后开口，语气虽平静，但字字句句打在我心上："我最讨厌走后门破坏体制的人，妳既然能搭上方淮安，代表妳有手腕，何不模仿去年Miss zhou的模式，服侍完方先生就离开REQ，实在没必要还留恋我们这座小庙，妳说是吗？"

话说得让人难受极了，偏偏我又无法反驳。

离开主任办公室后，我知道自己已无退路可走，只能死死咬住那位老人，让他带我脱离苦海……

第三十四章/体检第一日

和主任谈话完没多久，连新同事都还没认全的情况下，护士长喊我喝咖啡。

"妳有没有注意到新加坡有七成人口是华人，但受欢迎的饮品却是咖啡而不是茶？"她递给我一杯咖啡乌后问。

其实我早注意到南洋咖啡的制作方式与欧美咖啡不同，譬如咖啡豆要先炒过且将炼乳及砂糖置于杯底，再将滚烫的咖啡倒入等，也许这就是原因。

护士长说我的确观察仔细，但还有一个主因，那就是早期移民新加坡的华人多做苦力，喝茶对他们来说是解渴用的，不如殖民文化中的咖啡雅致。久而久之，若要优雅地喝饮品，首先想到的必是"咖啡"而非"茶"。

"又长见识了，护士长大概是本地华人吧？！"我问。

她答自己是婚后由福建移民至此，后来……后来离了，膝下无儿无女。

"I am sorry."

“没事，都过去了，听说妳是郑医生的太太，久仰久仰。”

“他已经不在REQ上班，自己开了家私人诊所。”

护士长问我为什么不在老公的私人诊所帮忙？我答“距离产生美”，一个挑不出毛病的答案。

我们沉默地用着咖啡，我知道护士长在找一个好的切入点谈今天的主题，所以静静等待她出招。

“方淮安……方安制药厂的老板指名要妳，我们REQ体检部向来以无微不至的服务著称，这点儿小事绝对会满足客户的要求，考虑到住院部需要像Miss Cui这样的优秀护士，我们没理由抢人，所以……”

看来主任已把“消息”下传。

“知道了，方先生一离开，我会重回住院部。”

护士长松了口气，说我果然好沟通，待会儿她会请Miss Mundra 带我熟悉环境及示范仪器的操作。还有，方先生明天到，今天我得去方家取客户粪便及痰液，去之前请先约好时间，以免久等。

“为什么是今天取？”我问。

护士长答一向如此，只有尿液才取当天的。

“知道了，我会完成任务。”

带我的Miss Mundra 是个好看的印度人，身材前凸后翘，妆化得很浓，身上有化不开的香水味。她很热心地帮我融入新环境，还问我何时办迎新？是不是这周末？她要带她的男朋友过来，一个有六块腹肌和人鱼线的健身教练……

“ Sorry. I don't think there is a chance for a welcome party.”我说我不认为有开迎新会的机会。

"Why?"

我答因为自己已婚，而且不够漂亮。她呵呵一笑，说我真有趣。

显然说实话没人相信，我也无可奈何。

和方家通上电话，接电话的人说一切准备好后会通知我去取。我一直等到太阳下山才得到确认的电话，赶紧跳上体检部的专用座驾往荷兰路驶去。

这辆奔驰S600是专门用来接送贵宾的，当它停在第十邮区的豪宅前时，我倒吸一口气，几乎可以断定方家绝对不是小富小贵之家。

按下门铃后，是个穿佣人服的菲律宾人开的门，她交给我一个小盒子，什么话都没说。我有点儿小失望，以为会看到方淮安本尊或见识一下他的豪宅，结果两样都没实现。

把检体送回体检部后，我走出大楼准备回家，时间：下午五点多。

"媛媛，妳怎么在这里？"

听到熟悉的声音，我转过身去，是汪致远。

"我调到这里……几天，你呢？怎么也在这里？"

"我……"

此时一个有着V型脸的护士从大楼里跑出来，冲着汪医生喊客户正在大发雷霆。

汪致远对我尴尬一笑，我要他赶紧进去，自己也得回家了。

"第一天上班有没有认识人？"晚餐桌上老公问。

我答护士、护士长、主任以及几名医生全打过照面了。

"谁问妳这个？我是指有钱、有名望的上等人。"郑之龙喝了一口用石斑鱼做的咖喱鱼头汤后问。

"我是新人，今天只是熟悉一下环境，还没真正披甲上阵呢！"我答，没把自己只"代班几天"一事说出。

"妳得多用点儿心，对了，把我的名片盒带着，见人就发一张，老公的事业就是老婆的事业，我好妳才有可能好，别忘了。"

我默默吃着饭，把郑之龙的话当耳边风。

与REQ的作息时间不同，体检部是早上九点开始，下午五点结束，下班后除了值勤人员之外，转由某酒店集团接手。没错，这是度假式的体检，就算晚上客户想看歌剧表演也是小事一桩，分分钟能拿到票，而且保证是好位置。

我一大早就上体检部报到，但一直等到十点半才等来方淮安，他穿着Armani的深灰色运动服，人看起来很精神。

"方先生好，"我迎上前去，"让我带您到客房。"

"妳好，等很久了吧？！"

我答等了一小会儿，并且伸手去提行李。

"别，怎能让女人提行李呢？"他望了身旁的中年男士一眼，"放心，我的司机会效劳，现在带我去客房，还是1010房，对吧？"

"是的。"我在前面带路。

１０１０房有个大窗户，能俯看一大片的绿草如茵和姹紫嫣红。

"房间涂上新漆了，去年还是浅绿，现在是米色。"方淮安说完，在小客厅里坐下，沙发是布艺沙发，有家的感觉。

我答不清楚去年的房间颜色，不过感觉米色还不错，让人心情舒畅。

"我没说这颜色不好，至少让我联想起我们第一次见面时妳身上衣服的颜色。"

我们初次会面是在郑之龙的颁奖典礼上，我穿着一件Alexander MacQueen设计的米色露背拖地晚礼服，头发高高挽起……

"那时妳一举手一投足，顾盼生姿，美得不可方物。"他附加一句。

"您过奖了，我只是个普通的已婚妇女，和方太比，差多了。"

方淮安说他太太的确是校花，毕业于南洋女子中学，人也冰雪聪明，可惜那个年代的女子讲求三从四德，她因此早早走入家庭，若放在今日，肯定读出个博士来。

我想起那个胸部干瘪的女人，怎么看都不像方淮安所形容的知性美人，气质倒很接地气，虽然一身的行头很昂贵……

大概我的表情很诡异，方老板解释颁奖典礼上出席的是他的二老婆，大老婆长年吃斋念佛，早已不过问俗事，现在方家的大小事都是二老婆在张罗，他们是在澳门赌场认识的，当时她是发牌员……

果然如同传言所说。

"Well,现在是不是该填表格了？"他突然问。

我从臆想的世界回到现实，赶紧取出牛皮纸袋内的表格。

新加坡的体检和国内不同，事前有不少问诊表格需要填写，包括身体基本状况、病史、生活习惯、职业病风险等，甚至详细到家族病史、近期服药情况、平时抽不抽烟、一周大致饮酒量……等，也得逐一回答。

鉴于客户的要求，我帮着填写，最后再由方先生确认签字。

"其实这是多此一举，去年和今年没什么不同，把去年的表格拿来用即可。"

"怎么会不同？去年您69岁，今年……"我住口了，真是的，哪壶不开提哪壶！

方淮安倒不以为忤，他说自己的年龄的确大了点儿，但内心还住着一个小男人，看到年轻的美女依旧会动心……

"咳、咳……表格填完了，我交回去，您先休息片刻，待会儿就做检查。"我站起身来。

"好、好、快去快回，我来体检就是为了看美女，可别让我等太久。"他说。

第三十五章/宽衣解带

我带方淮安到更衣室更衣，那是一套两件式的条纹病号服，上衣没有钮扣，而是在右腋下方打结，长裤则类似睡裤，松松垮垮的。

除了眼镜外，任何首饰、手表都不准配戴，于是我将取下的劳力士金表及蓝宝石男戒放进牛皮纸袋内封好，再请方先生确认签字。

"东西会放在哪里？"他问。

"我们医院有保险柜，也买了遗失险，放心，肯定不会给客户带来损失。"

他说他倒不在意劳力士，但那枚男戒对他的意义重大，可千万别丢了。

就因为这番话，将牛皮纸袋上缴后，我亲眼见它被锁进保险柜内才离去。

～

Dr.Wood与方淮安当面核实问诊表的内容后离开，我接着替客户做基本的身体状况测量，包括身高、体重、腰围、血脂、血压等。

"好了，接下来做超声波检查。"我说。

超声波检查有四个项目，包括腹部、心脏、颈动脉及肝硬度。每个脏器的检查都需要十几分钟以上的时间，医生会反复要求被测者吸气、呼气、屏住呼吸、放松……然后拍摄很多组照片以供观察。

做完超声波检查已近中午，我请方先生移驾到餐厅。供客户用餐的餐厅在五层，窗外的景色非常迷人，天气好的时候还能看到植物园内的天鹅湖。

"午餐有西式和中式两种选择，您要哪一种？"我问。

方淮安反问我会做何选择？我答"中式"，因为经过厨房时，我已闻到红烧肉的味道，食欲一下子被勾起，油汪汪的五花肉，我爱吃极了。

"那么要两份中式，妳陪我吃。"

"不了，员工有员工餐厅，在地下一层，待会儿我到那里用餐即可。"

"把护士长叫过来，我要投诉。"他忽然说。

什么？第一天正式上阵就被投诉，真不知自己做错了什么？看方先生一脸正经，我只好灰头土脸地把护士长请来，心里很忐忑。

"我想请这位美丽的护士用餐，多出的费用加在我的账单上，可以吗？"方先生很有礼地询问。

"这得问Miss Cui的意愿，我们不勉强护士做不愿做的事。"护士长不卑不亢地答。

话一说完，他们两人的目光同时打在我身上。

和老男人吃饭让人如坐针毡，本想一口回绝，但再一想，我只有三天的时间可以拉拢方淮安，不趁此时更待何时？

"那么……恭敬不如从命了。"我答。

~

菜一道一道地上，除了红烧肉，还有水煮牛肉、荷香鸡、蟹黄豆腐及炒时蔬，加上冒着热气的台湾冻顶乌龙茶，很能抚慰饥饿的肠胃。

方淮安捡了一块肥瘦相间的红烧肉到我碗里，道谢后，我将之囫囵吞下肚，嗯~真是美味极了。

"看来妳很喜欢吃红烧肉。"他说。

"嗯！我无肉不欢，除了红烧肉还喜欢吃蟹，我是吃蟹高手呢！"

方先生说那么我应该到日本尝鲜，那里的帝王蟹、毛蟹和松叶蟹才叫个"极品"。

"我哪有这个福气？老公一天到晚忙工作，即使有空也是带小三去，岂有糟糠之妻的份？"

"家有貌美的妻子还到外面找小三，真是罪过、罪过。"

我舀了一匙豆腐到方淮安的碗里，然后有意无意地说还是成熟男人识货，懂得我的价值……

方淮安呵呵一笑，没有接话。

~

我离座，想把牙缝里的鸡肉抠出来，没想到在洗手间外听到里面两位同事的对话。

"那个新来的恶心死了，我带客户到餐厅用餐，不过多待了几分钟，鸡皮疙瘩因此掉了一地。"

"怎么回事？说来听听！"

"就那么回事，公然和客人打情骂俏，也不看看自己的身份，估计郑医生要丢脸死了。"

"呵呵！郑医生也不是什么好鸟，虽然专业领域很令人钦佩，但私生活……啧啧啧……"

……

在听到更多蜚短流长前，我果断离开。

～

回到餐厅，有两个客人正和方淮安谈话。我说过，这个高级体检中心同时也是人脉汇集处，在这里展开业务要好过数十天的披荆斩棘。

"Excuse me."看见我来，方淮安竟然退出谈话，让我觉得未来大有可为。

"下午三点照胃镜，您要回房小憩一下吗？"我问。

"是该打个盹，年纪大了，不睡午觉不行。"他答。

～

帮方淮安盖上凉被，再把空调调到适当的温度后，我离开1010房到休息室喝咖啡，那两个"大嘴巴"也在，微笑着和我打招呼。

我没撕破脸，一个人默默坐在角落，边喝咖啡边思考。

方淮安和我想象的不一样，原以为他会是个老色鬼，没想到却是个孤独老人。他想要美女相伴，更多是为了填补心灵的空虚而不是共赴巫山云雨，看来我得改变策略，从温情下手……

"Hi，这里有人坐吗？"一个有着V型小脸的女孩问，我认出是昨天喊汪医生去看诊的护士。

"没人。"我答。

于是她坐了下来，不仅喝光端来的咖啡，还吃了好几根能量棒。我问她中午饭吃了吗？她答没有，因为汪医生爽约，害她饿肚子。

"妳指的是MO Wang吗？"

"正是，昨天的香港客人很难侍候，我看汪医生快招架不住就出手帮他，大概看在这个份上，他说今天中午请我吃饭，结果临时出状况，改成吃晚餐。晚餐也好，反正今晚我没约会。"

我忍不住问眼前的这个年轻女子叫什么名字？她答Joyce，是教母取的，因为小时候的她虽然调皮，但有天真、可爱的一面，和谁都聊得来……

不用她说，我已经看出她是个活泼外向的人，没什么城府，像一杯清澈的水。

"汪医生是个好人，就是太一根筋了，不懂得变通。"我说，顺便测测Joyce对他的看法。

"这样才好，我不喜欢复杂。"

想到汪致远喜欢的新加坡女人、暗恋他的宝儿再加上眼前的这位V型脸美女，一根筋的他还真招桃花呀！

我让方淮安侧卧躺好，再帮他盖上毯子，接着医生将内窥镜管子慢慢放入他的鼻腔内，由于咽喉处比较敏感，虽然

管子很细，还是会让人有呕吐感，所以检查的时候，我在方淮安的背部上下轻抚，以缓解他的紧张和不适，还用毛巾帮他擦口水。

好不容易做完检查回到1010房，方淮安马上喊口渴。

由于麻醉药的作用，做完胃镜检查不能马上吃东西，连水也不能喝，我遂提议用棉花棒沾水给他润润唇，他只能无奈接受。

润完唇，方先生问我几点能正常饮食？我答六点以后。

"妳陪我吃吧！我知道附近有一家好味道的墨西哥餐厅，他家的凉拌猪皮及甜油条是我吃过最好的。"

"不行，我得回家做饭，晚一分钟开饭老公会过问。"

"要不，把郑医生叫来一块儿吃。"

我答那更不行，郑之龙很容易猜忌，一有风吹草动马上对号入座，我已经吃了他不少拳头。

"不会吧？那样儒雅的人会打老婆？"

看来没有证据，正义是不会站在我这边，于是我脱下护士服，让他看我身上的乌青，还好那些印记尚未褪去。

"这……这……"那老人吓得不轻，当然有部分原因是不敢相信我会当着他的面宽衣解带。

我很快穿好衣服，然后问他还需要些什么，快五点了，我得下班。

"能到附近酒吧给我买瓶威士忌吗？我不喝点儿酒不行。"他有些狼狈。

"好，但得等到六点以后才能喝。"

得到他的承诺后，我拿上他给的钱买酒去。

第三十六章/糖爸爸

把威士忌给了方淮安后，我问他通常几点起床？他答他一向睡得浅，五点半即起。

见我面有难色，他问怎么了？

"明天我得过来取晨尿。"

"小事，我会打电话让前台来取，妳不用那么早赶过来。"

把早餐送上桌后，我拿起包就要出门，老公问我干嘛去？

"上班，我的客户今晨得空腹抽血，我若晚去，他岂不是饿肚子？"

"还真鞍前马后，该颁给'最佳员工奖'给妳。"

顾不上郑之龙的冷嘲热讽，我趿上平底鞋匆匆外出。

今天要检查非常多的血液指标，包括各类肿瘤标志物，加上餐后得测血糖，一共要抽15管，我都替方先生疼。

等抽血完毕，我带他到餐厅用早餐。

"早餐有西式和日式两种选择，您要哪一种？"我问。

方淮安反问我会做何选择？我答"西式"，因为不喜欢一大早就吃干饭配酱菜。

"好，就西式，两份，妳陪我吃。"

我没反对。

西式早餐有火腿西多士、芝士烤肠、土豆泥、培根滑蛋和一大碗的布丁水果燕麦，果汁和热饮当然是无限量供应。

用餐期间，方先生问起我的家庭状况，我在两分钟内交待完毕，郑之龙的部分只以"仓促之下所做的错误决定"带过。

"您呢？除了大、小老婆外，有孩子吗？"我反问。

"我没有后代，其实想开了也没什么，上天这么安排一定有祂的旨意，无庸烦恼。"

我又问Miss Zhou的近况？她的学习还好吗？

"前阵子在加州，现在在哪里就不清楚了，反正要钱的时候自然会出现。"

呃……这岂不是把人家当摇钱树？方淮安怎么看都不像傻子，这是怎么回事？

见我沉默，那人好像听到我内心的声音，主动解释："我已经日薄西山，有谁会想接近这样的老人？所以只要能带给我快乐、充实我的人生，我不介意用金钱交易。"

怎么听都像西方世界所说的Sugar daddy（糖爸爸），男方管女方的吃喝玩乐换来陪伴，双方都清楚这样的关系是暂时的，互取所需罢了。我呢？我是不是在找糖爸爸？肯定不是，毕竟我有一份过得去的收入，那么接近方老板图的是什么？他是挺有钱的，但能否帮到我、助我脱离目前的处境？

"有什么可以帮到妳？"方淮安突然一问，把我吓坏了，以为他有读心术。

"没……没什么要帮的，如果您用餐完毕，我们得测餐后血糖。"我说。

"好的。"他答。

早上除了血测还安排了五官、听力和肺活量的检查，做完已近中午，本来方淮安还想和我有午餐的约会，但凑巧在餐厅遇到熟人，我很识趣地退出，自己到地下一层的员工餐厅吃饭。

体检部的员工餐厅比医院总部好，虽然选择性少了，但菜品却提高了，连桌椅也从塑料换成沙发座，整个水平往上提高了不止一个档次。

我很清楚自己不过是体检部的浮云，没必要公关，所以挑了角落的位子坐，偏偏有人不愿放过我。

"Miss Cui, 昨晚我和汪医生吃饭了，他还问起妳。"Joyce大喇喇地坐在我对面。

"妳怎么说？"

"我说和妳不熟，只知道妳一来就有客户指名要妳，让其他护士很不满，谣言四起。"

早知道女人间的撕逼很惨烈，没想到我都这么低调了，还是被流弹打中。

"爱怎么说我管不着，我只管做好自己的工作。"

"听说妳后天回住院部，是不是真的？"

连这个也传开了？我无奈点头。

"汪医生要我照顾妳，怎么照顾？妳才在这里待几天而已。"她叹了口气说。

听到汪致远还是眷顾我，一股暖流上心头。

"不需要照顾，我已经是成年人了。"我答。

"我也是这么告诉汪医生，但他说别看我的外表很干练，行事有时还像个孩子，所以能帮就尽量帮。"

"谢谢妳,真的不需要。"喝完最后一口汤，我打算撤。

"那么妳可不可以帮帮我？我喜欢汪医生，想和他有进一步的发展，妳能帮我美言几句吗？"

看她笑得一脸灿烂，我答好，有机会的话。

下午是重头戏，核磁共振 MRI 主要检查大脑和头部血管情况。

方淮安躺上机器后，平台升起，因为检查的时间比较久，我怕空调下会冷，遂帮他盖好毯子，同时递给他一个橡胶球，交待如果有不舒服，捏这个球就行，检查的工作会暂停。

他表示了解后，我按下启动键。

做完核磁共振，稍微休息后紧接着做上下腹部、胸部、内脏脂肪的螺旋CT，时间相对快一些，然后是照胸部X光片，正面和侧面各拍一张。

"今天辛苦了。"我扶方先生离开放射室后说。

"哪里，身体是自己的，该做的检查还是得做，没人能替代。"

想到离用晚餐的时间还有半小时，我问他要先回房还是到休息室喝饮料？

"我想妳有话对我说，还是回房喝咖啡吧！"他答。

１０１０ 房有个小型的家用咖啡机，能制作 Espresso 和美式咖啡。

"给我来杯美式，加奶不加糖。"方淮安说。

我给了他美式，自己则来一杯意式浓缩，好集中精神。

"说吧！我听着。"那老人像神灯里的精灵，等着应允我。

"我……我想……陪伴您，也想……结束不愉快的婚姻。"

"所以'结束不愉快的婚姻'是目标，'陪伴我'是回馈，对吗？"

既然他"直来直往"，我也没什么好隐瞒，坦言郑之龙若能轻易放过我，我也不用求他了。

方淮安思考片刻后说这件事比较棘手，可能需要一些时日，事成后我得答应陪伴他至少一年……

"我知道。"我低下头去。

"放心，这不是情色交易，因为身体原因，我和大小老婆已经多年无性生活了。"他说。

第三十七章/又见曙光

体检的最后一天只安排骨密度检测和医生总结，前者的测量机器很大，会扫描全身上下的骨骼密度，着重点在骨盆及大腿部位。

"去年我的骨密度指标相当于五十岁的人，医生还说我老当益壮，可以玩水上运动呢！"方淮安不无骄傲地说。

我趁机表示自己的骨密度指标大概在六十岁，因为长期挨揍，骨架多少有些松散……

"啧啧啧！郑医生怎么下得了手？"他握住我的手，"像水蜜桃一样多汁的女人，疼都来不及。"

此时的我应该推开他的五爪才是，但我却回握住他瘦骨嶙峋的手，眼眶含泪地求助："救救我吧！"

虽然方老板曾口头答应帮我，但难保他一转身就忘得一干二净，今天是体检最后一日，我得加把劲。

果然女人的眼泪对某些男人来说很管用，我看他起身去取纸巾，并且为我端来热茶。

"谢谢！"我说，然后用纸巾拭泪。

"本来想缓个几天再说，既然这样，今晚妳回家打包行李，明天就上我家当我的住家护士。"

我没料到几滴眼泪就把方淮安给收服了，好是好，可是我该怎么跟老公开口呢？我陷入苦思。

"别想了，就说为了药厂投资案，妳打算深入虎穴和我打好关系。"

药厂投资？我问这是什么玩意儿？

"原来郑医生还没跟妳提呀！"他停顿了一下，"我的方安制药厂计划在印度另开个厂，打算采合资合作方式，有意向者不下十位，郑医生只是其中之一。由于他投资的金额过小，我还在犹豫，看来现在只能先给他希望了。"

一个制药厂的成立可不是个小数目，老公竟敢斗胆加入，未免也太不自量力了。

等我知道他的投资金额高达一千万新币时，倒吸一口气。

"他的私人诊所还是我们夫妻联名贷款买下的，他哪里来的钱？"我说。

"也许郑医生另外有个小金库吧！"方先生似笑非笑的表情让人很难堪。

我答若是那样倒还好，怕就怕他把我给卖了。

~

下午做总结，凡检查过的项目都会在电脑软件中展示，医生会逐项逐条向客户说明结果。

讲解完毕，Dr.Wood询问方淮安有什么问题要问？

我以为那老人会针对自己的身体状况做更深入的交流，没想到他却问了一个奇怪的问题—保存在精子银行里的精子能存活多久？

Dr.Wood煞有介事地回答最多十年，久了就不敢保证。

我还没从诧异中惊醒，方先生压低声音对我说："别惊讶，去年我问医生人死后灵魂去哪里了？"

听他这么一说，我呵呵笑，同时松了一口气（老实说，我也不知道自己在紧张什么）。

～

Dr.Wood离去时已近下午三点半，方淮安说他想和一些熟人打招呼，顺便做做公关，"命令"我提早下班。

提早下班是不可能的，我也有事要做，譬如递辞呈、与同事话别等，所以当我的未来雇主说"明天见"时，我转身赶办这些事。

体检部早知道我做到今日，可能还巴不得我提早离开，所以出了体检大楼后，我往总部走去。

～

人事喋喋不休地念叨住院部人手不足，偏偏我在这时候提辞呈，太没敬业精神了……

"针对这点，我无话可说，该怎么处罚，我无异议。"

那个四眼田鸡兼欲求不满的老女人说违约金肯定得付，上个月的薪水就先扣住不发，工签和保险也得停，等一切准备妥当，她会通知我签字、付费。

"好，我等候通知。"

离开人事室后，我紧接着到住院部辞行，同事们直呼太突然，纷纷询问方老板给了多少月薪？我答不清楚，还因此被怨保密到家。

由于正值交接班时间，同事好奇过后很快作鸟兽散，晚班护士长趁机拉我至角落，说没想到我是那个幸运儿，成了方淮安的新宠。

"大番薯"是有名的八卦王，我的回答得非常小心才行。

"其实我有任务在身，不是妳想的那样。"我说。

"我能想哪样？要身材没身材，要容貌没容貌，年纪还一大把，怎么都比不上你们这帮年轻人。"她拍拍我肩膀，"放心，我一点儿也不嫉妒，这是妳该得的，哪天富贵了，可别忘了我。"

我还想说什么，宝儿向我奔来，问我到底怎么回事？辞职是真是假？

"是真的，即刻生效。"我答。

"妳怎能这样甩下我不管？明天的考试叫我如何专心是好？"

我说这是两码事，即使辞职，我仍在护士岗位上，也没离开新加坡，有空还是能约着看电影、吃饭。

"听说妳被一个有钱老头看上，他答应给妳双倍的月薪，换成是我，大概也会跳槽。"

天哪！我人还在这，连自己都不知道薪水有多少，谣言已经自动帮我加薪了。

"没那么多……应该没那么多……"我试图解释，但总有"越描越黑"之嫌。

"别羡慕了，"晚班护士长开口，"赶紧做事要紧，早点儿做完还能看会儿书，这次若没通过考试，还得等一年才能翻身。"

我站到"大蕃薯"那边。

"那好，考完试我找妳。"宝儿说。

我特意在医院大厅及眼科部稍作停留，以为会碰到汪医生，可惜人来人往，没一个是他，只好怏怏离去。

回到家，我赶紧忙活，由于打算明天离家（并且不再重入家门），所以做了一桌子的好菜与老公告别。

"这是怎么回事？"郑之龙进门后毫无欣喜，替代的是怀疑与不满，"妳知道我们家的规矩。"

"我当然清楚，若不是有喜事，怎么可能惹你不高兴？"我把最后的冬瓜排骨汤捧上桌，再奉上两碗白米饭后坐下。

"什么喜事？"郑之龙也坐了下来。

我答先吃饭再说，但老公非要我讲明白不可，我只好边吃边说，而且从旁入手。

"这几天我服侍方淮安做体检，他跟我提到你有意和方安制药厂合作办厂，你哪来的钱？莫非有个小金库？"

"怎么不早说方淮安体检去了？要早说，我就派妳当说客。"他很懊恼。

"你还没回答我的问话呢！该不会钱是大风吹来的吧？！"

"哪儿来的风？房子可以做二次抵押嘛！"

听完，我的心喀噔了一下，房子是他的，爱咋咋地，但该不会又要求我共同背债吧？！

"说什么傻话？妳是我老婆，债务当然得背一半，只是方安制药厂好像对我的合作案不感兴趣，我以为事情糊了，所以也没跟妳提。"

我想起我的计划，赶紧重新燃起郑之龙的希望之火，说一千万新币虽不多，但他的名声够响亮，方淮安也没完全放弃，只要推几把，还是有希望……

"能有什么希望？请他们的高管吃了不少鲍鱼、龙虾，又让我的行政助理安排上了好几次夜总会，还是不肯松口，我的钞票倒是因此花了不少。"

我说找小啰啰有什么用？当然得直捣黄龙才行，然后我把方淮安雇我当住家护士一事相告。

老公听完很生气，他说新加坡就那么点儿大，干嘛住家？顶多朝九晚五。

"合作案是否迫在眉睫？不日夜奋战哪能成？何况竞争对手的出价比你的多得多……"我竭尽全力游说。

郑之龙听完皱紧眉头，我知道他在思考，静待他的决定。

"那好，我把这个重责大任交给妳，妳尽快办妥。事成后找个借口离开，毕竟妳是有家室的人。"

我表面沉着，但内心早已乐开花。

"当然，谁想和老人在一起呢？"我答。

第三十八章/方宅

刘禹锡在《陋室铭》中曾以"苔痕上阶绿，草色入帘青"来描绘清新悠闲的自然环境，然而都市生活的快节奏却剥夺了这种享受，人们只能住在高耸入云的鸽子笼里，勤快地往返都市丛林间。

新加坡也不例外，它是个已开发国家，其GDP甚至超越香港，到处是鳞次节比的建筑物，惟独第十邮局独树一帜，不仅有优越的地理位置、便利的配套设施、优质的教育资源、永久的地契……还因绿化覆盖率高而成为富人区的代表，很难让人相信在寸土寸金的中心地带，竟然还有闹中取静的慢节奏生活，其尊贵及稀缺性可想而知。

方淮安的家就在第十邮区。

吃完早餐，我要郑之龙上班去，他却执意载我一程，为的是—如果老婆跟别人跑了，他还有个地方找。

车子行经荷兰路和皇后路，沿途是茂密的绿林，清雅恬静，最后停在一栋花木扶疏的豪宅前。

"妈的，这房子得值多少钱？光土地就不少吧？！"老公死盯着方宅，眼露倾羡的神情。

根据小道消息，方淮安在两千年初买下这栋占地约一公亩的红瓦老屋，还因成交价破1.5亿元而荣登当年的"别墅王"，更让人咋舌的是不到两个月的时间工程队就进驻，把百年老宅推倒重建，成了今日以金色和黑色为主调，加上大片单向反光玻璃的三层豪华居所。

"好了，你走吧！我自己进去。"我说。

"什么时候回家？"他问。

"说不准，现在最重要的是把案子拿下，你才能高枕无忧。"

郑之龙听了很欣慰，他表示在紧要关头才看得出谁是自家人……

听他把我当成自己人，我恶心地想吐，赶紧下车，连再见都没说。

还是那个皮肤黝黑的菲律宾女佣开的门。

" This way, please."她对我微笑，态度比上回好太多。

我从恢宏的铁栅门侧门进入，右翼有个池塘，被白色的栀子花群环抱，那优雅的水中倒影很是静谧；左翼有个茶亭，在悠闲的午后与亲朋好友品评茶味，感受时光的流逝，应该是件惬意的事。

穿过错落有致的长廊后，我来到中式古典风格的客厅，当看到大红灯笼及绘有泼墨山水的漆器屏风时，我感到很新奇，时光仿佛一下子倒退百年。

叫Alodia的女佣请我坐下，待我坐定，才发现太师椅中看不中用，虽然外表看起来庄重严谨，但舒适感明显不足。

"Tea or coffee?"她问。

我答茶，只因这氛围适合喝回甘的中国茶而非欧式饮品。

在等待的同时，除了摆放在紫檀木花几上的黄蕊白瓣水仙花吸引我之外，池边戏水声也一直挠我耳朵，看样子这个宅子不似先前想的寂寞冷清。

趁女佣为我端来铁观音，我问方老板在吗？她答不在。

"Then who will I be seeing?"我问那么我要见谁呢？

照我的想法，老板既然不在，我应该被带到房间安顿才是。

"Mrs.Fang wants to see you."她答。

听到方太太想见我，我顿时没了主意。女人天生敏感，我又怀着目的而来，她肯定能闻到不寻常的味道，这如何是好？

就这么七上八下地等了数分钟，终于等来那个平胸的方家二太（原本还期望来者会是校花级别的原配夫人）。今天的她穿着白衬衫加黑色条纹长裤，齐肩的发剪成赫本头，多了几分干练。

"方……方太太好。"我站起身。

"坐，郑夫人请坐。"她说。

我们两人都在太师椅上坐下后，她问我郑医生可好？我答好，然后她开门见山地问我为了什么目的前来？

"目的？"被人瞧见内心的秘密，我很不安，"没……没什么目的。"

"肯定有，有才正常，没有才让人起疑，谁会想把大好青春浪费在一个老人身上？"

方家二太约四十岁上下，虽然和方淮安是老少配，但顶多算是父女恋，我就不一样了，妥妥的爷孙恋。

"我来是为了工作，没有别的原因。"我答。

方家二太就着紫砂茶杯喝了好几口后，直言我不像周小姐一样坦白，她一来就要车子、珠宝和现金，明码标价。

我因此陷入两难，如果开口要郑之龙尽快在我眼前消失，外人不明真相，我就成了怪物（谁也不愿家里迎来不寻常之人）；如果像周小姐一样要钱倒还容易些，方家不缺钱，看来在这方面也给得大方。

"我……也想要有周小姐的待遇。"我给了一个比较安全的答案。

"呵呵！钱果然是利器，连郑医生的夫人也趋之若鹜。得，我会比照周小姐，给妳相应的回报，惟一的要求就是守口如瓶，这宅子里发生的任何事都不许往外说，知道吗？"

我点头如捣蒜。

"妳的房间在二楼，我让Alodia为妳带路。"她说，同时代表谈话结束。

～

我以为房间会是中式风格，有架子床和窗花格，还好一切"正常"，床是柔软的席梦思，傢俱是西式的，连墙纸也带粉红色小花，很有少女气息。

此时外面的嬉闹声更加清晰，因为窗户开着的缘故。我遂走向窗口往下一探，那是个约25米长的短池，虽然是标准游泳池的一半，但对家用而言已足够。我看见清澈的水面上浮着一只大黄鸭，有两个身穿比基尼泳装的洋妞正在戏水，说着不知是哪国的语言。

"看着像乌克兰人，听说那里盛产美女，个个身材纤细、面貌姣好。"我心想。

离开窗口，我把行李箱里的东西全拿出来各就各位，再把父母与我的合照放在床头柜上，算是把家暂时安在此处。

我读着亦舒的爱情长篇小说《玫瑰的故事》，美丽的玫瑰经历婚姻失败，却能在中年后重逢真爱，让我觉得未来可期，毕竟自己还三十岁不到……

"扣、扣、"

" Come in."

来者是Alodia，她喊我吃饭，于是我合上书下床。

这是第一次与方家人用餐，得给他们留下一个好印象，于是我从衣柜取下蓝白相间的连衣裙，穿在身上像个保守的中学女生。

走进餐厅，我才发现不止方家夫妇在，同桌的还有一对姐妹花，那是方才戏水的洋妞。原来她们是孪生子，有同样的发型和穿着，连脸上的雀斑数也一样（我猜的）。

"快坐下，饿了吧？"方淮安问我，口气很温和。

"还好，不是挺饿。"我边答边坐下。

这是一张黄花梨大圆桌，上面还有个转盘，方便取菜。

"开动吧！"男主人说。

话一说完，两只"金丝雀"马上用叉子对食物进行攻击，难不成她们听得懂普通话？

方淮安给了二太太一支鹅腿后，再依次给我和两位洋妞，看她们毫无忸怩地接受了，我也安心吃起来。

席间除了那对姐妹太呱噪，被女主人训斥之外，倒也风平浪静。

饭后，方淮安说想吃红毛丹和蜜释迦，方家二太吩咐Alodia把水果端到我房里。

"为什么是我的房里？"我心里犯嘀咕，但没说反对的话。

第三十九章/投桃报李

我的房间里有个小客厅，但沙发与席梦思之间完全没有遮挡，所以感觉自己的隐私被侵犯，非常的不自在。

"都说房间会有住宿人的气味，真的一点儿也没错。当Miss Zhou在时，这个房间有柑橘花的味道，现在则是桂花香。"方淮安说。

我不知自己的身上是否带有桂花的香味，但这段话的意思是：一、Miss Zhou住过这间房。二、方老板也同样探访过。

这是什么状况？我很迷惑。

"吃，可甜了。"他把蜜释迦一扳两半，给了我半个。

这种水果是我认为最奇特的水果之一，不仅长相奇怪，吃起来还不容易，完全无优雅可言，还搞得一手黏乎乎的。

"谢谢！"我还是接过手。

"谈谈妳的童年吧！"他突然说。

我的童年？啊！我想起了那个水乡古镇，也想起了老冰棍、爆米花、踩影子、画手表、跳格子、小溪戏水……等。记忆中的童年痕迹如同墙上的涂鸦，即使年代久远，依旧模糊地存在着，时刻提醒我那些不可复制、一去不返的美好时光……

方淮安说看来我有一个快乐的童年，他就不一样，打从很小很小的时候起就开始养家，每天天一亮便与哥哥推着小车沿街叫卖嘟嘟糕。那是一种类似蒸糕的食物，用小圆盘装着，马来名是Putu Piring，意思是"分开的盘子"，内馅是椰丝或花生，由于贩卖者会以"嘟嘟"响的喇叭声代替叫卖，因而得名。

"您父母呢？"我问，顺便递给他湿纸巾擦手。

"我母亲在家制作嘟嘟糕及看护更幼小的孩子，至于父亲……他是街头郎中，早在医疗技术没那么发达的50年代，新加坡有一种在街头给人看病的职业叫Koh Yok，通俗点儿说就是'江湖郎中'，他们以传统中医为基础，造福了不少没有能力看私人诊所的平常百姓。"

我说难怪他现在"制药"，从某方面来说也算是"继承衣钵"。

方淮安笑了笑，同意我的说法。

我们就这么东拉西扯地谈了近一个小时，然后我的老板说他累了，想睡个午觉。

新加坡是热带国家，中午不打个盹的确受不了，我说连我都昏昏欲睡呢！

"那我们一起睡吧！"

我当他开玩笑，但方淮安来真的，他很快在我的席梦思床上躺下，还招手要我过去。

"不，我现在不困。"我赶紧敬而远之。

"不困也陪我睡，我喜欢睡觉时旁边有'香妃'陪伴。"

传说在清乾隆皇帝的四十多位后妃中，有一位维吾尔族女子遍体生香，她就是闻名遐迩的香妃。

"我不是香妃。"我答。

方淮安不高兴了，他说我住他家，领着他的薪水，该不会以为月薪一万新币的工作只是测测体温、量量血压而已吧？

一万新币？我没问过薪水，万万没想到方家如此大方，几乎是REQ给的近三倍（也许这个数是比照Miss Zhou给的）。

我好奇地问Miss Zhou也陪睡吗？

"当然。"他答，样子很坦荡。

我踌躇了几秒后，顺从地在那人的身旁躺下。他握住我的手，闭上眼，没多久便打起鼾来。

方家的晚餐吃得早，六点准时开饭，此时桌上有麒麟鲍片、清炖鳗鲡汤、千层肉、七彩冻鸭丝、翻沙竽、蚝烙及粉粿。

"喜欢潮州菜吗？如果不喜欢可麻烦了，我老公特别喜欢选料考究、刀工精细的潮州菜。"方家二太说。

我对潮州菜的感觉一般，谈不上喜欢或不喜欢，只是留意到但凡以潮州菜主打的餐厅，标价都不便宜，让人怀疑非贵价上不了菜单。

方淮安给我上课，他说潮州菜也有平民菜色，但传入南洋后，餐厅改走"食材优先"的精致路线，譬如：鲍参肚翅、燕窝、响螺片、老鹅头……等等，导致现在只要一提起"潮州菜"便与"价高"划上等号。

"潮州菜不错，我喜欢。"我讨好地说。

方家二太接话："那对双胞胎就不一样了，口味还停留在炒饭、炒面、咕咾肉的层面上，给她们吃精致料理太浪费，所以今晚我让她们出去吃。"

我看到方老板因此转头看墙上时钟。

"放心，我交待她们十点前回来。"平胸老板娘答。

我正奇怪那两只波斯猫上哪儿去了？原来出外用膳。

外国人无法欣赏中国的地方美食不难理解，像我也不见得全盘接受国外的地方特色菜，譬如盐腌鲱鱼、袋鼠肉、蓝纹奶酪……等。

"希望她们能找到家乡菜。"我说。

"没吃到家乡菜也无所谓，那两人过几天就回俄罗斯。"二太太答。

"原来是俄罗斯人，我还以为是乌克兰人，傻傻分不清，"我吃了一口鸭丝，"她们来新加坡干嘛？"

突来的沉默让人很忐忑，我说错什么了？

"Bepa和Tamapa是来工作的，和妳一样。"半天，二太太蹦出一句。

~

"Bepa和Tamapa是来工作的，和妳一样。"这句话在我耳边回荡，久久不散。

如果只是前一句倒还好，毕竟大部分的人都得工作糊口，但加上后一句就不那么纯粹了。虽然早知道"住家护士"不过是掩人耳目，但陪一个老头儿"纯睡觉"还是奇怪得不得了，如果我做的是"陪睡"的工作，那么姐妹花做的又是什么？

晚餐过后回到房间，老公给我打来电话，怕他啰嗦，我借口帮雇主做脚底按摩，很快挂上电话。没想到一语成谶，小说才看没几章，女佣就唤我做脚底按摩。

我说我不会脚底按摩，Alodia一副"妳不会，谁会？"的表情，让人很无语。

想到自己的月收入，再对照自己的工作内容，得，拿人钱财就得为人办事，我认了。

合上门，我默默跟随女佣上到三楼。

"Come in."是二太太的声音。

我转开门把进入，麝香的味道迎面袭来，让人很诧异。古代宫廷戏中，妃子若长期闻麝香味会导致流产，其真实性不可考，但那的确是一种令人不愉快的浓郁气味。

相比味道，房内的装潢好多了，如果说我的房间是简约风，那么主卧室便是法式宫廷风。瞧！厚重的波斯地毯、金箔涂饰的傢俱、鼓型边桌、大肚斗柜、卷草纹窗帘、水晶吊灯、瓶插百合花……处处彰显着浪漫的贵气。

"妳来了正好，许久没人帮我按摩了。"二太太的双脚正浸在足浴盆内。

我左顾右盼找雇主。

"不用找了，老头子不在。"

"可……可是我没受过真正的训练，怕按错穴位反而不好。"

二太太说她不介意，只要舒服就行，难不成按错穴位还会少块肉？

话都说到这个份上，我只好拉来沙发凳，打算胡乱按两下。

"Miss Zhou按得不错，妳也上点儿心，别被比下去了。"她叮嘱，说得好像替她按摩是件神圣得不得了的事。

我把茶几上的毛巾取下，将她的双脚擦干后开始按起来。

"轻点儿，别乱来。"二太太明显不高兴。

我也不高兴，本来就不关我事。

"我说了，我没受过训练。"我冷冷地答。

方家二太说有没有受过训练是一回事，有没有心才是重点，我不喜欢她，所以才会马虎交差……

"妳言重了，妳是我雇主的……妻子，我怎么可以不喜欢妳？"

"啧啧啧！瞧妳们这些女人，一个个全是心机婊，难不成妳还喜欢我？我可警告妳，别以为老头子看不出妳心里想什么，他精得很。"

不用她说，我早看出来，方淮安虽然表面大方，有商有量，但心里一直有个算盘在，不是能予取予求。

"谢谢妳告诉我这些，我从没想过占人便宜，投桃报李的道理还是懂的。"我说。

"怎么投桃报李？牵牵小手、亲亲小嘴就算投桃报李？妳也太单纯了！"

我表明女人的青春有限，我把生命中最璀璨的时光奉献出来，已是最好的回报……

"是呀！妳不过是签了一年的卖身契，不像我，既没合法名份还得把余生全耗在这里，就显得不智，妳是这样想的，对吧？"

"我怎么想不重要，问题是妳怎么想？像二太太这么睿智的人，下棋肯定把接下来的好几步都想通透了才是。"

她沉默了一会儿后，喃喃道："妳和前几任护士不同，有头脑也识大体，也许这次能行……"

"能行？什么意思？"我问。

二太太笑而不语，她把腿收了，要我回房歇着。

"搞什么？话说到一半，真要急死人了。"我心想。

怀着惴惴不安的心情，我离开二太太的房间。

第四十章/俄罗斯女郎

我的房间没有卫浴，得到公用浴室去洗，等我洗完回房时，刚好看到双胞胎姐妹上楼的身影。

"原来她们的房间在三楼呀！"我心想。

回到房内，我打开电风扇吹干头发。没办法，即使是晚上十点，新加坡依然闷热，开空调是一个办法，但我通常会在夜里开窗，让空气流通一下。

"嘟……嘟嘟……"是宝儿的来电，我接听了。

"媛媛学姐，最近好吗？我想妳了。"

早习惯宝儿的"疯言疯语"，我也配合演出，说自己想她想得睡不着觉……

"那好，为了一解相思之苦，明天我去找妳。"

"不成，我现在住在雇主家，而且今天第一天上班，不好告假。"

"那更好，早想看看富豪之家长什么样，刚好明天公休，加上刚考完试，正好放松一下。"

我还是说不行，哪有把朋友带进雇主家的道理？太不成体统了。

手机那头的宝儿很失望，但没有死缠烂打，她转而跟我要方淮安的住址，说去不成，从外面瞻仰一下也行，以后想念学姐时也好有个想象空间……

我嘴巴念叨着她没事找事做，但还是报上地址，同时再三叮咛她别做冲动的事，譬如爬墙进来……

"媛媛学姐，妳真幽默。"她大笑两声后挂了电话。

就这么结束了？我还以为她会跟我煲三个小时的电话粥呢！

我又吹了一阵子的电风扇，直到楼上有音乐声传来，那是一种缓慢的浅声低吟，在这样的夜里更显暧昧。

"是谁在听音乐？"我站起来走向窗口。

方宅的主体建筑物呈L形，我住的是南翼，面向泳池，东翼的宽度相对较窄，不到三十米。到底音乐来自我这边还是另一边无从分辨，更别提是从哪间发出的。

我皱着眉头离开窗口。

于是在方家的第一个夜晚，我就这么边听撩人的音乐边走入梦乡。

热带国家清晨五点多便朦胧亮，加上昨晚忘了拉上窗帘，被阳光唤醒后再也无法入睡，只好起来梳洗。

待我重新回到房内，窗外的水声吸引我往外探去，原来是方淮安，他在晨泳，像只缓慢的青蛙。

看一个老人游泳其实很无趣，但我硬是站在窗前良久，大概对自己的雇主感到好奇吧！

方淮安游了数个回合后上岸喝水，我得以看到他裸身的样子，以近七十岁的老人而言，他算保养得不错，没有大肚腩，双腿看起来也很结实。

他喝了一口瓶装水后，转身举起瓶子向东致意。我伸长脖子想看个清楚，却什么也没见着，莫非他向太阳致敬？这也太诡异了吧？

～

早餐吃粥。

我喜欢粥品，像是皮蛋瘦肉粥、及第粥、艇仔粥等，但方家吃的是白粥，加上配菜的颜色不怎么讨喜，我顿时没了胃口。

让我来告诉你桌上都有些什么，除了酸菜、贡菜、乌榄、菜脯蛋、麻叶等奇怪的菜外，还有各种的腌制物，比如小海蟹，咸薄壳，咸虾蛄，咸血钳等。

"这些是咸杂，潮州话的意思是小菜，可好吃了。"我的老板说，然后三两下就吃完一碗粥，把碗一伸，让 Alodia 再添去。

反观二太太，今天的心情好像不咋地，从一上桌就摆脸色，四周围因此弥漫着一股低气压。我反倒希望姐妹花在，多少能带来活泼的气息。

"怎么？不喜欢吃粥？"见我迟迟不下箸，方淮安问。

我答潮州早餐看着很咸，而成人每天正常的食盐量应该控制在6克以下，若长期食盐过多，会导致高血压及骨质疏松，同时加重肾脏的负担，中老年人尤其更要注意……

"Miss Chui，妳大概不知道潮汕人多长寿，百岁老人比比皆是吧？"二太太冷冷地说。

"这我不清楚，但身为方老板的私人护士，我有必要提出专业意见。"

方家二太呵呵笑，说读过书就是不一样，脑子都不会转弯了……

我想反驳，但被方淮安截了先："生死有命富贵在天，咸杂的确咸了点儿，但我们也不是天天吃，这样吧！明天吃烤面包，好吗？"

见雇主都这么低声下气，我还能说什么？只好把不满吞下肚去。

~

吃完早餐，我为老人量血压和体温，还好都在正常范围内。

"血压最好空腹前量，上午和下午各量一次。"我收好血压计说。

"好，以后固定在早餐及晚餐前量，记得提醒我。"

见他起身，我问我的雇主上哪儿去？他答去公司转转，中午回来。

呃！差点儿忘了他是公司老板，虽然样子看起来像已退休。

做完例行的工作，我回房看小说，这个"住家护士"当得轻松自在，宛如度假，我正心中窃喜，没想到刚一坐下，女佣就来敲我房门，样子很急切，话说得颠三倒四，我不得不请她重述一遍。

" Your friend……Well, I don't know that's true or not. She is downstairs. I guess she has some trouble."Alodia 说我的朋友在楼下，看样子有麻烦了。

我的朋友？谁呀？

怀着狐疑的心下楼，但除了打扫卫生的女佣外，谁也没见着，倒是听到前院有人说话的声音，我往外走去，看到大铁门开着，方淮安的座驾堵在门口。

"媛媛学姐，妳来了正好，帮我解释解释，我说不清楚呀！"宝儿像抓住救命稻草似地呼喊起来。

我看见几个男人将她团团围住，那样子像在收网捕鱼。

通过七嘴八舌，我终于搞明白，原来宝儿不仅爬上了围墙，还拿起手机对着方宅猛拍……

"媛媛学姐，妳要相信我，我没有恶意，只是想看看妳工作的地方，没想到这宅子又大又美，心血来潮便拍了几张照片，如此而已。"她说。

没想到再一次一语成谶，宝儿真的爬墙了。

" Sorry, she is my friend."我只好硬起头皮道歉，并且羞愧地承认来者是我的朋友。

"不行，这是入侵行为，何况还拍了照，不知目的为何，怎可轻易放过？还是交给警察处理为妥。"那个西装笔挺的中年司机不买账。

听到要叫警察，宝儿吓得腿软，她指天发誓再也不敢了，请求放她一马……

"算了吧！"方淮安按下车窗，" Miss Cui的朋友就是我的朋友，若不嫌弃，留朋友一起吃个便饭。"

"他就是方淮安？看起来像慈祥的老爷爷，"宝儿环顾四周，"这个房间比我的大。"

我递给她一杯茶水，问她最近可好？

"老样子，每天做着端屎端尿的工作，什么时候是个头呦？活着真没意思！"

我安慰她一番，说只要通过考试，助理护士比护理员的含金量大，没那么多脏活，薪水也多……

"我也只能这么想，要不然日子就过不下去了。"

然后她又告诉我新近医院发生的事，不外一些鸡毛蒜皮及女人间的碎言碎语。我也告诉她方淮安有两个老婆，而且同住一个屋檐下，大老婆还没见着，二老婆倒是一副刀枪不入的样子。

"小心别成为人家的第三个老婆。"宝儿虽没指名道姓，但明显是冲着我来的。

我老大不高兴，说自己是有夫之妇，何况方淮安的年纪老得可以当我爷爷了……

"说说而已，妳怎么就当真了？"

"开玩笑也得有个度。"我仍气愤着。

此时窗外传来戏水声，宝儿马上冲向窗口："快看！有外国人哪！原来这宅子还有个泳池，早知道就带泳衣过来……"

我也走向窗口，依旧是那两个洋妞，她们穿着黄色比基尼，胸前的巨弹呼之欲出，而丁字型的泳裤设计也让圆润的屁股毫不忸怩地示人……

宝儿问我为什么洋人的身材可以这么好？要胸有胸、要腿有腿，连腰也那么纤细。

"那是婚前，婚后的洋女人很多都乳房下坠兼具水桶腰，身上的雀斑也多，像密密麻麻的褐色虫子，而且老得快。"

"看来还是小骨架的亚洲女子经得起时间的考验，对了，那两个金毛是什么来历？"

"二太太说她们替方家工作，过几天就回俄罗斯，应该是兼职性质。"

"是吗？"宝儿望向那两个美丽的胴体，"她们能做什么呢？"

宝儿的疑问也是我的疑问。

第四十一章/东翼

黄花梨大圆桌上已摆满了菜肴，看样子是中国各地的美食大杂汇，有上海红烧肉、四川麻婆豆腐、广东烧鹅、客家梅干菜扣肉、福建佛跳墙、东北大烩菜、还有一大盆的砂锅螃蟹米粉。

"哇！你们吃得那么好？光为了吃，我也想待在这里不走了。"宝儿嚷嚷起来。

"坐，崔小姐的朋友也一起坐。"方淮安招呼我们这两个迟到的人。

"我叫宝儿，"她一屁股坐在男主人旁边的位子上，"是REQ的护士，请多关照。"

"REQ的护士果然都是水当当的美女，来，给妳一杯凤梨汁，鲜榨的。"

宝儿饮过主人递过来的果汁后，当下决定替方家干活，就为了能再喝到那么好喝的凤梨汁。

"妳能做什么？"老头子问。

"很多呀！媛媛学姐能做的，我都能做；她不能做的，我也能做，譬如下腰、一字马及劈叉等。"

我很反感宝儿的"自荐"，尤其还把我拖下水。

"哪天方家也整个杂技团好了。"二太太开口，一脸寒霜。

宝儿呵呵呵地笑起来："想吃虾不一定得买养虾场，何况我不止基本功好，还有治愈的能力，能让不开心的人立马开心起来。"

二太太轻蔑一笑："这么厉害？那还需要心理医生做什么？雇一些小丑得了……"

"吃，这红烧肉煨得好。"方淮安下箸，并给同桌的每个女人都来上一块油汪汪的五花肉，借以转移注意力，好避开一场可能的风暴。

我看见俄罗斯女郎把红烧肉捡出来放在空盘子上，也是，每100克的肥肉热量约807千卡，而一个身材中等的成年女性每天只需2100千卡的热量，也就是说吃一块肥肉已经占据一整天所需热量的1/3，那不得在跑步机上待两个小时才能消耗完毕？

然而宝儿不在乎，没一会儿工夫便把五分瘦的肥肉给消灭殆尽。

"好！就喜欢好胃口的女孩，来，再给妳一块。"方淮安果然又夹了块红烧肉到宝儿碗里。

"太幸福了，从小到大，除了爷爷没人这么待我，今天看到方老板就像看到自己的亲爷爷，将来若有机会，我必承欢膝下，让您享受久违的家庭温暖。"

一句话又燃起二太太的怒火，她批评宝儿不会说话，什么"久违的家庭温暖"，说得好像这个家没温暖似的……

"得了，得了，跟个孩子计较什么？"那老人又充当和事佬。

“你总是这样，自己当好人，让我扮黑脸，得，眼不见为净，我让你和这些莺莺燕燕逍遥快活去。”

二太太很生气地走了，让俄罗斯金丝雀一脸茫然，不知究竟发生了什么？

“吃，给你们每人再来一只烧鹅腿。”男主人似乎又找到转移注意力的借口。

～

也许因为来客人的关系，方淮安没像昨天一样用过午膳要我“陪睡”，事实上我不知他身在何处，这恰好给我一个说教的机会。

“妳刚刚的言行很不恰当，难怪二太太会生气。”我说。

“嘴巴是我的，我才不管她生不生气。”

真是任性得可以，我遂端出学姐的架势，指责她这个，批评她那个。

“奇怪了，老头子都没说我什么，旁边的人倒说上话，我走就是，没什么大不了。”

她果真扬长而去，让我很错愕。

“宝儿是怎么了？她一向唯唯诺诺，很少红脸，尤其对我……”我心想。

～

日子匆匆过了三天，用过午餐我回到房内，正想着该不该给宝儿打个电话，那天不欢而散后，心里挺挂念她的。

就在此时，敲门声响起。完了，又是方老板，我真的成了名副其实的“陪睡”丫鬟了。

然而门开后，外面站的却是女佣Alodia，她说方太想见我。

真是讨厌！说了不会脚底按摩还硬要我去，这不是为难人吗？

我心里犯嘀咕，但没把气发在不相干的人身上，只是告诉传话者，两分钟后自己会上三楼……

只见Alodia慌忙摆手，她要我别上三楼，方太在二楼等我，然后手指着东翼的方向。

说来很不可思议，来方家近一个礼拜，我还未去过东翼。好吧！我承认由于好奇心的驱使，我曾"不小心"弯到那里去。但入口处的中式木雕门紧闭，我推了两下没推开，倒是从狭窄的门缝里看到里面有个柚木雕花长台、壁炉（装饰用的）以及古董座钟，墙上还有几盏复古灯。

"多做尼？"一个女人走过来问我。

"没……没什么，看看。"

问话的人是厨房帮工佩玖，年纪比我大上一轮，体型壮硕。

她嘴巴念念叨叨，说的潮州话我没全听懂，只能胡乱猜，大概是要我别乱走动，省得惹麻烦。

我还未反应过来，她已拉开木雕门进入（真是的，我怎么就只知道往里推，不知往外拉？）。

由于自己是新进人员，加上佩玖的"警告"，我认为多一事不如少一事，所以不再踏足东翼，没想到今日二太太约我在那里见，正好趁此机会一窥究竟。

" All right, I will be there in a minute."我对Alodia说。

〜

这一次我不再像只菜鸟，很轻易便拉开木雕门，这才注意到里面像座博物馆，好似在中式老宅内硬摆进欧式风格的古董傢俱，成了一种异样的租界文化风情，让人仿佛跌进时空隧道，穿越到那个动荡不安的年代。

东翼和南翼相比，这里显然有低调的奢华。

上到二楼，几支老式灯管散发出温润柔和的昏黄，照亮着饱经沧桑却依然华美的旧物。不仅如此，头顶的两根横梁上还有线条优美的古画，地上铺的则是实打实的柚木地板，一缕缕的阳光正从仿旧的直棂窗照射进来……

"这读照仔。"又是佩玖，她从其中一间房走出来，手里拿着空托盘，告诉我正是这间。

"夏夏嘞。"我向她道谢，用的是我刚学会的潮汕话其中一句。

一进房我就怔住，在场者除了二太太之外，还有一个年纪虽大却风韵犹存的女人。

"这是大太太。"二太太介绍。

"大太太好。"我毕恭毕敬地喊了声，感觉自己像个刚进门的妾。

"好，坐。"那个手拿佛珠的女人说。

我在空了的椅子上坐下。

"其实方先生也想过来，我说最好不要，让我们女人讲讲私房话。"大太太语气平淡地又说。

私房话？我和两个老女人能有什么私房话好讲？然而话到嘴边却成了："是的，女人说话，男人在场总是不便。"

我看见大太太紧接着对二太太点了个头，后者马上起身离开。

"二太太去哪里？"我问。

"她去取个东西，马上回来，妳先吃东西，这绿豆糕不错，是在东兴糕饼店买的。"说完，她夹了块糕点到我的盘子里。

由于不知她们的葫芦里卖什么药，我食不知味，只希望快快结束这场谈话，好让我回到安逸的小房间。

第四十二章/机密合同

"崔小姐，听说妳老公是医生，结婚多久了？"大太太问。

我答快一年了。

"也算新婚，年轻夫妻分开来住不妥当吧？"

"我……不算年轻，老公还比我大很多，他是二婚。"

"应该没有孩子吧？否则妳也走不开。"

我无奈称是。

大太太沉默一会儿后说他们方家也是，本来打算就这样了，有没有孩子命中注定，勉强不来，但自从知道方先生的心思后，她和二太太决定满足方先生想要子嗣的愿望……

我不太明白大太太的意思，这是要我帮找代孕者？我是护士，可不是中介呀！

大太太说我误会了，不是要我去找，而是希望由我担任这个承先启后的重责大任。不瞒我说，前几个人选也是护士（因为方先生有制服情结，尤其喜欢白衣天使），可惜她们不是受不了苦就是体质太差，还有狮子大开口的，签完合同又要求加价，搞得乌烟瘴气，要不是二太太说新来的这个看起来挺靠谱的，她几乎就要放弃了。

"可……可是我是有夫之妇呀！"我太惊讶了。

"妳不也想摆脱这个婚姻？只要摆脱了就好，不是吗？当然，签合同前我们得确认妳的身体适合怀孕而且不会撼动这个家的稳定性，妳知道的，方先生已经有两个老婆，再来一个就太挤了。"

我吓得目瞪口呆，大太太竟然以为我会对"三太太"的宝座感兴趣，还有，我可不是生育机器，要生当然得跟所爱的人……

大太太反问我难不成想跟郑医生生孩子？

"不，当然不，我是说也许……也许以后我会遇到对的人。"我弱弱地答。

此时二太太推门进来，手里拿着一个牛皮纸袋，她问我们是否谈完了？

"崔小姐对这个提议不感兴趣。"大太太说。

"那好，不勉强，"她收起牛皮纸袋，"妳现在可以收拾东西回家，12个月的薪水过几天就会到账，我们方家不小气，所以也希望妳守口如瓶，别对外乱说。"

就因为我不愿当代孕妈妈就炒我鱿鱼？这也太狠了吧？

"我是方先生雇来的，只有他能辞退我。"我义正辞严地说。

二太太轻蔑一笑："他现在就在妳房里睡午觉，妳可以走过去问他，如果答案有异，我趴在地上学狗叫。"

不，不可能的，当初说好他帮我解决烫手山芋，我则陪伴他一年，怎么现在临时变卦？

二太太说这还得怪我，没事把个小姐妹叫来，现在老爷子整天想着宝儿……

宝儿？No way.说什么我也不信她会扯我后腿。

"二妹快别这么说话，崔小姐恐怕要和朋友决裂了。"大太太转向我，"妳的朋友未必挖妳墙脚，只是代孕这件事一波三折，我们希望快点儿定下来，加上方先生不反感宝儿小姐，所以妳若不愿意，我们得执行B计划。"

事情来得太快，我一时拿不定主意,说自己需要想一想。

"妳当然可以考虑，"二太太将牛皮纸袋递过来，"这是合同，如果两天之內还下不了决定请销毁，我们会联系宝儿小姐做替补。"

∽

我没有回房（此时面对方淮安让我难受），而是约宝儿下班后在医院附近的酒吧见面。

趁着等人的空档，我把合同拿出来浏览一遍，法律条文向来艰涩难懂，但我还是很快梳理好重点：

1、方家保证郑之龙不再骚扰我。

2、生完孩子与方家再无瓜葛，不得以任何名义回来探望孩子或索要财物。

3、赠美国豪宅一栋，市价不低于八百万美元，另给现金五十万新币。

4、对外不得泄露有关方家的任何信息。

当然，合同的成立还得基于我无遗传性疾病及生理上的不育。

合上合同，我叹了口气，这条件好得不能再好，何况我只是代孕，与方淮安没有真枪实战，说到底只是出租子宫九个月罢了。

要不要签合同呢？我陷入两难。

我已经喝得两眼无法聚焦才等来穿蓝色制服的宝儿，她的脸色绯红，的确比我可人。

"渴死我了，"她将我的白开水一饮而尽，"待会儿还得加班，护士长让我先吃饭去，我跑步过来的。"

"加……加什么鸟班？眼看就要飞……飞上枝头变凤凰，有大把……大把的钞票花……花不完。"说完，我唤服务员再开一瓶烈酒，顺便给不喝酒的客人来一杯鲜榨果汁。

"亏妳还记得我对酒过敏，我以为妳不care我了。"

"什……什么时候我……我不care妳了？"

"就刚刚，明明知道我是穷人还挖苦我，还有，妳总是需要我时才利用一下，不需要就弃之如敝履。没错，我是没妳聪明也没妳好运气，但who knows，也许下一秒我就时来运转了。"

没料到宝儿是这么想的，亏我还对她掏心掏肺。

"妳……妳就从来没利用过我？也不想……想考试用的参考书还是我……我的，还有，若不是因为我……的缘故，妳能搭……搭上方淮安？别……别做梦了！"

"搭上方淮安？什么意思？"

看宝儿一脸无辜，难道我错看她了？

"没什么，算……算我说错话，自……自罚一杯。"我把服务员送来的威士忌斟满，然后一饮而尽。

"这是干嘛？"她把酒吧提供的花生坚果往我的方向挪，"还不快吃点儿下酒菜，空腹喝酒最伤身。"

"宝儿，"我醉眼朦胧地抓住她的手，"告诉我，我们……我们最终不会反目成仇，视对方为不……不共戴天的敌人。"

"说什么傻话？我们不过是小吵小闹而已，怎么可能反目成仇？看来妳真醉了，让我护送妳回家。"

我嘴巴答不用，但身体软绵绵的，要不是宝儿搀扶我，我一步都迈不开。

ALODIA 来敲我房门时，我才知道已经到了吃早饭的时候。

" I don't feel well. Could you tell Mr. and Mrs. Fang I won't eat breakfast?"我以身体不适为借口，避开会有的尴尬。

然而如愿躺回床上后却再也睡不着，二太太给我的期限是两天，我得尽快下决定才是……

这一想才忆起那个牛皮纸袋，昨晚宝儿送我回来，有否落下那个重要东西？

我赶紧跳起，可惜把整个房间全翻遍还是没找到。

"喂！妳有没有看到我的牛皮纸袋？"我一通电话打给宝儿。

"有，昨晚到了方家，一个皮肤黝黑的外国女人扶妳进去，关上大门后我才发现妳的东西在我包里。"

"那好，我马上过来取，半小时后见。"

"可……可是今天我换包包了，妳的东西现在在我家。"

Shit.这岂不是得等到太阳下山？万一宝儿今晚又加班了呢？

"快，打个电话给房东，说我会上门取东西。"

"干嘛这么心急？几张破纸而已。"

"妳……妳看了？"我吓得几乎拿不稳手机。

宝儿答没看，牛皮纸袋扁扁的，要真有东西，也只是几张纸头罢了。

"没错，就只是几张纸，朋友交给我保管，我怕弄丢了不好交代。"

"既然这样，中午我回家一趟，刚好昨晚打包的卤水鸭还剩大半只，我们可以一同消灭它。"

"好。"

挂上电话，我走向浴室梳洗。

第四十三章/代孕妈妈

这个月宝儿上早班，中午用餐时间估计在 11:30 ～ 13:00 之间，那么 12 点之前抵达她家即可。

在得到二太太的允许后，我徒步走向地铁站。宝儿住在中峇鲁市场附近的旧式组屋内，租的是三居室其中一间，房东是新加坡人，有个还在读高中的儿子。

我以为来开门的会是房东，没想到却是宝儿，身上的粉色制服让人眼前一亮。

"妳……通过考试了？"我难掩兴奋之情。

"嗯！今天一早公布的，下个礼拜起生效。"她扯了扯身上的衣服，"护士长让我把制服拿回家试穿，她说尺寸不合可以换。"

"好看，好看，很合身，恭喜妳了。"我上前给她一个拥抱。

"谢谢！"她答，然后轻轻推开我。

虽然我和宝儿都是保守的中国人，很会克制情感，但以我俩的交情，我不认为宝儿会拒绝我。

"今晨我的喉咙有点儿发痒，怕是感冒了。"她随后解释。

原来她还是那个善解人意的宝儿。

"多喝点儿热柠檬水会好些，家里有吗？"

"有，待会儿泡。"她转身把客厅沙发上的报纸移开，"坐，房东出去了，我把卤水鸭热一热，再煮个蛋花汤就可以吃了。"

我体贴地表示卤水鸭可以留着晚上吃，中午我请吃牛排，庆祝她当上助理护士……

"没什么好庆祝的，工作还是一样的忙与累，薪水是多了，但只够买两管叫得出名字的口红，所以……还是省省吧！"她冷默地答。

这真是一顿冷得可以掐出水来的午餐，我问一句，宝儿答一句，我若不问，她便不答，屋子静得连墙上挂钟的滴答声都能听得一清二楚。

我很客气地吃了一根鸭腿，喝了小半碗汤，然后起身："我得赶着回去帮雇主测血糖，谢谢妳的午餐。"

直到走到门口，我才被宝儿唤住："妳忘了妳的牛皮纸袋。"

"噢！谢谢，差点儿忘了。"我接过东西。

"是哪个朋友把牛皮纸袋交给妳保管？"她问。

"哪个朋友？……噢！新近认识的，说了妳也不清楚。"

"看来妳的朋友就要发了，八百万美元的豪宅外加五十万新币，忍耐九个月就能换取后半辈子的高枕无忧，真是可喜可贺！"宝儿答。

回到房内，我把牛皮纸袋往桌上一扔，再把高跟鞋一踢，然后趴在床上像条死鱼。

宝儿知道了，虽然合同上只写着甲方是方淮安，乙方栏空白着，但明眼人一看就知道，偏偏我没勇气承认，只是打哈哈糊弄过去，把已经混乱的局面搞得更加复杂。

"怎么办？宝儿会不会向外说去？合同有保密条款，万一闹得满城风雨，方家会不会不履行承诺？还有，若被郑之龙知道我当了代孕妈妈，肯定又是一场腥风血雨……"我就这么天马行空地胡思乱想，直到敲门声响起。

"Yes?"我开门，门外站着双胞胎姐妹花。

"#@&$¥€………"

我没听懂，Pardon 了两次。

"Bye!"两姐妹齐说，然后走下楼去。

最后一句我是听懂了，但她们去哪里？回俄罗斯吗？

晚餐桌上只有三人，但照样有吃不完的菜肴。

"俄罗斯猫终于走了，谢天谢地，打从她们搬进来就有一股去不掉的狐骚味。"二太太说。

"吃，今天的菜做得好，牛腩煮出味道来了。"方淮安说。

"你总是这样，一跟你谈正经事就转话题。"二太太不满。

"好，那么我们就谈正经事，妳跟宝儿说让她搬进来了没？"

话一说完，一股低气压四处游走。

"说……说了，我让崔小姐代为传话，今天中午她们碰面了。"

二太太的回马枪打在我身上，方淮安遂将目光投向我，我吞吞吐吐地表示宝儿刚通过考试当上助理护士，目前不想有变动，搬家的事还是缓缓再说。

"哎！自从那天……我满脑子想的都是她，这么可爱的女孩真恨不得24小时都能见到。"我的雇主无限感慨地答。

用完餐，方家夫妇到客厅看电视，我背着男主人杵在走廊不走，二太太只好起身向我走来。

"我帮妳脚底按摩，三楼见。"我压低声音说并且先行一步。

等二太太一进房间，我劈头盖脸地质问什么时候她让我传话给宝儿？

"这不是重点，妳看不出自己失宠了吗？方先生现在喜欢的是宝儿。"

"不可能，从喜欢到不喜欢总有个过程，哪能说翻脸就翻脸？"

二太太听完大笑两声，说我还活在象牙塔里，从喜欢到不喜欢当然有个过程，所以我还能待在这里干领薪水，但人终究要面对现实，现实就是我即将被取代……

"我决定当代孕妈妈。"我截断她的话。

"真的？"

"嗯。"

"那么明天先上姚医生那里做个检查，确认没有遗传性疾病及不育后，我们再来签字。"

除了点头同意，我别无他法。离去前我问若签了合同郑之龙依旧不放过我，这如何是好？

"放心，他有把柄在我们手上，肯定会爽快放人，这点妳无庸置疑。"

～

走出房门，刚好和二太太的美甲师擦身而过，我心想画个指甲不得要个把钟头？遂走向客厅。

此时的方淮安背对着我看新闻频道，原来樟宜机场调高机场税了。

"妳要一直站在那里吗？"他问。

我借机走上前，并且佯装对新闻感兴趣："我不知道机场税提高了。"

"何止机场税，个人所得税也提高了。"他答。

"听说俄罗斯姐妹替方家工作，她们也纳税吗？"我把一直以来的疑问以"纳不纳税"做掩护提问。

没想到方先生因此脸色潮红，讲话也前言不搭后语，一会儿说她们是方家的客人，再一会儿又说给了她们不菲的工资……

"她们是做什么的？"我又问。

"瑜……瑜伽老师，噢！不，舞蹈……舞蹈老师。"

我问方先生学什么舞？吉鲁巴还是恰恰？

"我……我只看不跳。"

结合俄罗斯姐妹花的火辣身材、曾经听过的暧昧音乐，再加上眼前男人不安的神情，我灵光乍现，原来她们是脱衣舞娘，夜夜对着老头儿宽衣解带。

"舞……舞蹈老师走了，您难不难过？"我问。

"有点儿，但很快又会有新老师来。"

"新老师该不会是宝儿吧？她可不会跳舞，而论护士资历，我高过她，您也不需要两名护士，不是吗？"

方淮安答宝儿会不会跳舞不重要，只要陪他聊天，让他开心就行。

"二太太说我失宠了，您现在喜欢的是宝儿。"我豁出去了，就想知道他的真实想法。

" 哪 里 的 话 ？ 我 喜 欢 她 也 喜 欢 妳 ， 只 要 是 美 女 ， 我 通 通 喜 欢 。"

原来两位太太揣摩了上意又假传圣旨，方淮安压根儿没让我走，这让我大松一口气，再想到过去几天的焦虑，我不假思索地告起状来。

"太不像话了，把我说得好像是见异思迁、不守信用之人。放心，即使不做代孕妈妈，妳仍然能留下。"

有了雇主的保证，我安心不少，但……经过深思熟虑后，我还是决定接下这个承先启后的工作，毕竟报酬很可观，加上事成之后能换个地方重新开始也挺不错的。

我 把 想 法 告 诉 方 淮 安 ， 他 很 高 兴 ， 说 我 一 定 会 是 个 合格母亲。

"不，母亲是大太太和二太太，我只是出借子宫而已。"

方淮安一脸茫然，他说我不仅出借子宫还是孩子生物学上的母亲，因为大太太和二太太都已经停经了……

我倒吸一口气，怎……怎么没人告诉我这些？不，这交易绝对不能做，我不卖自己的孩子！

"妳上哪儿去？"方淮安在我背后喊。

"找二太太喝茶去！"我答。

第四十四章/原罪

今天美甲师给二太太做的是当下流行的法式甲，也就是在指甲前端画出有如微笑般的圆弧形，底色是珠光质地，上面贴了几颗水钻，看起来很俏皮。

"二太太，我有重要事跟妳谈。"

"说。"

我看了一眼美甲师，二太太马上心领神会。

"章师傅，麻烦妳到门外稍等一下，我谈个事儿，很快的，不会耽误妳赚钱。"

美甲师遂起身，看起来不太愉快，走过我身边还瞪了我一眼。

"人走了，有什么事快说吧！"

"方……老板说我除了出借子宫，还得提供卵子，这样一来意义就不一样了。"

"什么意义？反正是人工受孕，又不是真枪实战，如果卵子用他人的，还得费好一番功夫，对方也不知是龙是凤，乱七八糟的我们可不要。"

我答如果真用我的卵子，孩子无疑有我的一半，到时要割舍就不容易了，方家有的是钱，找个有颜有学识的女人提供卵子不是难事……

二太太答是不难，我就是他们要找的人选，既提供卵子也孕育胚胎，唯有知道怀的是亲骨肉才会上心，否则上东南亚随便找个代孕妈妈易如反掌，费用还不到一辆小车的价格，他们何苦花大钱？

"但……"

"妳该不会以为方家的钱好赚吧？既然我们能提供优厚的条件，相对的要求自然也会多。"

我不能说二太太错，方家的确待我不薄，何况我是已婚妇女，不年轻，比我聪明貌美的大有人在……

见我沉默，二太太使出杀手锏："如果不愿意就算了，据我所知，妳的婚姻毫无质量可言，想让我们替妳摆脱家暴老公不是难事，但非必要谁也不愿把麻烦往身上揽，不是吗？我再给妳一天的时间，如果仍三心二意，这件事就做罢，我们会另找适合的人选，譬如……宝儿小姐。"

"我……知道了，明天给妳答复。"

躺在床上，我一会儿觉得为了大局着想，这点儿牺牲不算什么，况且孩子将成为方氏企业的继承人，前途一片光明；一会儿又觉得生他就得养他，怎能弃孩子于不顾？这会遭天打雷劈……

就这么一夜辗转反侧，我失眠到天亮。

"崔小姐怎么了？精神不太好的样子。"早餐桌上，方淮安问起。

"她昨晚没睡好，一夜失眠。"二太太代答。

方老板很好奇，问自己的二老婆怎么知道？莫非有千里眼。

"没千里眼，倒有读心术。"

他们两夫妻一问一答，把我当隐形人。

"不好意思，我实在没胃口，你们慢用。"我起身，转头对二太太，"我出去走走，晚餐前会回来。"

直到离开方宅，我才算真正松了口气。

想找个人说说话，显然此时此刻宝儿不是适当人选，于是……

我跟汪致远约了一起吃午饭，他现在在妇产科实习，忙得不可开交，所以我把吃饭地点选在离REQ不到五百米的咖啡馆里，一来人少可以避人耳目，二来简餐上菜快，吃完他能马上回医院报到。

没想到原以为会迟到的人却比约定时间早到十分钟，让我很惊喜。

"真准时。"服务员走后，我调侃。

"有三床孕妇的阴道口开了四指，主治医生要我赶紧吃饭去，否则得午晚餐一并解决。"

我笑说医生都是铁打的身体，而且还得练就绝食的功夫。

"不止医生，护士不也一样？真搞不懂为什么大部分的孩子都选在半夜出生，而且一窝蜂赶着同一时间，仿佛上帝就要关上大门似的。有一次忙不过来，我跟某位孕妇说忍住，别让孩子出来，结果被骂得狗血淋头。"

"哈哈！当然得骂，生产的痛可以达到十级，没经历过的人不会知道。"

"说得好像妳经历过似的，对了，谈谈妳的近况，在方家过得可好？"

"你……都知道了？"

他答当然，我走的那天流言四起，想将耳朵堵住根本不可能。

哎！这样也好，不用话说从头。

"那么我简单回答你的提问，方家答应帮我摆脱郑之龙，而且给我美国豪宅一栋，外加五十万新币。

"什么条件？"他问。

"条件……条件就是提供卵子和子宫，替方家完成传宗接代的使命。"

话一说完，汪致远将身子往后一靠，眼睛眨也不眨地盯住我："妳没答应吧？"

"我……不知道，还在考虑……"

"考虑个屁！这还要考虑？当然是拒绝。"他抓住我的手，"媛媛，妳到底有没有心？"

我甩开他的手，说我当然有心，否则不会快灭顶了还拼命探出头来呼吸，他不是我，自然体会不到我的不易。

"妳不是我，妳也体会不到我的心痛，看妳一再沉沦，我真想抛开一切带妳远走高飞。"

"你……你……什么意思？"

"我……就是那个意思。"

"Excuse me, chicken?"服务员适时送餐过来，我举一下手，她把鸡肉套餐放在我面前。

"Then beef must be for you."服务员接着把牛肉套餐放在汪医生的桌上，"Enjoy your meal."

我们尴尴尬尬地用着餐，刀叉碰撞的声音听起来很刺耳。

"我吃完了，"我用餐巾擦拭一下嘴巴，"你慢用，我先走一步。"

"等等，我还没吃完呢！一个人吃饭很寂寞。"

我只好待在原位。

不知为什么，这顿饭汪致远吃得特别慢，一小块肉可以咀嚼半天，仿佛那是块橡皮，嚼不动。

"妳喜欢方老板？"他终于开口问。

"说不上喜不喜欢，他和公园里做晨运的老人没两样。"

"这样也能上床？妳不觉得恶心？"

我说他误会了，方老板身体不行，要孩子只能靠人工，还好他把精子冷冻起来了。

"即使那样，妳也是孩子的生母，方家打算把妳摆在什么位置？"

"什么位置也没有，生完孩子直接送出国，从此一刀两断。"

汪致远放下刀叉，神情非常严肃地说这件事得从长计议。

"来不及了，今晚我得回复，如果say no, 我仍能留在方家，他们则另外找……找人。"

"这不挺好的？"他问。

我答他不懂，事情没那么简单，如果我不入地狱，有人……有人会入地狱。

"什么意思？有人？谁呀！"

"我胡乱说的，你别往心里去。Anyway，今天我得上姚医生那里一趟，如果检查出我不育，情况又是另一种局面。"

没错，我担心的事不止此，结婚近一年，在没有任何防护措施下，我的小腹依旧平坦，老公说是我的错，我没全信，但也不排除这个可能性。如果我真是只不会下蛋的母鸡，那么连签合同的资格都没有，一切又回到原点。

姚医生原来也在我工作的公立医院任职，我和他曾有数面之缘，后来他离开医院开私人诊所，算一算我们已经有两年未见，还好他不知道我后来结婚了，否则恐怕要瞠目结舌。

"妳……真的是妳，我还以为同名同姓。"姚医生依旧被吓到。

"是的，是我。"我羞愧地承认，"我是方家送来的第几个？"

"呃……记不清了，反正有好几个。"

"那我们……开始吧！"

第四十五章/人工授精

说我对汪致远的表白无动于衷是骗人的。

回方宅的路上我一直说服自己别自作多情，虽然内心深处我渴望爱情，那种让人捧在手心的感觉很美妙，但……这不包括"怜悯"及"移情作用"。

汪致远曾说过他的母亲也是家暴受害者，极可能他把对母亲的爱转移到我身上，说白了就是"恋母情结"在做祟。

" 一定是这样的，否则无法解释他会对深陷泥沼的我感兴趣。"想到此，我五味杂陈，不，畸恋必须扼止在摇篮里。

为了掐断这一点点的可能性，回到方家后我直捣黄龙上到三楼，还好方家夫妇都在。

"我准备好签字了。"我说。

"姚医生还没给回复呢！"二太太说。

我告诉她今天下午我才从姚医生诊所出来，基本排除不育，至于基因检测……今晚出结果。

"那么等结果出来再说吧！"

"好的。"

我正要走，被方老板叫住，他问我宝儿今年多大了？

"二十初头。"

"属什么的？"

"不清楚。"

看我一脸狐疑，二太太索性开诚布公，原来算命先生说老爷子今年犯冲，只有属猪的人可以化解。

哈！都什么世纪了，还相信江湖术士的胡言乱语，简直太迷信了！

二太太答不迷信，算命的还说方家会一举得男，孩子的母亲属龙，这也是他们看上我的原因之一。

"怎么知道我属龙？"我问。

"想知道总有办法。"她答。

这可不妙，我在方家面前简直赤条条，毫无隐私可言。

"那么我相信你们很快会查出宝儿的属相和喜好，包括她一天吃几顿饭，刷不刷牙。"

大概我的口气不太好，方淮安开口了："没错，我们是对妳的身家做了些调查，毕竟让一个素昧平生的人进门有风险性。宝儿的生辰不难查，我只是一时兴起问妳，别介意。"

"没事，我太小题大做了，请原谅。"老板都开口了，总得给人台阶下。

关上房门，我还能听到二太太不满的声音："真以为自己得道升天了？有骨气就别签字！"

九点刚过，二太太差人让我去她房里，想必姚医生给了满

意的答复，她直接递上合同，我没有啰嗦，很快签名盖上手印。

"姚医生说妳的卵泡发育正常，不需要药物刺激，记得排卵日前三天到他那里报到。"二太太叮嘱。

我是注册护士，知道人工授精的最佳时机分别在排卵日前72小时、24小时以及排卵后24小时。我的月经周期向来固定，下一次的排卵日应该在十天后，也就是说再过一个礼拜，我将接受第一次授精，这让我感到害怕与惶恐。

啊！这个决定会不会是错的？如果是，我该怎么办？

我躲汪致远好几天，来电不接、短信不回，没想到躲躲藏藏还是被逮个正着。

"你怎么知道我会来这里？"我问。

"姓姚的妇产科医生不多，这个不难打听。"

"厉害，你该转行当侦探，Excuse me."

我想走，但汪致远不让，他说我一旦踏入诊所，这辈子就注定活在自责与后悔当中。

"我知道自己正在做傻事，但我别无选择。"

"怎么会别无选择？妳还有我呀！让我们共同努力，一定可以挽回劣势。"

想到他的"恋母情结"以及"移情作用"，我瞬间狠下心来斩断情丝。

"听着，我不相信你会带我脱离苦海，何况我不喜欢你，甚至感到讨厌，请你从此远离我的生活圈，别再来烦我！"

"妳真这么想？"

"我真这么想。"

"那好，不打扰妳了，再见！"

看他远去，我忽然有股冲动想唤住他，但张嘴却发不了声，只能眼睁睁看他越行越远……

"妳是对的，让他自由，妳也能得到解脱。"即使自我安慰，我仍心情郁郁，感觉错过了什么。

当方淮安的精子进入我体内，我感觉一切都完了，从此不再有春天。

"妳得躺2～3小时，以防精子流出。"姚医生说。

我忽然忆起那个离去的背影。

"不，"我跳起，"我不做了，我后悔了。"

"妳去哪儿？"姚医生喊。

"去找回爱情。"我头也不回地答。

我跑了整整大半个新加坡才来到REQ，时间刚好过了饭点。

他在哪里？对，妇产科，我得上五楼。

然而没等我抵达五楼，护理员黄莺叫住我："媛媛学姐，妳怎么来了？好久不见。"

"是……是好久不见，妳好吗？"

"好，妳来找宝儿吗？她和汪医生在一起。"

我问是哪个汪医生？

"汪致远医生呀！告诉妳，宝儿拼命想抓住他，一有空就往他那里跑，也难怪，汪医生是很多未婚护士心目中的男神，她若不赶紧拿下，恐怕夜长梦多。"

"汪医生是很优秀。"我喃喃道。

"呵呵！还好媛媛学姐结婚了，不然宝儿又多出个竞争者。"

我要她别开玩笑，我和汪致远只是……只是普通朋友。

"说的也是，如果连已婚者也回过头来跟我们抢男人，这世界就乱套了。"

我意气消沉地离开REQ，黄莺说的没错，我结过婚，有什么资格跟未婚者抢资源？何况汪致远是如此优秀，他值得更好的。

"喂，姚医生吗？今天……很抱歉，请原谅我的任性，明天我准时上诊所做第二次人工授精。"

放下手机，我伸手招来出租车，道出地址后，我疲惫地闭上双眼。

第四十六章 / MISS ZHOU

两天后我没赴约，而是等到排卵了才去，不是我爽约，而是姚医生临时有事推迟了。

做完人工授精，我很配合地躺在床上不让精液流出。

"两个礼拜后回来测血HCG，看是否妊娠。"离去前，姚医生对我说。

"如果没有呢？"我问。

"那么就得等到下次排卵日再做。"

虽然注射的导管很细，姚医生的动作也很轻柔，但整个过程并不令人愉悦，毕竟让自己的私密处示人是件尴尬的事，即使对方是医生。

"记住，少运动，饮食轻淡点儿，别胡思乱想。"他又加上几句。

他怎么知道我会胡思乱想？

"你肯定认为我是个坏女人，为了钱，什么都能做。"我说。

"放心，我没那么死板，道德只是华丽的外衣，只要不触犯法律，我乐得自扫门前雪。"他推了推厚重的眼镜框说。

姚医生不知我已婚，背着老公和别人生孩子已经触法，当然，我不会蠢得不打自招。

～

也许刚做完"不道德"的事，离开诊所后，我竟然想起老公，不知他近况如何？

说来奇怪，刚开始到方家，郑之龙时不时打电话问进展，又说家里没女人很不便，连口热饭都吃不上等等。在我晓以大义又建议他可以雇钟点工之后，慢慢的电话少了，最近这两天更是一点儿消息也无，不免让我起疑，他……该不会生病了吧？

～

站在老公的私人诊所外已有好一会儿，期间只见一名病患进出，用"门前冷落车马稀"来形容再合适不过。虽然开业之初总有个低潮期，但我以为像郑之龙那样的名医无庸担心，病患肯定会接踵而至，没想到少了大医院当靠山，一样得慢慢累积口碑……

"媛媛，真的是妳。"

听到熟悉的声音，我吓得寒毛直立。

"我……我给你送水来。"

瓶装水是来时路上我在便利店买的，已经喝了大半瓶，没想到老公丝毫不介意，一口气喝光。

"渴死我了，银行连杯水也没请我喝。"

"银行？"

"我刚从银行回来，妳来了正好，我有要紧事跟妳谈。"

我以为他会带我进诊所，没想到是在附近找了家情调很好的咖啡馆，他还鼓励我点甜品吃。

"不了，一杯摩卡就够。"

郑之龙没啰嗦，点了一样的。

"最近好吗？挺想妳的。"服务员走后，他说。

我望了他一眼，不确定他是否来真的？

"还行，不好不坏。"我心存戒备地答。

他紧接着问我那件事进行得如何？有没有希望？

我答老先生很精明，估计还要一段时日。

"得加紧了，银行在催……"

"八字还没一撇的事你又贷款了？真不怕死！"

老公说他指的不是药厂投资案，而是当初买办公楼当诊所贷了款，现在利息调高了，加上最近手头有点儿紧，已经晚了十多天没交……

"诊所生意看起来是不太好，但你手中多少有存款，问题应该不大。"

"存款……存款早没了，因为……因为前阵子上圣淘沙，所以……"

好呀！我一不在家又和Lucy联系上，真是色心难改。

"这回是帮 Lucy买了鞋还是买了包？你替别的女人买单可真不手软！"

"不是她，而是……家里空荡荡的，我很寂寞，说到底也得怪妳！"

郑之龙有把过错推到我身上的"习惯"，早见怪不怪。

"随便你怎么说，反正缴不了款,上黑名单的人是你。"

"不止我，妳忘了当初的贷款是联名贷。"

糟糕！怎么忘了此事？我问他欠下多少？

"连同这个月得还款八万多，还有，云顶赌场也在催……"

"云顶赌场？"我扬起声，"你竟然跑去赌博？"

"我是被忽悠去的，中介说我可以用她的信用额度玩两把，后面的事简直像恶魔上身,我控制不住自己。"

我打了个寒颤，问他"总共"欠下多少？他弱弱地答一百多万新币，其中十万是成为顶级玩家的费用。

太不可思议了，平常那么抠的人，赌起来却一掷千金，豪气得很。

"抱歉，我帮不了你，我的薪水多少你很清楚。"

他忽然像即将灭顶的人，紧紧抓住我的手不放，要我一定得帮他，否则……否则他的照片就会出现在讨债公司的页面上，对他的个人名誉造成不可计量的损失。

"怎么帮？"我冷冷地问。

"用信用卡还款最快，多申请几张，我保证等钱一到位就能将窟窿填上。"他答。

如果我们夫妻的感情好，我两肋插刀在所不辞，偏偏这个家风雨飘摇，我怎可能再深陷其中？

"不行，我的薪水不高，申请不到足够的额度。"

"不试试怎么知道行不行？走，现在就去。"老公拉着我起身。

在百得利路上，如果不是我喊肚子疼借机逃跑，估计老公会带我走遍新加坡的大小银行，然而跑得了和尚跑不了庙，当晚郑之龙就上门要人，我吓得躲在房间里，连大气也不敢吭一声，最后还是由二太太出面把人劝退。

郑之龙走后，有人主动敲我房门。

"我跟妳老公说了，明天妳会回家一趟。"二太太说。

"什么？我这一去还有回来的可能吗？我们是签过合同的，事情不该如此。"我急得跳脚。

"放心，都说好了，郑医生同意先分居，妳回去是签离婚协议。"她进一步解释，"新加坡有结婚不到三年不得离婚的规定，妳该不会不知道吧？！"

没想到那么容易就解决长久以来的梦魇，感觉很不真实。

二太太笑说这可不容易呀！光说服郑医生上赌场就花了不少功夫，最后还用上美人计。

我一时怔住，这是怎么回事？

经我询问才得知方家雇了个漂亮的赌场中介去引诱郑之龙，没想到他是只铁公鸡，去了几次都是"小赌怡情"，为了让他"大赌伤身"还真的费了好大一番功夫。

"可是……那时我还没答应签合同，也有可能我的身体不行，你们怎么……"

"还不是方先生心肠软，看到妳被欺负就急着想当护花使者，说到底是武侠小说看太多，把自己当成行侠仗义的侠客。"

事到如今，真不知该说什么好，虽然早知道老公把钱看得很重，可是怎么也没料到一百多万新币就能收服他，看来钱真是个好东西。

"谢谢！我会遵守约定，不让你们失望。"

"最好如此，方先生想当大侠是方先生的事，但我不是慈善家，付出当然求回报，"她在我耳边低语，"如果妳忘恩负义，我绝对有办法治妳，好比……Miss Zhou。"

第四十七章／珠胎暗结

周小姐原是REQ体检部的护士，后来被方淮安看上带回方宅，最新消息是她到美国"留学"了，费用由原雇主承担，这显然是你情我愿、皆大欢喜的事，怎么到二太太嘴里就成了恐怖事件？

然而我没有"剥丝抽茧"很久，因为自己的麻烦事已太多，譬如明天签离婚协议能否顺利？老公会不会临时变卦？这才是我需要烦恼的事。

~

约的是中午I2点，连口饭也不让吃，真是的。

没想到一进门就被身系围裙的老公给吓住，他不仅为我递拖鞋、送茶水，还热情地请我入座。看到桌上似曾相识的印尼炒饭、虾片、沙爹牛肉（和我第一次上他家吃饭的菜色一模一样），我的心喀噔了一下，这不像要谈离婚，倒像是快乐大和解。

"我以为我是来签离婚协议书的。"我冷冷地说。

"是要签，但人总得吃饭不是吗？来，快尝尝我的炒饭，加了好多葡萄干，补血。"

我心有疑虑，但还是拿起叉子吃了几口，他的炒饭一如既往的美味。

"好吃吗？"他问。

"嗯！"

"我今天没上班，特地为妳做的，妳喜欢就好。"然后他把他的荷包蛋也给了我。

这下子我完全没胃口了，郑之龙肯定有所求。

"我吃饱了，"我站起身，"你慢用。"

"怎么才吃两口就饱了，是不是身体不舒服？"

我答是的，签完协议，我想回家躺躺。

"那么妳上楼眯一会儿，我不吵妳。"

郑之龙竟然以为我口中的"家"是这个家，真是滑稽至极！

"不，这里已经不是我的家。你到底签不签？不签我走了。"

我以为我已经说得足够清楚，偏偏老公的思路与常人不同。

"媛媛，做戏到此为止吧！我感激妳替我行苦肉计，否则方家也不会出手相救。这样吧！妳回去撒个谎，就说协议签了，等钱一到账，妳就搬回家，药厂投资案我看算了，本来希望就不大。"

原来他以为我以受难者的姿态博取方家同情，目的是为解他的燃眉之急，实在把我想得太伟大了。

"方老先生看起来像傻子吗？但凡事业做得这么大的人，肯定不能随便忽悠，你的小伎俩很快会被识破。"

"大不了还钱，过了这关，我会努力赚钱，很快就能还上。"

"不，不是这样的，我不是行苦肉计，而是真心想离开你，请你……请你放过我，求你了。"

话一说完，一个巴掌扇过来，我立即眼冒金星。

"方家给妳施了什么法术？我们一向过得好好的，要吃有吃，要喝有喝，我还给妳大房子住，妳还有什么不满意？"

我捂住脸说不满意的地方多了去，有哪家老公会动不动打老婆？即使是条狗，也不能这么打。

"说对了，我不打狗，因为狗不会违背主人的意愿，不像妳！"

"得，看来今天的协议是签不了，我走了。"

郑之龙立马堵在门口，咬牙切齿地说："我就看妳今天出不出得了这个门！"

～

疼痛每几分钟就找上我，我想伸伸腿，无奈脚踝被胶带绑在椅腿上动弹不得，再这么下去，我会因血液循环不畅而导致腿部动脉硬化。

"我得上班去，妳乖乖待在家，想喊叫请随意。"他说。

主卧室做过隔音工程，即使我喊破喉咙也无人能听见。

"有没有想过方家会向你要人？"我问。

"要什么人？妳是我明媒正娶的妻子。"

我听了为之心寒："好，就算不理会方家，云顶赌场的赌债怎么办？你对付得了那帮凶神恶煞？"

郑之龙一怔："这倒是个问题，嗯……我找他们老板商量，也许能缓缓，妳不用担心。"

担心？我当然担心，难道从此又要过上永无宁日的生活？

~

郑之龙宁愿负担债务也不愿放我走，这让我感到忧心忡忡。

夜晚降临，是吃晚饭的时间，方家人是否察觉有异？有没有出动找人？还是从此将我遗忘？

我又等了许久，才等来明显迟归的老公，他逆光站着，我看不清楚他的脸。

"快！帮我解开，憋了半天尿了。"我说。

他走过来解开我身上的绳索和胶带，我一自由，马上飞奔至厕所，再回到房间时，他已不知去向。

下楼后，我发现郑之龙坐在客厅里，报纸挡住他的脸。

"我……回去了。"

"等等，签了协议书再走。"

他放下报纸，我看到一张肿胀的脸，红的红，紫的紫。

"啧啧啧！打架了？"我问。

"正确地说是被打了，没想到那帮人来真的。妳也算是找到好靠山，方家的车正在屋外等，签完字马上走，把门带上。"

我把桌上一式两份的协议书拿起来浏览一遍，没有赡养费，也不能带走一屋一瓦，十足的不平等条约，但我不在乎，爽快地签字。

"我……不会再回来，你……多保重。"我的离别情怀正在作祟。

"哼！像妳这种不要脸的女人，在我屋里多待一分钟都嫌脏，别再给我看鳄鱼的眼泪，妳就安心当老头子的禁脔,我咀咒你们这对奸夫淫妇不得好死！"

这是怎么回事？我想进一步细问，但那个愤怒的男人大手一挥，像挥走一只肮脏的苍蝇。

我没啰嗦，拿起那份得来不易的协议书离去。

～

虽然知道解救我的人必定是大权在手的二太太，但我没料到她的动作如此之快，简直是雷厉风行！

"跟我斗？早着呢！"二太太轻蔑地说。

我要求还原事件始末，她答不过是付了点儿钱，没想到郑医生这么不禁打，没两下就投降了。

不，一定还有什么，否则他不会如此决绝。

二太太说我果然冰雪聪明，所谓打蛇打七寸，郑医生听闻自己的老婆答应替方准安生孩子，并且已做了人工授精之后，强烈表明不要不洁的女人，看来这次是铁了心不要我了……

我忽然想起债务问题，如果这个没解决，郑之龙在走头无路的情况下依旧会回过头来咬住我。

"妳放心，一码归一码，我们方家是讲信用的，债务问题肯定会解决。"二太太拿出手绢擦拭鼻头上的油光，"妳也看到了，我们为了妳的事操碎了心，可别做白眼狼啊！"

"一定，"我颔首，"非常感谢！"

"不用谢，保护生育机器是我的职责所在。"她似笑非笑地答。

～

二太太讥笑我是"生育机器"，但我不在意，如果孕育的过程有感情，那才是不道德的，我乐得当无感的机器。

这一天，我来到姚医生诊所做血测，它是通过测量女性血液中的HCG值来判断是否怀孕，相比传统的尿检更加准确，误差也小。

"中了吗？"我问，心里很忐忑。

"妳的血HCG已达到400IU/L。"姚医生的目光离开测试纸，严肃地对我说。

"这么说是怀上了？"我喃喃自语。

姚医生没说"恭喜"，反倒问我想不想生？

这个问题已经在我脑海里翻滚过无数回，如果不生，欠下的人情债如何还？如果生，肚里的孩子毕竟是我的骨血，我害怕到时无法割舍。

姚医生点头表示理解，他说一般代孕妈妈不提供卵子，就是怕到时候做不到全然的放弃，方家的作法实在令人费解……

"哎！事已至此，多说无用，只能走一步算一步了。"我无奈地答。

第四十八章／大悲咒

对于我的成功怀孕，方家上下喜庆一片，我被簇拥着来到东翼，原来东翼三楼不仅有个佛堂还有方家列祖列宗的牌位。

"媛媛，快跟方家祖宗磕个头，他们会保佑孩子顺顺利利地生下来。"大太太说。

我顺从地跪下，磕头完毕，方淮安、大太太、二太太也跪下，只见他们各拿着三柱香膜拜，嘴巴念念有辞，说的是潮汕话，加上音量小，我一句也没听懂。

上完香，我们一起到一楼起居室喝茶，由于我是孕妇，要了玫瑰花茶，说是富含维生素C，可促进铁质吸收，预防贫血。

"来，这个给妳，"二太太夹了一块橙色的扁平物到我盘里，"这蕉柑是著名的潮汕特产，能润肺、降火气，妳现在是一人吃两人补，吃得下就多吃，可别尽想减肥的事，把宝宝饿着了。"

"二妹快别这么说，万一过胖就不好生了，"大太太面向我，

"放心，妳跟我一起住东翼，我会盯着妳吃，肯定营养均衡。"

"我跟大太太住？为什么呀！"我太惊讶了。

此时一直喜上眉梢却保持沉默的方先生开口了："大太太长年吃斋念佛，会把福分带给妳，况且在宗教氛围浓厚的环境里养胎，有助情绪的平稳。"

听他这么一说，我没异义，反正九个月转眼就过了，我比较关心的是大太太吃素，这是否意味着我也只能吃草？

大太太笑了，她要我不用担心，餐会分开来煮，饿不着我。

这大概是今天惟一的好消息吧？！我不禁松了口气。

"东翼有五个房间，都在二楼，大太太占一间，其他四间妳可任选，选好后告诉我，我让家里的佣人把妳的行李搬过去。"二太太说。

我的行李不多，就几本书外加几件换洗衣服，一个人拿也行，但众人纷纷摇头，他们说孕妇最忌拿重物，要我安心当甩手掌柜。

"好的。"我接受他们的好意。

～

四间房大同小异，我选择了书房。

"书房的床小，妳确定要这一间？"大太太问。

我点头。

书房的床是轻搭纱缦的单人古典床架，小是小了点儿，但一个人睡足矣。

"那好，以后妳就住这间，有什么事叫我一声，我听得见。"大太太说。

也许有人会认为我傻，干嘛不挑大点儿的房间？但只有自己心里清楚，我是捡到宝了。

整栋豪宅里最能体现平和、典雅的地方大概就属这间书房了，瞧！书架上有成排成列的书籍，在幽暗的灯光下闪着神秘之光；宽大的书桌上不仅有文房四宝，还有象征幸运的法国木鞋型书挡；书桌左侧是一个酸枝木大衣柜，既有简约的英格兰风格线条，又有中式雕花与立柱，妥妥的中西合璧。

再看格子窗外，几株桂花树正迎风摇摆，浓郁的花香瞬间沁人心脾，带来芬芳的气息。

想到自己每天都能在书香及花香中醒来，这是多么惬意的事！我高兴极了。

然而生活总有办法泼你冷水，下一秒大太太便要我每天用毛笔抄写《大悲咒》及念诵咒文至少五遍。

"为什么？"

"抄写及念诵《大悲咒》能今生免恶死，来世得善生，所以为了自己及肚里的宝宝，妳一定得坚持下来。"她答。

我嘴巴应允着但心里很抗拒。

大太太一向在自己的房间用餐，为了我，屈尊降贵到一楼餐厅吃。

"其实我可以自己吃，您不用陪我。"我说。

"没事，一个人吃饭多可怜，我陪妳吃，顺便讲讲话也挺有意思的。"她答。

然后我惊奇地发现桌上除了两碗素菜、一碗汤是大太太的之外，其余都是我的。

"这么多，怎么吃得完？"我皱着眉头。

"妳不用全吃完，但每样多少吃一些，营养均衡最重要。"

于是我吃了老醋黄瓜拌木耳、猪肝菠菜、虾米芹菜、清炒西兰花、黄豆排骨汤，又在大太太的督促下喝了半碗的八宝燕麦粥。

"每天下午佩玖会送燕窝或花胶给妳食用，都是些好东西，能补气血，记得一定得吃啊！"大太太叮嘱。

我能感觉自己就是一具生育机器，为了得到好的制品，不得不张大嘴吃进各种据称有营养的东西。如果我怀的不是方家的种，压根儿就没人会关心我有没有吃、吃了什么。

"对了，妳的《大悲咒》写了吗？现在背给我听。"

"写了吗……嗯……会写的……背……很长的……背不了……"

然后大太太开始念：南无、喝啰怛那、哆啰夜耶，南无、阿唎耶，婆卢羯帝、烁钵啰耶，菩提萨埵婆耶，摩诃萨埵婆耶，摩诃、迦卢尼迦耶……

我没想到大太太来真的，原以为只是口头说说而已。

"好的，我尽量。"我低下头去。

"不是尽量，晚餐时把功课交给我。"她说。

记忆中磨墨写字还是小学时期会干的事，没想到二十年后我又重新拿起笔来，人生啊！永远不知下一秒会是什么。

《大悲咒》全文84句，共415个字，如果只是拿圆珠笔随便写写，最多也就十几分钟的事，偏偏大太太要我使用毛笔，很是折腾人。

我将窗户打开，让空气流通，再注水磨墨，然后在摊好的宣纸上写下第一个字。写着写着，我紊乱的心慢慢静了下来，一竖一横一点一捺也不再无聊乏味，反而有作画的乐趣，难怪有人说中国字本身就是个艺术品。

"扣、扣、"

"请进。"我说。

佩玖端来一个托盘，上面有冰糖燕窝、红枣糕及各色水果拼盘。

"谢谢！"我的目光重新回到案上。

那个虎背熊腰走过来一探，说我写得好，不像周小姐，她的字丑。

我一惊，差点儿握不住笔杆。

"周小姐也写过《大悲咒》？"我问。

佩玖答是，书房原来没有床，为了周小姐，不得不把档案柜移到储藏室，这才勉强空出一块地来。

"这么说周小姐也怀上了？后来呢？流产了？"

"不清楚，有一天周小姐忽然就不见了，连衣服也没带走。"

我放下毛笔走向衣柜，打开后问："这是她的衣服吗？"

"惜啲，剐拐，扎墨灰晃栽嗫丽？"她一副不解的表情。

得到肯定的答案后，我心里发毛，走得再匆忙也不可能不带走随身衣物，除非她还想着有朝一日归来。

晚餐一样很丰盛，而大太太依旧是两菜一汤，连饭也只是小半碗。

饭后我把"功课"交上，她赞美我的字美。

"和周小姐比，谁写得好？"我问。

"她……你们的字各有各的美，难分轩轾。"

"周小姐为什么没有妊娠成功？"

大太太答可能跟个人体质有关，她看我很健康，这次应该没问题，不用担心。

"她人呢？在美国？为什么没带走随身衣物？"

"随身衣物？妳大概看走眼了，我们方家没有她的东西，即使有也全部销毁，因为她不可能再回来了。"

"可是我明明……"

大太太截断我的话，她要我默背《大悲咒》给她听。

"嗯……南无、南无喝啰怛……怛那、哆啰……哆啰……南无、阿唎……阿俐……摩诃萨………萨……"

"崔小姐，看来妳没背好，我认为妳应该回房把功课做好，妳认为呢？"

大太太很默然地上楼去，留我一人面对一桌的剩菜剩饭发起愁来。

第四十九章/偶遇汪致远

我就这么发呆了好一会儿，直到佩玖过来收碗盘。

"佩玖，今天下午妳的确看到周小姐的衣服在我房里，对吧？"我问。

"惜哟。"她点头。

还好我没出现幻觉，那么就是大太太没搞清楚状况啰！嗯……这也不无可能，毕竟周小姐跟我一样只是个过客，不是方家重要的人。

谢过佩玖后，我起身回房做功课，《大悲咒》像道符咒绑住我手脚，一天没背好，一天不得安宁。

～

我把准备高考的冲劲拿出来，不过415个字，小菜一碟，然而真正实行起来却有难度，由于不了解字义，加上句子又拗口，着实花了我好一番功夫，还好上床前我已勉强能背出，想到明天大太太满意的表情，不禁沾沾自喜。

当我打算换上睡衣就寝时，衣柜里周小姐的衣服又落入眼底。以前不知道那些小一号的衣服是谁的，碍于礼貌一直没碰，今天佩玖证实衣服是周小姐的，而大太太也明确表示那人不会再回来，这勾起我的好奇心。

我把衣服一件件拿出来，都是些质量很好的短衫、短裙和短裤，色彩多苹果绿，加上衣服上的淡香水味道，我很快在脑海里勾勒出一名青春洋溢的活力女孩。

眼看吊挂的衣服全无可疑之处，我把它们通通归位，至于抽屉里的内衣裤……我匆匆瞄了一眼便合上，谁会对别人的贴身衣物感兴趣？我又没有恋内衣癖。

取出自己的睡衣后，我关上衣柜的门。

"早！"我坐了下来。

"怎么了？一副无精打采的样子。"大太太问。

昨晚为了背《大悲咒》，我灌下一整壶的黑咖啡，背是硬背下来了，后遗症则是换来整晚的辗转反侧及频尿，可说是得不偿失。

"昨晚没睡好，老做恶梦，梦里有个穿绿衣的女人向我招手，手里还抱着个啼哭的娃儿。"

我以为自己开了个不大不小的玩笑，谁知大太太当真了，她的脸瞬间惨白，像被抽干了血液。

"大太太，您怎么了？"我问。

"没什么，吃粥！冷了不好吃。"说完，她低头认真吃食起来。

与其他地方不同，潮汕人一日三餐都能吃到粥，粥水是他们的主食。

我喜欢粥品，但不喜欢潮汕人吃粥配的咸杂，还好现在桌上没有这些盐渍物，而是一般的热炒，大概考虑到我是孕妇的关系吧？！

今晨我的胃口很好，吃了不少，反观大太太，一块豆腐乳兼凉拌菠菜都没吃完。

饭后我问她要不要听我背《大悲咒》？

"待会儿吧！"她起身，"我不太舒服，先回房躺躺。"

说要回房躺躺的人，我却发现她上三楼佛堂念经去了，木鱼敲击的声音很规律，像首梵乐，但稍嫌急促些。

《大悲咒》抄到一半，佩玖就来敲我房门，她说大太太要她陪我上植物园走走。

"不用了，我待在这里很好。"我答。

"奏搭，歹台台拐不搞横。"

知道大太太可能会不高兴，我不想挑战她的底线，遂收好文房四宝，随佩玖出门去。

都说孕妇需要经常走动，生产时才好生，但在大太阳底下步行又是另外一回事，简直就是酷刑。

"佩玖，帮我买瓶冷饮。"我很快躲到树荫底下大喘气。

她答大太太没给钱，我只好自掏腰包让她买两瓶，一瓶给她。

没多久她捧来两杯凉茶，虽然我挺不喜欢药草味，但口干舌燥下，我呼噜呼噜地一口气全喝光。

"了哈。"佩玖把手中喝到一半的凉茶递给我，大概以为我的肚里仍有一盆火。

"不用，我不渴了，我们还是回去吧！"

佩玖摇头，她说做法事没那么快。

法事？什么法事？我想起早上自己胡诌过的话，难不成就为了那个穿绿衣的女人？这也太搞笑了吧？

"我没看过做法事，赶紧走，也许还赶得上。"我兴致勃勃地说

然而佩玖依旧摇头，她说大太太曾耳提面命做完法事才能回家，因为怕做法事的过程中伤到孕妇及肚里的孩子。

哎！真是自做自受，难道今日要整天曝晒在阳光下？

见我意气消沉，佩玖建议我去看场电影，听说刚上映的《阿凡达》挺不错的。

"好，听妳的。"

从电影院出来，夜幕已拉开，我满脑子都是纳美族人的怪异脸孔，真害怕会影响我肚里孩子的长相。

"可以回去了吧？"我问。

还没等来佩玖的回答，一个男人向我走来，我紧张地说不出话来。

"他惜虽？"佩玖问我来者是谁？

我答一个......朋友，并要她先行离开。

佩玖很为难，她说大太太会不高兴。

"那我不管，我是代孕妈妈，不是犯人，依然有人身自由。"我不客气地答。

待人走远，这次换汪致远问我："她是谁？"

"方家厨工。"

"她很担心妳的样子。"

"当然，因为我是孕妇。"

谈到尴尬的话题，我们彼此都沉默下来。

"妳……宝儿好吗？"还是他先开口。

宝儿好吗？怎么问起我来？我已经十天半个月没见到她了。

汪医生喃喃自语怎么会？同在一个屋檐下……

我问什么意思？原来两天前宝儿离开REQ，成了方家的又一名私人护士。

不对，方家曾要我探探宝儿的意愿，被我找了个借口回绝，以致她完全不知道方老板曾投来橄榄枝。

"无缘无故，怎么就……"

"因为……她向我表白，被我给拒绝了，后来她向医院辞职，听说去了方家。"他答。

"为什么拒绝？"

"妳难道不知道？"

这叫我如何回答？与其攀高枝被看轻，倒不如先洒脱地说不。

"我……配不上你，你有更好的选择，何况……何况我已经怀上别人的孩子。"

"妳别模糊焦点，行吗？告诉我，妳对我有感觉，像我对妳一样。"

"我……没有……有……但……"

"什么都别说，"他的手指轻触我嘴唇，"我已经得到我要的答案。"

~

我浑浑噩噩地回到方家，一路上沉浸在恋爱的甜蜜中。

"妳回来了。"大太太站在二楼楼梯口问。

"嗯！"

"到我房里。"她命令。

真倒霉！一回家就被逮到背《大悲咒》。

"好。"我无奈地答。

第五十章/第一次产检

"南无、喝啰怛那、哆啰夜耶，南无、阿唎耶，婆卢羯帝、烁钵啰耶，菩提萨埵婆耶，摩诃萨埵婆耶，摩迦……摩……摩尼……迦………耶……耶……"

"崔小姐，看来妳没背好。"大太太直言。

我像个没做好功课的小学生，羞愧地低头认错并且承诺马上回房背《大悲咒》。

"等等，那人是谁？"

"谁？"我一头雾水。

"今天在电影院遇到的男人。"

没想到佩玖是个大嘴巴，一回方家就说嘴。

"他……他是我以前的同事，碰巧遇见，所以谈了会儿话。"我解释。

"聊天能聊三个多小时，恐怕不是普通朋友。"

"什……什么意思？难道我没有见朋友的权利？"我喉咙发干地质问。

大太太要我别误会，我当然有见朋友的权利，只要对方不是男的……

这又是什么意思？我请她明说，猜来猜去很累人。

"那好，我就开门见山地说，Miss Zhou在怀孕期间遇到真爱，没知会一声便把胎给打了，事后毫无愧疚还不断索取，威胁不给钱就对外报料，带给方家不小的麻烦。"她答。

原来还有这段插曲，我赶紧给大太太吃定心丸，请她放心，我答应过的事一定办到，不捅篓子。

"看得出妳是个实在的人，但很多情势不是自己控制得了，譬如……爱上一个人。"

我感觉大太太若不是有火眼金睛，就是有读心术，我的那点儿小心思在她面前无所遁形。

"就算爱上一个人，我也不会打胎，毕竟这是条生命。"我答。

"好，我相信妳，妳可以回房去，我也得做晚课了。"

回房后，我看见墙上贴了许多鬼画符，搞得我人心惶惶，再发现周小姐的衣服全不翼而飞，我不淡定了，难道他们认定我梦中的女人是周小姐？都说只有冤死的人才会有怨气，这么说……她死了？

想至此，我吓得不轻。

"南无、喝啰怛那、哆啰夜耶，南无、阿唎耶，婆卢羯帝、烁钵啰耶，菩提萨埵婆耶，摩诃萨埵婆耶，摩诃、迦卢尼迦耶……"

慌乱中，我竟念起《大悲咒》，希望能如大太太所言：今生免恶死，来世得善生。

～

隔天吃完早餐，一个年轻女孩过来敲我房门，我认出是打扫东翼卫生的马来人Stella，她说二太太找我。

"I know. Thanks."

关上房门后，我往南翼走去。

～

"坐，身体好吗？三餐吃不吃得下？"她问。

我答怀孕初期尚好，目前没有不适。

"睡眠呢？"她又问。

"还可以，如果不做恶梦的话。"

"听大太太说昨天已经请人洗过了，应该没问题，如果还是睡不好，那就再洗一遍。"

我赶紧阻止，表示昨晚一觉到天亮，不需要洗了。

"那就好……对了，那人是谁？"

"谁？"

"昨天在电影院遇到的人。"

没想到佩玖不仅告诉大太太，连二太太也说了，真是个特大嘴巴！

"他是我以前的同事汪医生，碰巧遇见就聊了会儿天。"我答。

二太太和大太太的想法一样，她说能聊三个多小时的人恐怕不是普通朋友。如果话至此，我还不致于发怒，但她接下来暗指我是白眼狼，吃在嘴里看在碗里，养人不如养狗……

谁能吞下这口气？

"没错，汪医生不是普通朋友，是男朋友，怎么了？"我反击。

"那么我只好将妳禁足以绝后患。"

"开什么玩笑？我就不信方家会囚禁我，"我起身，"我现在就去找我男朋友！"

我下楼，经过中式古典风格的客厅，打开实木大门，走过长长的走廊，弯过池塘、花园及茶亭，眼看雕花大铁门在望，我忽然慢下脚步，难道今天真要去找汪致远？这不在我的计划内呀！

"Miss Cui, please stay."我看见方家的警卫向我走来，"Show me your permission."

然后我才知道二太太刚下令没有她的批准，我一步也不能离开方宅。

我不信，硬闯，那个人高马大的警卫竟开始跟我玩影子游戏，我向左，他向左；我向右，他也向右，完全不让我有机会钻空子。

完了，真把我囚禁起来，以后还有好日子过吗？

二太太能禁锢我的肉体，但阻止不了我的心，还好手机没被没收，我告诉汪致远我被禁足了。

"不管怎样，妳需要产检，我让姚医生打个电话。"他说。

"你让姚医生打个电话？你们……认识？"

"别多问，见面详谈。"

果然隔天吃过午餐，大太太便转告我下午四点到姚医生那里做产检，佩玖会跟我一起去。

想到那人的大嘴巴，若再度见到汪致远岂不闹得鸡飞狗跳？

不行，绝不能让她跟去。

"我不需要人陪，自己去就行。"我说。

"那不好，产检很重要，我们也想知道宝宝健不健康。"

我借口佩玖在厨房做事，身上的油烟味让我作呕，怀孕已经不易，不想再雪上加霜。

"哎！看来只能由我陪妳去啰！"大太太说。

"不，不麻烦，宝……宝儿可以陪我去。"我灵光一闪。

"想必妳也知道宝儿搬进来了，那好，妳确定要她陪？"

我用力点头，然而事情比我想象的要复杂多了。

我让Stella去唤宝儿过来，等了近一个小时，她才姗姗来迟，哈欠声连连。

"天亮才睡下，现在正困着，"她环顾四周，"这就是妳睡觉的地方？我还以为豪门孕妇再怎么着也有个五十平米的大房间，看来妳在方家的地位不高呀！"

没有比被闺蜜取笑更难受的了，别人可以看轻我，她不可以，我一向待她如手足……

宝儿轻蔑一笑，问我何时正眼瞧过她？还不是把她当丫鬟使唤，连当代孕妈妈这么大的事也瞒她，更别说为了得到方淮安的专宠而阻止她进豪门，说穿了就是"防火防盗防闺蜜"，恶心透了！

我能感觉自己的脸颊发烫，那是一种被揭开面纱的难堪。

"听着，我能理解妳的不高兴，但事出必有因，合同有保密条款，我不能违约。还有，方家是个大泥沼，我不愿妳也深陷其中。"

"免了吧！为了攀高枝，甩掉自己老公的人会是什么好货色？我怎么没早看穿妳？"

我没想到宝儿对我的误会及恨意如此之深，只好揭穿郑之龙家暴的事实。

"哈……哈哈哈……连郑医生那么好的人也被妳形容得如此不堪，啧啧啧！妳的内心到底有多黑暗？"

听她这么一说，我彻底放弃了。

"行，妳请回吧！我另外找人陪我产检。"

"请神容易送神难，反正我已经被吵醒，看看妳的产检报告也无妨。"她答。

知道宝儿和汪医生的过往，我发了条短信，请他回避。

第一次产检不外基础检查及建卡，趁着等报告之际，姚医生以帮做问卷调查的名义支开宝儿。她一走，汪致远就进来，满面春风。

"中彩票了？瞧你高兴的样子。"我说。

"是高兴呀！因为看到妳和……宝宝。"

我很纳闷，他会对方淮安的孩子感兴趣？

汪致远以"孩子都是天使"的模棱两可答案带过。

"看样子你认识姚医生，什么时候的事？"我问。

他答两人在一个医学座谈会上认识，因为都喜欢篮球员科比，感觉很投缘。

"难怪他会帮你把我约出来，你付给他多少好处费？"

"谈钱伤感情，我们是互助互利的合作关系。"

"合作？合作什么？"

他忽然变得神秘，不仅左顾右盼还拉我至诊室的最角落，压低声音说："媛媛，答应我，无论听到什么都心平气和不发火，好吗？"

我点点头，心里七上八下。

第五十一章/行走的火药库

"那天妳说讨厌我，让我远离妳的生活圈，我因此难过了一整天，隔天硬拉姚医生出来喝酒，顺便问起妳的情况。他答妳不配合，做完授精就跑掉了，还说去找回爱情，让我感觉又有了希望。"

"那是……"我想说些什么，被他阻止。

"就在妳原定做第二次授精的那一天，我被姚医生叫出去，才得知他有了大麻烦。由于前几次的授精没有成功，方淮安储存的冷冻精子只剩一管，他格外小心，没想到在解冻的过程中，管子因不明原因爆裂，少数存活的精子根本不够量，做也是白做，他正愁不知该如何向方家交待。"

我想起姚医生那日的确爽约，改成排卵后再做。

"可是后来我明明做了第二次授精……"

此时汪致远的表情丰富透了："那是……那是我的精子啊！"

我惊讶地捂住嘴，这消息来得太突然也太震撼，我竟然和他有了结晶，还是在完全不知情的情况下……

"媛媛，这是最好的结局，不是吗？"他问。

"不，不是的，第一次授精时我虽不配合，但精子毕竟导入了，所以宝宝还是有可能是方淮安的。"

汪致远说这也是他必须得到我同意的原因，他希望我能在妊娠满8周时通过阴道穿刺取绒毛的方式进行DNA检测，届时就知父亲是谁。

"我……我……你……你……为什么？"

"还问为什么？妳和别人生孩子让我嫉妒，这是上天给予我们最好的机会。"

啊！我何德何能得到一位优秀男子的眷顾与爱情？

"如果……如果检查结果显示孩子不是你的，又该如何？"我问。

他答如果真是那样，他希望我终止妊娠离开方家，世界这么大，总有我们的栖息地。

我顿时陷入两难，出尔反尔不是我的作风，还有，万一孩子是汪致远的，难道把他生下来交给方家养？当中牵扯的问题太多，不是"一走了之"能解决的。

"别担心，走一步算一步，上天自有安排。"他安慰我。

知道可能怀上汪致远的孩子，这几天我的心情波动很大，有时欣喜，有时忧伤，该生下来吗？若交给方家抚养就成了欺骗，不交给方家抚养就成了违约，左右都不对。

"怎么了？菜不合口味？"大太太关心地问。

"嗯！大概天气热的关系。"

佩玖过来收碗盘时，我听到大太太吩咐她准备绿豆凉糕给我当下午茶，让我心存感激，众所周知，绿豆解暑。

下午四点，当我抄写完《大悲咒》没多久，佩玖捧来下午茶，除了绿豆凉糕外，还有一小碗的红枣枸杞炖燕窝。

佩玖解释本来凉糕有五片，燕窝是满的，但都被蔡小姐给截足先登了……

蔡小姐？蔡宝儿吗？呵！连吃的东西也跟我抢，我无语了。

"知关，捞班核欢喘资娘仔。"她说。

虽然知道佩玖喜欢搬弄是非，但这次我没怀疑，方淮安的确喜欢宝儿，距离喜欢我也不过几个月的差距。

见我不作声，佩玖似乎找到新乐子，竭诚地告诉我更多内幕，譬如俄罗斯女郎走后，宝儿每晚大跳艳舞给老板看，直到清晨才回房，二太太因此气得头上冒烟，好几天都臭着一张脸，受苦的莫过于他们这些下人，全被当成出气筒……

还有这回事？

我问那个夜夜笙歌的女人现在在哪里？佩玖答泳池。

时间往前推一个多月，那时戏水的是金发碧眼的双胞胎姐妹花，宝儿则在窗口对她们的胴体品头论足，物换星移，现在的水中美人鱼变成了宝儿，身上的比基尼连我看了都面红耳赤。

趁她从水中探出头来，我讽刺："没想到妳的身材这么有料，裹在护士服里简直暴殄天物。"

"妳不知道的事还多着呢！要不要我一一向妳报告？"

"好呀！洗耳恭听。"

她上岸后，从白色躺椅上取下浴巾，边擦干身体边望着我笑。

"What?"我问。

"我说妳的胃口也太小了，只为一栋房子和少量现金就出卖自己，换成我，肯定要大的。"

"呵呵！我毕竟还有要的资格，不像某人已沦为夜场的脱衣舞娘，谁赢谁输，不明摆着？"

我拿针刺她，就等着她发火，好晓以大义，没想到她只是冷笑一声，然后大摇大摆地离去。

好个不受教的东西！

生气归生气，冷静过后，我发觉还是自己不对，谁会对明显有敌意的人摆好脸色？我得来软的才行。

主意一打定，我约宝儿明天喝下午茶，地点在我房里。

因为吃的是"和解饭"，我特意向厨房多要了几份甜品，还到花园采了几朵怒放的花，就为了让谈话的氛围好一些。

"怎么吃的都是东南亚的糕点？"她用叉子戳了戳娘惹糕，"粘乎乎的，好恶心！"

我把布朗尼递过去："吃这个，记得妳喜欢巧克力口味。"

她把东西往外一推，说她现在不喜欢了，人的口味是会变的。

"那么喝茶，水果茶养颜美容。"

"我讨厌凤梨的味道，像屎一样。"

知道她是故意惹我生气，我放下身段，掏心掏肺地请求她别和我对立，这宅子里真心的朋友不多，何苦再树立敌人？

"妳也知道真朋友不多？早干嘛去了？这世界就是坏人当道，好人注定要吃大亏。"

从过去的谈话中，我知道宝儿对我的隐瞒很介意，又怀疑我曾阻碍她上升的管道，这些都可理解，我也解释过了，不明白她为什么还是纠着不放？

"如果妳要的是一个道歉，那么我郑重跟妳说声对不起，让我们再回到从前，好吗？"我说。

"回不去了，我现在就要这么活，以伤人为乐，失去多少就要拿回多少，这才解气，才算公平！"

没有得到宝儿的谅解让我心情郁闷，夜深了，我借着念诵《大悲咒》平复低落的情绪。

"嘟……嘟嘟……"是汪致远的来电，我按下接听键。

"Guess what?"

"What?"

"我通过Post Graduate考试了，现在是合格的住院医生。"他的声音带着喜气。

为了这场考试，汪医生吃了不少苦，如今苦尽甘来，怎不令人雀跃？

"Congratulations! 我真为你高兴。"我说。

"我想见妳，让我们庆祝一下。"

想到自己被二太太禁足，我犹豫了。

"别担心，让姚医生再打个电话即可。"

"即使得到许可，我也无法单身赴约，方家上下都是眼线。"

"这样啊～"他停顿了一下，"让宝儿跟来吧！我也能借机与她和解。"

"这样好吗？她现在像行走的火药库，我怕……"

在汪致远的再三保证下，我最终接受他的提议。

第五十二章/我不是坏女人

我不知道宝儿住哪间，只是想当然尔地认定她必是住在我的"旧居"，然而……没有，就在不知所措之际，我再度听见楼上传来的暧昧音乐，赶紧直捣三楼。

三楼的房间有好几个，除了二太太住的那间，其他对我来说都像潘多拉的盒子，仿佛一打开就有成群的妖魔鬼怪迎面而上。

我寻着魔音来到一扇暗红色的房门前，萨克斯风正在吹奏 careless whisper，那种类似人声的呢喃让我的身体无端地燥热起来。

宝儿在里面吗？我能想象一个曼妙的身躯正对着七旬老翁恣意摇摆……

这还是我认识的"学妹"吗？我用力闭上双眼，感觉难受极了。

"崔小姐。"

听见有人唤我，我吓得离开房门好几步。

"干嘛呢？"身穿银白色晨褛的二太太问。

"没，没干嘛，看看，噢！不，不是，我睡不着，到处走走。"

"睡不着喝杯热牛奶。"

我懦懦称是，然后慌张地走开，直到下到底层才松了口气。

"真是的，被抓现行，丢脸死了！"我心想，然后抬头望向三楼。

方宅的南翼设计是中庭挑高，所以我能清楚地看见各楼层，当那身银白色袍子紧贴着暗红色房门时，我吓到不行，原来"偷窥"是人的本性，不止我有。

大太太说姚医生让我再上诊所一趟，约的是下午六点半。

"知道了。"我答。

"这产检的频率也太高了，还有，诊所不是开到六点吗？这时候去岂不赶上休诊？"大太太喃喃自语。

我解释也许今天的病号多，没什么好怀疑的。再说，方家的宝宝如同晨星般珍贵，多一次检查就少一份担忧，可见姚医生是个负责任的好医生，感谢都来不及……

"我也就这么一说，怕妳舟车劳累，妳可别放在心上。"

我笑说没有的事，接着询问回来的路上能不能和宝儿去吃顿饭？我们姐妹俩好久没出外走走了。

"没问题，我跟二妹说一声，让她放行。"

"搞什么？诊所都关了，姚医生也真是的，让我们白跑一趟。"宝儿嘟着嘴抱怨。

之所以约六点半完全是为了配合汪致远的下班时间，反正谎言终究会被拆穿，我索性开诚布公，告诉她今天没有产检，而是为了庆祝汪医生通过Post Graduate考试所撒的谎言。

"通过了？哼！算他运气好。"她说。

然而等男主角一到场，宝儿又是不一样的嘴脸。

"恭喜！你真厉害，我为你高兴。"

虽然宝儿脸上的微笑有一丝丝的勉强，但礼数到了，汪致远也顺势表示感谢，同时问她想吃什么？他请客。

"怎能让你请？你是悬壶济世的医生，我巴结你都来不及。这样吧！今晚吃法国大餐，我请客！"她豪气地说。

～

位于滨海湾金沙的Waku Ghin是家米其林二星餐厅，坐拥无敌海景，让客人在品尝美食的同时还能欣赏新加坡无与伦比的天际线及海湾风景。

我们被带到茧式包厢，说白了很像吃铁板烧，座位沿着大铁板展开，只有五把椅子，除了一对早到的白人情侣外，我们包办剩下的三个座位。

西装革履的服务员递过来烫金的菜单，看到上面的数字，我倒吸一口气，这不是普通中产阶层能负担得起的价格，我担心宝儿的口袋。

"这家的海胆及鱼子酱是特色菜，我们叫来尝尝吧！"她说，脸上的表情很平静。

我们还未表示任何意见，宝儿便伸手叫来服务生，擅自点了渍牡丹虾配海胆、蛋羹、鱼子酱、帕尔玛火腿、黑松露三明治、生蚝、意大利面、芥末和牛等，还开了一瓶八二年的拉菲。

现在的问题已经不是一个月的工资能不能打发，而是我们三人今晚能不能走出餐厅大门，众所周知，八二年的拉菲是很贵很贵的。

"我不能喝酒，妳也是，咱们还是把拉菲退了吧！。"我给宝儿台阶下，但显然她不领情。

"既然妳不能喝，我和汪医生喝得了，当上正式医生多不容易，肯定得喝好酒庆祝，是吧？"宝儿对汪致远示好，还将身子紧挨着他，像藤蔓找到依偎的大树。

当服务生送酒来时，汪致远额外为我叫了一碗热汤，因为我是孕妇，不能吃生海鲜，而宝儿点的食物以冷食居多，大概只有意大利面及蛋羹能入口。

"你对媛媛真好。"她说。

宝儿一向唤我"媛媛学姐"，第一次听她直呼我名还真有点儿不习惯。

"那当然，因为她是孕妇。"汪致远无畏地答。

"如果我也怀孕，你也会对我好？"

"会的，孕妇是重点保护对象嘛！"

我们边吃可口的食物边话家常，气氛不错，没有剑拔弩张。饭后甜点是精致小蛋糕，配上英式红茶，为这不菲的一餐划下完美的句号。

买单时，宝儿掏出信用卡，面不改色地在账单上签字。

"让妳破费了。"汪致远说。

"哪儿的话？我跳一场舞得到的小费就不止这个数。"

"跳舞？"汪致远很迷惑的样子。

我将话岔开，问现在是不是唱歌去？他们一个小王菲，一个北大陈奕迅，不唱歌太可惜了。

"好呀好呀！好久没唱歌了，今晚让我们唱通宵。"宝儿兴致勃勃地呼应。

然而唱没两首就悲剧了，不能喝酒的宝儿此时满脸通红，身上像有跳蚤，抓个不停。

"早警告过妳不能喝，这下好了，长酒疹了吧？！"我气急了。

汪致远要我别说了，到药房买氯雷他定吃吃就没事。

"那个药……孕妇能吃吗？"宝儿问。

"孕妇？"汪医生望向我，"妳也长酒疹了？"

我否认，然后他回答宝儿的问话："孕妇不能吃抗过敏的药，只能涂抹药膏，但收效甚微。"

"那么……我还是用药膏吧！"宝儿说。

我问这是什么意思？难道……

"我的例假一向很准，这次晚了一个礼拜，不怕一万只怕万一，不是吗？"她答。

我们到24小时营业的药店买验孕棒，当我看到只出现一条对照线时大大地松了一口气，也有余力发火："妳是怎么了？自弃到这种程度，方淮安大妳整整五十岁，妳知道独自带孩子的辛苦吗？"

我的"关心"并没有为自己带来善果，宝儿冷哼一声："别五十步笑一百步，自己又高尚到哪里去？妳之所以生气是因为我差点儿影响到妳在方家的地位，而非老少配。"

面对指控，我气得说不出话来。

汪致远试着当和事佬，然而宝儿根本听不进去，还说经过这么一折腾，害她忘了买过敏药，要我们等她一下，她马上回来。

宝儿跑回药店，汪致远转而安慰我：“她还年轻，口无遮拦，妳别往心里去。”

“告诉我，我不是坏女人。”我执着地要一个答案。

他答我当然不是坏女人，充其量只是一时糊涂，这有本质上的差异。

“那么跟我来。”

“去哪里？”他问。

我没回答，迳自走进小巷里……

第五十三章/STELLA

新加坡有两百多万的打工仔从事建筑及其他制造业，他们远离家乡及妻子，加上年青力壮，生理需求十分旺盛，若不解决这方面的问题很可能造成性犯罪，所以新加坡政府特别在芽笼设立红灯区，但因发放的牌照有限，根本不够用，于是私设的红灯区便如同雨后春笋般拔地而起，好比现在，站街的小姐分站两旁，只要有独行的男士经过，她们便一涌而上。

我们屏住呼吸前行，那些女人投射过来的眼光,已经设定我们是妓女与买春客的关系。

"媛媛，妳到底要去哪里？"汪致远压低声音问。

"开房。"我答。

在床上是骗不了人的。

有爱的性能让人更放松，也更愿意配合；无爱的性就像玩一个玩具，玩完就扔，不会在乎妳的感受，连该有的前戏也很马虎。

我很高兴通过性，知道汪致远很在乎我。

"我们不应该做，这样对宝宝不好。"他说，然后在我的肩胛骨上咬一口。

"好，不做，听你的。"我转身背对他。

然而汪致远心口不一，第二次做的功夫比第一次还足，他毫不吝啬地在我干燥龟裂的土地上洒下倾盆大雨，让雨后开出希望之花。

回到方宅已近午夜，我听见门口警卫给大太太打电话，完了，东窗事发了，然而直到上床都相安无事，让我不禁怀疑刚才的一幕是否真实发生过？

隔天早餐桌上，大太太问我产检的结果如何？

我抬头观察她的表情，像无波的平静湖面，我不知道该不该扔块石头扰乱它？

"很……很好。"我答。

"那就好，昨晚见妳很晚没回家，我还有点儿担心，没事就好。"

由于大太太的关心与信任，我主动告诉她离开诊所后，我和宝儿去吃法国菜，饭后看新上映的《阿凡达》，纳美族人的长相很奇特……

昨晚没看电影，我把前几天和佩玖看过的电影拿来充数。

"噢！是吗？大概年轻人都爱看电影，我已经好几年没看了，连电影院在哪里都不知道。"她说。

看来大太太对我的行踪没有怀疑，我大大地松了口气。

因为大太太布下的功课，我的毛笔字越写越好，颇有瘦金体的架势。

"雅死。"佩玖站在我背后赞美。

"我也觉得不错，"我转过身去，"今天吃什么？"

佩玖答桃胶皂角米炖银耳及红枣糕。

从数量看，宝儿并没有染指我的下午茶，她……还好吗？

被人放鸽子的滋味不好受，我决定负荆请罪。

"妳不必猫哭耗子，我不需要同情。"宝儿坐在床上，她的脸、脖子和四肢都起了大面积的不规则形红疹，看起来挺吓人的。

"吃药了吗？"我上下打量，"看起来不管用。"

她愤恨地瞪着我，要我别做戏了，汪致远不在现场，做了也是白做。

宝儿像座活火山，不论我从哪个角度切入都能成功点燃。

"看来我是热脸贴冷屁股，妳……好自为之。"

我起身，还没走到房门口，后脑勺被扔过来的枕头击中。

"妳和汪致远昨晚背对我干了什么好事？怎么没个说法？"

如果宝儿能好好说话，我还不致于口不择言，偏偏她不好好说话，我也变得不理智。

"我和他做了不可描述的事，咋地？"

"果然和我想的一样，你们这对狗男女！"

宝儿骂得越凶，我越不买单，挑衅地问她打算告诉大太太、二太太还是方老板？

"那样就不好玩了，我要慢慢凌迟妳，等着瞧！"她答。

～

等待是场漫长的煎熬，我每天正常的起床、正常的吃饭、正常的睡觉，但内心波涛汹涌，害怕DNA检测的结果。不论孩子是谁的，摆在眼前的道路都难行，一眨眼，也到了揭晓的日子。

因为无法信任佩玖和宝儿，我找来什么都不懂的Stella作陪。到了诊所，我给她50新币，让她上附近的商场逛逛，她欢呼一声说早想买《海贼王》的漫画，这下子能买十本，太开心了。

要Stella陪我产检是迫不得已的事，我知道她还未成年，与其说她保护我，倒不如说我保护她，但现在我也保护不了她，早早将她支走，因为害怕她听到只言片语后回去说嘴。

我躺在床上叉开腿，让姚医生取阴道绒毛。

"多久出结果？"我问。

"加急的话，24小时。"

"不急，你慢慢来。"我感觉自己还没准备好，能拖就拖。

姚医生说我不急，他可急了，如果结果是方淮安的倒好，如果不是，他就头大了。

"既然明知有百分之五十的机率惹上麻烦，为什么还让汪致远上场？"我问。

"不瞒妳说，我被汪医生感动了，他希望通过这个方式留住妳。"

"哎！我已是残花败柳之身，不值得人怜惜。"

"别妄自菲薄，爱情没有好与不好，只有合适与不合适，好比两块拼图，各自完美但拼不起来又有何用？"他答。

话说得没错，人生这么长，谁能保证没有个差池？我是走错一步，有个已婚的烙印，但当爱情来敲门，我也有开门的权利，不是吗？

我开始思考接受新恋情的可能性。

~

姚医生要我回家等消息，如果是方淮安的，他答Green; 如果是汪致远的，他答Red.

"不，不，刚好相反，如果是方淮安的答Red; 如果是汪致远的答Green。"我急急地说。

也许潜意识里，我希望孩子是汪致远的，所以选择"绿灯"，至于善后……那是以后的事。

~

我在候诊室等了半小时，依旧没等来Stella的身影，打她手机又不接，该不会回方宅了吧？真是的，我人还在这里，她倒先回去了，小孩子就是小孩子，太不靠谱了！

怀着些许的无奈与失望，我独自回方宅，然而一直到用过晚餐，Stella依旧杳无音讯，此时紧张的气氛开始弥漫整个宅子，我成了第一个被询问的人。

"我……我……今天检查的时间比较久，我怕她无聊，所以给她50新币逛商场，约了下午五点在诊所见。"

"都这时候了，她还没回来，可别遇上坏人，她才14岁，阿弥陀佛。"大太太双手合十。

Stella才14岁？虽然脸上带着稚气，但她的身高比我高，我还以为她起码17岁。

"若真那样，对她家里就不好交待了。"方老板皱紧眉头。

二太太想的比较实际，新加坡禁用童工，若不是看Stella家穷，人又勤快，方家是不会知法犯法，这下好了，摊上大事了。

"对……对不起，我这就去找。"

二太太忙拉住我："妳也帮帮忙，怀孕还到处乱跑，妳这是要让我们都睡不好觉吗？"

"可是……"

"妳就别自责了，"方淮安接口，"我看还是报警吧！一个女孩子这么晚还在外面，怕出事。"

我们这厢急得像热锅上的蚂蚁，Stella那厢却无事似地走进来，看见我们都在，喊了声："Good evening."

"Where are you going?"二太太气急败坏，"We worry about you so much."

Stella吓到了，期期艾艾地表示原本想买几本漫画，没想到新加坡的漫画如此昂贵，索性就待在漫画店里看，没想到一看就忘了时间，还因叫了东西吃，连打车的钱也没有了，她是徒步回来的。

知道Stella安全后，二太太虽有不满，但嘴里念叨几句就让她回房去，看来这次的风暴就这么过去，真是万幸！

第五十四章/东窗事发

方老板的员工娶儿媳妇，请了厨师到家里"办桌"，原本今晚要一同出席婚宴的二太太却被YH集团的总裁夫人抓去打牌，方淮安形单影只，大太太希望我能接下这个任务……

"可是……我没有名份呀！"我说。

"就说是方先生的侄女吧！没人会计较这些，妳也知道参加婚宴最好成双，员工请老板出席就更不能怠慢。我吃素，婚宴上大鱼大肉的，即使刻意分开来煮，也难保不会沾上荤腥，所以还是由妳去最好，潮汕人办起桌来很丰盛，刚好替妳补补身子。"

我不喜欢这类的场合，建议还是由宝儿代为出席为宜，她年轻有活力，比我受欢迎。

"那孩子毛毛躁躁的，出席公开场合恐怕欠妥。再有一点，方家素来好客，来此做客无任欢迎，但若想扎根于此……这个家就太拥挤了。"

不难听出大太太很担忧宝儿是冲着方家三太太的宝座而来，也难怪，过去往来的莺莺燕燕都摆明了"过客"姿态，惟独宝儿不一样，她的到来不是为了生育（这个已由我代劳），那么图的是什么？不免让人怀疑其动机。

"知道了，我会盛装出席。"我答。

我穿上纪梵希的红色小礼服，再戴上大太太借我的珍珠耳坠及绿玛瑙项链，总算有点儿贵妇的样子，不致于失了方家的脸面，然而到了现场，我不免为自己的慎重其事感到不值，这哪是我想象的豪宅家宴？不过是户外临时搭建的遮雨棚，底下摆了数十张大圆桌及塑料椅，连厨房也是就地生火，十足的克难。

相较于我的格格不入，方淮安倒挺"入乡随俗"的，不仅给了大红包不说，还跟参与的人称兄道弟，很会笼络人心。

"妳怎么也来了？"我问穿得比我还隆重的宝儿。

"因为妳在这里呀！"她笑得一脸灿烂。

在方淮安的介绍下，我和宝儿都成了他的侄女，正待字闺中……

"大伯，你真是贵人多忘事，我是未婚没错，但媛媛已经怀上了，不算待字闺中。"宝儿当着众人的面，很不客气地让我出糗。

如果眼光能杀人，我已被无数道投过来的匕首给千刀万剐、血肉模糊了。

"咳、咳、我是怀孕了，孩子的父亲在REQ上班，人还长得好看，是很多小护士眼中的男神。"我解释。

说完，匕首成了礼花弹，我接收到从四面八方投来的羡慕眼神，除了宝儿之外。

"REQ是私立大医院，能当上医生娘是幸福的事，恭喜！"婚宴主人说。

我们被安排和新郎、新娘同桌，可见方淮安身份之尊贵。与简陋的硬件比，厨师的厨艺好太多，呈上的都是新鲜上乘的食材，辗压很多大餐厅。

"吃，没什么好招待的，都是些乡下食物，别客气啊！"新郎官的母亲说，喜悦之情溢于言表。

看着满桌的菜肴，我顿时傻眼。

新加坡的海岸线长达两百余公里，各色海产琳琅满目，潮汕食物又多取自大海，所以山珍少、海味多，瞧！潮州生腌、海鲜炒米粉、珍珠花菜牡蛎汤、酸梅泥猛、蚝仔烙、姜葱炒花蛤、冰镇黄鳝片……

"怎么了？没胃口？"宝儿问。

"不是，我怕吃了过敏或拉肚子。"我是护士，知道孕妇最好少吃海鲜。

"那就等着饿肚子吧！"她将滑而韧的血蚶肉连着壳和汁水一起吸入，再"噗"地吐出壳来。

我想起从前的姐妹情谊，我们总是约着一起上食堂吃饭，宝儿会为迟到的我占位及买饭，怕我吃不够，还会端来汤汤水水，什么时候这种亲密的感情变得薄如纸片，比陌生人还不如？

"如果可以，我想回到从前，与妳一起吃五新币一碗的叻沙或肉骨茶。"我有感而发。

宝儿的回答无异打了我一巴掌，她说自从吃过1500新币一个的北海道甜瓜后，她发誓再也不吃肮脏的路边摊及便宜的粗食……

我叹了口气说："哎！原来是生活拉开了我们。"

"不，是妳拉开了我们，"她用力扯下鲫鱼眼珠塞进嘴里，"多亏妳跟汪致远嚼舌根，我才知道原来一向敬重的姐姐是条毒蛇，妳隐藏得真好。"

"什么意思？"

宝儿没回答，因为新郎新娘开始逐桌敬酒，我也站起来以茶代酒，应景地说了些吉祥话。

~

宝儿恨我，非常非常地恨，这绝不仅仅因为我曾有过的隐瞒，一定还有别的原因。

我想起汪致远，他肯定知道些什么，不待我问，他已打电话过来。

"媛媛，明天我想见妳。"他说。

"我也有话问你，对了，别让姚医生再打电话，产检太过频繁，容易让人起疑。"

挂上电话，我才烦恼起该用什么借口溜出方宅。

~

我跟大太太说想买几件内衣，原来的……太小了。

她瞄了一眼我的胸部，很快放行，我正庆幸自己的脑子转得快，没想到在雕花大铁门前与正要外出的二太太撞个正着。

"崔小姐，上来吧！我送妳到乌节路买内衣。"她摇下车窗说。

乌节路是新加坡有名的购物街，犹如日本的银座。

"谢谢！不用了，我正好散散步，活动一下筋骨。"

我和汪致远约在上次的酒店见面，说是为了避人耳目，但我知道他和我一样，非常渴望对方的拥抱。

然而霸道的二太太岂能容许别人说不？她坚持送我一程，我无奈上车，心中叫苦连天。

我拿了好几件F罩杯的内衣进更衣室，落地镜前的我，乳房肿得很大，仿佛即将爆裂的瓜果。

"红色的不适合妳，"二太太忽然拉开布帘走进来，"看起来很风骚。"

我双手护胸，要她赶紧出去。

"我是关心妳，怕妳买错内衣。"她伸手揸了揸我的胸脯，像揸水果摊上的西红柿，"没错，看起来是真怀上了，这年头还得提防作假的人。"

我怒不可遏，要她马上出去，再不出去，我叫人了。

"别气，妳有的，我也有，没什么好稀奇！"

她离开后，我马上换下內衣。

二太太说我脾气大，说不得，也罢，她还赶着去妇联会开会呢！

谢天谢地，就等着她消失好赴约。

我抵达酒店时，已比约定的时间晚了两小时，汪致远说钟点房只有三小时。

"那还等什么？"我打开前襟的钮扣。

完事后，汪致远问我今天怎么来晚了？

"二太太坚持跟我到内衣店，赶都赶不走。"我躺在汪致远的怀里说。

"她是不是起疑了？"

我答应该没有。

"扣、扣、"敲门声忽然响起，我顿时寒毛直立。

"没事，大概时间到了，酒店过来问我们续不续？"

汪致远从浴室抓来浴巾裹住下身，然后去应门，没想到……

"抱歉！我以为里面住的是崔小姐。"

听到方淮安的声音，我吓坏了。

"崔小姐？没有，这里没有崔小姐。"汪致远的声音打颤着。

"没有就好，如果你遇到一位孕妇，请转告她到酒店大厅见我。"

"孕妇？会……会的。"

关上房门，我和汪致远像两只丧家犬。

"怎么办？"我的心扑通扑通地跳。

"别担心，我和妳一起去见他。"

我想了想，还是自己独自面对好些，方老板虽是见过世面的人，但也好面子，我得顾及他的感受。

汪致远走后，我在房里又磨磨蹭蹭了半天才鼓足勇气下楼。看着楼层越来越往下，我的心也越来越低落，不知电梯门后等待我的会是什么，心里很忐忑。

第五十五章/春风又绿江南岸

"媛媛，我待妳不好吗？"方老板问。

"好，很好，太好了。"我的头低得不能再低。

"那为什么……"

我很快答因为我恋爱了，我爱上汪医生，他让我期待每一天的到来，懂得欣赏花开花落，食物从此也有了滋味……哎！说这些，他是不会懂的。

"我虽是耄耋老人，但也曾年轻过，知道恋爱的甜美，但我们是雇佣关系呀！妳来上这么一出，我不免怀疑妳肚里的孩子是谁的。还有，会不会像周小姐一样把孩子打掉，转身和情夫双宿双飞？"

"不，我不会把孩子打掉，毕竟那是条生命。"我赶紧表忠心，而且因为过于羞愧，竟红了眼眶。

方淮安随即给了我纸巾，还叫来果汁和水果盘，他说怀孕的女人要多补充维他命C……

生平最怕人来软的，如果地上有洞，我肯定钻进去。

见我平静了些，方老板开门见山地表示他不在意当别人的跳板，但在意被欺骗，还问我他看起来像傻子吗？

我急得又快哭出来，重申全是我的错，千刀万剐也难辞其咎……

"当然是妳的错，我们会尽快安排姚医生做DNA检测，如果……二太太恐怕不会太高兴，妳得有心理准备。"

我无语了。

方老板是好人，但绝非没有原则的"老好人"，这可不，客套话一结束，他很快"在商言商"，只是……"二太太恐怕不会太高兴"这句话是什么意思？

"嘟……嘟嘟……"手机铃声划破寂静，看见来电显示，我赶紧挂掉。

真是的，姚医生早不打晚不打，偏偏挑这个时候打，嫌局势不够混乱吗？

"谁打来的？"方老板问。

"不认识，大概打错了。"

没多久，手机短信提示音传来，看到"春风又绿江南岸"的诗句，我煞白了脸。

"妳怎么了？一副惊慌失措的样子。"他问。

"没……没什么。"我拿起橙汁喝了一大口，又吃了好几片梨及香瓜片，总算才安抚住内心奔腾的马匹。

"看来妳很喜欢这里的水果，我再叫一份。"

尽管我答不用，他还是转身吩咐服务员再来一盘……

姚医生以隐晦的方式通知我怀上的是汪致远的孩子，让我

又喜又悲。喜的是我终于没在歪路上越走越远，悲的是我竟然让方家失望了，这该如何是好？我左右为难。

"昨天买了几件内衣？"早餐桌上，大太太问。

"没买，那些内衣都太……风骚了。"

"咳、咳、"大太太捂住嘴，"大概现在流行这个吧！听说昨晚妳和方先生出去了。"

我期期艾艾地答是，路上偶遇方先生，约了一起吃晚餐又坐了会儿摩天轮。

新加坡的摩天轮比英国伦敦的"千禧眼"还要高30米，坐在里面可把风光绮旎的滨海湾及高耸的大楼都尽收眼底，视野甚至远及马来西亚及印尼的部分岛屿。

之所以约方淮安坐摩天轮并不是因为骨子里的浪漫情怀在作祟，而是想在只有两个人的密闭空间内告诉他"噩耗"，也许满天星斗及万家灯火的美景能起到缓冲作用，然而直到下到地面，我还是没敢开口。我如何告诉他孩子不是他的？又如何告诉他冷冻精子全没了，他这辈子不可能再有子嗣？

"上回我坐摩天轮还是刚安装没多久的时候，"大太太跌入回忆里，"方先生带我去的，那风景可真美，有朝一日我想再坐一回。"

"走！择日不如撞日，待会儿我们就去。"我提议。

大太太想了想，左右没事，遂点头答应。

在方先生面前说不出口的话，我选择向大太太坦白，她是有信仰的人，应该不会轻易动怒。

"所以妳怀的是情夫的种，而我们方家注定没有下一代，因为冷冻精子已全数作废，妳说的是这个意思吗？"大太太问，声音粗巴巴的。

"是……是的。"我打着哆嗦。

大太太将目光投向缆车外，眉头紧锁，我等着她表态，大气不敢吭一声，数分钟过后……

"妳、姚医生、汪医生都是有罪之人，把我们方家当猴耍，太不可原谅了。"她说。

很少看到大太太如此生气，想必是踩了她的底线。

"我知错了，任何责罚都愿意承受，只求您转告方先生，我实在没勇气说出口。"

"说是一定会说，出了这么大的纰漏怎么可能不说？我不知方先生会做何反应，但二太太肯定不会让妳好过，妳要有心理准备。"

这是第二次我从方家人嘴里听到要我有心理准备的忠告，到底是什么惩罚？都二十一世纪了，难道还会家法伺候？

我一整天都心神不宁，尤其听说方先生和大太太午饭过后脸色凝重地一起出门。

"他们去哪里？莫非是向姚医生兴师问罪去？"我心想。

找不到人商量，我一通电话打给汪致远，他知道我怀上他的孩子后，很是高兴。

"奇怪，姚医生怎么不通知我呢？"他问。

"也许他想知道下一步我怎么走，毕竟出来的结果不是他想要的。"

"也对，他是心思缜密的人。"

我问汪致远现在该怎么办？方氏夫妇大概找姚医生算账去了。

“别怕，我这就赶去。”

“别去，免得祸及池鱼。”

“两位老人怕什么？我正好求他们成全我俩。”

我还想说什么，但他已先一步挂上电话，再打，无人接听，我急得在房内来回踱步，正寻思该不该出门拦截时……

“侬台台造漏。”佩玖说二太太找我。

这时候找我肯定没好事，我借口受风寒，躲在屋里不愿出去，没想到她主动上门来。

“这么巧，挑这个时候生病。”来者冷嘲热讽。

“二太太请坐。”我把惟一的座椅让给她，自己则坐在床上，“今天一早喉咙发干，头很痛，应该……应该是生病了。”

二太太说生病得治，她马上带我看病去。

我答不用了，自己睡个觉就好……

此时房内忽然闯进两名大汉，横眉怒目的，看着好吓人。

“妳若聪明就乖乖跟我们走，不聪明就等着被五花大绑，我让妳选。”

听二太太这么一说，我只能选择当聪明人。

“带上几件换洗的衣服，手机别带，带了也没用。”她说。

第五十六章/飞越杜鹃窝

我们一行下到底层，经过中式古典风格的客厅时，看到宝儿正抱着IRVINS的咸蛋黄薯片咔滋咔滋地咬，这是今年新加坡最火的零食。

"你们去哪儿？"宝儿问，嘴角还有薯片残渣。

二太太答我生病了，她带我去看医生。

"不会吧？昨天不是才和汪……"宝儿赶紧踩刹车。

原来是她，这下子我终于知道是谁向方老板通风报信的。

宝儿避开我传递过去的愤怒眼神，表示天气热，还是到泳池泡泡为宜。

"记得待在水浅的地方，免得被水鬼抓走。"我愤恨地说。

"妳还是担心妳自己吧！泥菩萨。"她反将我一军。

"这是要去哪儿？"车子开出皇后道，我问。

"给妳介绍个朋友。"二太太气定神闲地答。

车子行经车水马龙的街道后，往兀兰的方向开去。

"这是要去马来西亚吗？我可没签证。"我心想。

见车子在跨海大桥前转弯，我松了口气，没想到……

"妳该不会想把我送来这里吧？！"当我看到Institute of Mental Health 的闪亮招牌时，立马有想跑的冲动。

"说了给妳介绍个朋友。"二太太依旧不重不轻地答。

这所精神科医院划分了几个区，有以年纪分的，如：儿童、青少年、成年及老年；也有以严重的程度分，如：轻度、中度及重度；另外还有以治疗的过程分，如：咨询、检测、复健及辅导等，看得我眼花缭乱。

" We came here to see Miss Zhou."二太太对前台说。

周小姐？前REQ体检部的周护士？她不是在美国留学吗？

怀着疑问，我跟着来到某区走廊左侧的一个房间，通过门上的玻璃，我看到里面约二十平米大小，有空调及卫浴，采光不错但窗上有铁栏杆，一个留妹妹头的纤细女子坐在被褥凌乱的床上。

"她是……"

"方先生的前私人护士，跟妳一样。"

"怎么……"

"她勾搭上一个小奶狗，还把方先生的孩子给做掉，我让她在此反省一下。"

我的眼光重新回到房门上的小玻璃窗，房间內的周小姐虽然身穿浅蓝色的病号服，容貌依然美丽，有巴掌大的小脸、白皙的皮肤、精致的五官……只是那对大眼睛稍嫌空洞了些。

"这家疯人院的要价可不低，我一点儿也没亏待她，让她住在高级病房里。"

我没想到二太太还有脸说这个，简直恬不知耻。

"太残忍了，即使她做错事，妳也无权将她囚禁于此。"我义愤填膺。

"我可没打算将她终生囚禁起来，只是关着关着就疯了。这样吧！妳进去问她要不要离开医院？如果想离开，随时能走。"

二太太拿出钥匙开门，我还未问她怎么有钥匙，背部被人用力一推。

"喂！开门，"我拼命敲打，"这一点儿都不好玩，快放我出去。"

然而二太太完全听不见，她和两名大汉很快消失在走廊尽头。

这可怎么办？

我的脑筋快速运转起来，对了，手机。

"喂喂！"我一通电话打给汪致远，气馁的是手机那端传来无服务的语音提示。

"没用的，为了防止病人和外面联系，整栋楼的墙体用了特殊材质，手机在这里根本收不到信号。"那个坐在床上的女人说。

"妳……妳没疯？"我问了个连自己都觉得莫名其妙的问题。

"我当然没疯，要不要我背九九乘法表给妳听？"

"不用了。"

我们彼此沉默了一会儿后，她忽然轻轻哼唱起经典的英文情歌《My Love》。

. . .

THE ROOMS ARE GETTING SMALLER

I wonder how

I wonder why

I wonder where they are

The days we had

The songs we sang together

Oh yeah .And oh my love……

我赞美她的歌声宛如天籁。

"我遇到一个很会唱歌的男人，和他比,我差多了。"

听她这么一说，我想起汪致远，他也有一副好歌喉。

"那个会唱歌的男人现在在哪里？"我问。

"我不知道，本来他和我一起，然后……血……好多好多的血……像河一样流过……里面有一个宝宝、两个宝宝、三个宝宝、四个……"周小姐边数数边扯下自己的头发，一根、两根、三根、四根……

我吓得倒退好几步，直到抵住房门。

"开门呀！"我转身拍打门上的玻璃，"我不要跟疯子在一起，开开门呀！"

我的声音在走道间回荡，没多久，从四面八方传来回音，有字正腔圆的普通话，也有不知来自哪国的模仿声，全喊着："Kaimen, Kaimen, Kaimen……"

"完了，真的来到杜鹃窝了。"我感到绝望。

据说杜鹃习惯把产下的蛋放在别的鸟窝里，孵化后的杜鹃会把同窝的小鸟扔出去，由于这种行为既残忍又令人不解，所以人们常把杜鹃和疯癫联想在一起。

此刻的我正是那只不明就里的无辜小鸟，四周围都是等着将我铲除的杜鹃，我该怎么办？

"救救我呀！汪致远。"我心呐喊着。

男护士来送餐时，我抓住他的臂膀："听着，我是正常人，不应该在这里，我要见院长，拜托了。"

"放心，这里的人都是正常人，没一个是疯子，"他低头看食物，"今天的晚餐有凤梨虾球，酸酸甜甜的，很开胃。"

我一怒将盛食物的托盘打翻，转身就逃，被眼明手快的他反手抓住。

"妳不是想见院长吗？我这就带妳过去。"男护士说。

院长没见着，我被带进黑濛濛的小屋里。

"像妳这种病人，只要一电击就会乖，但妳有孕在身，不宜电击，所以只好委屈妳了。"男护士关上房门后，不忘给我希望，"一旦妳平静下来，就不关小黑屋，知道不？"

他走后，我细细打量自己的所在之处，房间不到五平米，窗户只有一本杂志大小，入夜后，光线全靠屋外昏黄的路灯，难怪叫小黑屋。

我在房内焦躁地来回踱步，眼下的我无疑成了笼中鸟，越挣扎着出去，只会头破血流。不行，我得按游戏规则走，先做小伏低再谋对策，否则疯了的周小姐就是我未来的模样。

靠着曾经背诵过的《大悲咒》，我度过漫漫长夜……

我被强烈的饥饿感给唤醒，从昨天下午至今滴米未进，也许我能忍受，但肚里的宝宝可不行。

" Excuse me. May I have something to eat? " 我敲门讨吃的。

没多久，一个长形面包从门上的小门递送进来。顾不得手脏，我抓起就啃，原来法棍这么美味，以前怎么没发现？

" You, get out." 一个胖得令人喘不过气的女护士忽然开门，很不客气地要我出去。

我要她等等，自己正吃着东西呢！

女护士一个箭步上来，将我手中的面包扔地上，我像被抢走心爱玩具的孩子，怒不可遏。

没等我发威，昨天的男护士冲了进来："快，院长要见妳。"

院长要见我？这是怎么回事？

我赶紧起身。

第五十七章／自欺欺人

说要见院长，男护士却带我走向停车场。远远的，我看见方淮安的凯迪拉克古董车，苹果绿的车身此时更显清新。

司机打开后座的门，我坐了进去。

"让妳受惊了。"方老板说。

"没有……有……"

司机问老板是不是回方宅？

"去吃肉骨茶吧！宝宝需要补钙，嗯？"他对我微笑。

我吃了大块排骨、红烧猪脚、凤爪腐竹、炒芥蓝、加了油条的米线，又喝了马蹄水解腻，把胃给撑大了。

"妳的胃口真好。"方淮安说。

"是的，从昨天下午饿到现在，当然胃口大开。"

"那可不行，有宝宝的人得按时吃饭，这可是方家的骨肉啊！"

我放下即将入口的佳肴，转头直视我的雇主。

"我问过了，答案是肯定的。"他说。

看方老板笃定的眼神，我感到深深的迷惑，难道我误会姚医生的诗句了？

"别愣着，赶紧吃。"他将一块油汪汪的猪脚放进我盘里。

我用纸巾擦了擦嘴角，声称自己吃饱了（真是的，听到晴天霹雳的恶耗后，谁还吃得下？）。

"既然吃饱就回家歇着吧！天气热，正好睡个午觉。"方老板说。

一回到方宅，我立即被二太太迎进客厅，她让女佣奉上今年台湾的冠军茶"东方美人"，听说一斤要价两万多新币。

"免了吧！我品茗不出好茶或坏茶，别浪费那么贵的茶叶了。"我冷冷地说。

"哪里，妳不喝，肚里的宝宝要喝，他是我们方家的种，肯定金贵。"

不到一天的工夫，二太太变脸变得好快，让我感觉很陌生。

"我累了，有什么话请说。"

"昨天的事……忘了吧！对妳、对她、对任何人都好。"

这个"她"不是别人，指的正是可怜的周小姐。

我问二太太打算怎么处置疯掉的人？纸包不住火，周小姐的家人肯定不会坐视不管。

"这就是麻烦之处，周小姐是孤儿，这世上还有谁会要一个疯子？"她握住我的手，"媛媛，我错了，现在惟一能弥补的就是让她在一个相对安全的地方度过余生，妳说是吧？"

我抽回自己的手，问方先生和大太太是否也知晓此事？

"大概知晓一二，但方家口径一致，对外都说周小姐在美国留学。"

呵呵！果然"不是一家人不进一家门"，就这么把一个风华正茂的女人给毁了，还丝毫没有愧疚感，我感到极度恶心。

"周小姐也算……幸运，能遇到你们，否则就要餐风露宿了。"我起身，"抱歉，我困了，先行一步。"

躺在床上，我很快入眠，睡梦中，一个无脸的男人躺在血泊中，周小姐拥着他呼天抢地，让人鼻酸。

我从梦中惊醒，想着还好怀的是方家的种，否则汪致远恐怕也有灭顶之灾……

"等等，都过了一天，他怎么也没来个电话？"我一急，赶紧起床找手机，这才发现原来没电了。

插上电源后，我立马打给汪致远，可惜无人接听。对于医护人员而言，这再正常不过，总不能一边给病人上药一边和他人讲电话吧？！

放下手机，我才开始忧虑。汪致远以为我们有了爱的结晶，如今反转，我该如何告诉他怀的不是他的孩子？他会不会因此伤心难过？

哎！我终究还是走在歧路上，无语。

日子又回到原来的轨道上，佩玖照例在三点一刻为我端来下午茶，她说四红补血粥是二太太熬的，看她站在炉灶前忙东忙西，很是辛苦。

我拿起勺子舀了一匙，原来是用花生、红枣、紫米、红豆煮成的甜粥。

"拿走，看了想吐。"我捂住口鼻。

佩玖一时拿不定主意，我遂作呕吐状，她只好赶紧端走。

打发走"二太太的好意"，我拿出文房四宝写《大悲咒》。若说来方宅有什么得益之处，大概就是学会背诵这个"今生免恶死，来世求善生"的经文，它让我纷扰飘浮的心得到安置，不再像只无头苍蝇。

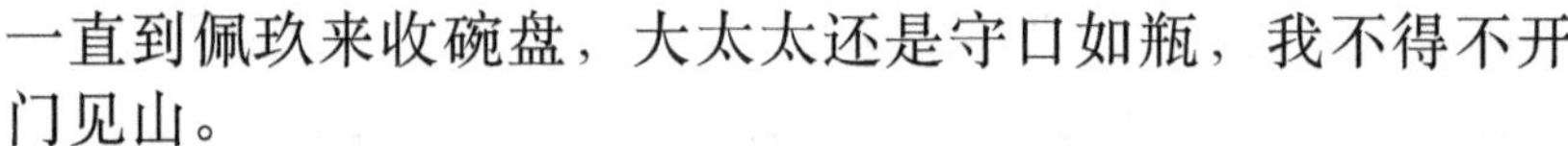

一直到佩玖来收碗盘，大太太还是守口如瓶，我不得不开门见山。

"妳要我如何回答？方先生说什么就是什么。"她打马虎眼。

这个答复很可疑，我问姚医生怎么说。

"他能怎么说？方先生不举已很久了，即使……也因患上睾丸生精功能障碍而无法取精，还好前些年曾留下几管冷冻精子，想着再怎么着，总有一个能成吧？！没想到……哎！造孽呦！"

我很迷惑，到底我怀的是不是方家的孩子？

大太太答学佛的人不打妄语，让我去问姚医生。

"好，我明天一早就去，请大太太放行。"我立马说。

她只能无奈点头。

有了上回的教训，我让Stella在候诊室等我，自己单独面对姚医生。

"很好，孩子看起来很正常。"他给我纸巾擦拭肚皮上的啫喱。

"听你这么一说，我放心了。"

"记得多吃蔬菜水果，少食油腻，还有，放松心情，这个很重要。"他边说边在键盘上飞快地打字，大概在写病历。

"昨天……方老板……你怎么说？"我还是问了。

姚医生停止打字，转头直视我："Green 是汪医生的，Red是方淮安的，这是妳说的，怎么反倒问起我来？"

"既然如此，为什么……"

姚医生说还是去问我的雇主吧！也许他有不一样的解读。

大太太要我问姚医生，姚医生要我问方老板，被人踢皮球的滋味并不好受。

离开诊所后，我很消沉，Stella问我是不是有坏消息？

"Yes, very very bad."我承认。

她安慰我一切都会好的，如果还是觉得不安，可以到圣安德烈教堂做祷告，神会应允我所求，每当不开心时，她都是这么做的。

St.Andrew's Cathedral 是新加坡最大的教堂，其洁白的哥特式建筑非常庄严肃穆，很多新人在此举行结婚仪式。

我想了想，还有哪里比教堂更合适说话？

"Yes, I need to pray in the church."我说自己正需要祷告。

为了不让方家人起疑，我要Stella千万保密，因为大太太是佛教徒，我如果去拜耶稣，她会不高兴。

"Don't worry. I won't tell anybody."她笑嘻嘻地答应。

～

汪致远抛下病患前来与我见面，他说如果带的MO招架不住就得赶回医院去。

原来通过考试的他已是主治医生，现在也带起新人来了。

"好，我长话短说，孩子是……你的，但方老板说是他的，让我一头雾水。"

汪致远叹了口气："这有什么不明白的？以假充真呗！妳想，方先生的冷冻精子没了，左右不可能有子嗣，与其面对失败，倒不如自欺欺人。"

"他们能自欺欺人，难道我们可以假装不知情？"我问孩子的爹。

"媛媛，这是个两难问题，身为父亲，我当然有义务养育自己的孩子，但这样一来，妳就不好向雇主交待了，我……反正听从妳的决定。"

汪致远将烫手山芋扔回给我，让我有些许不快，但他能做什么？他什么也做不了，不是吗？

"好，我想想，毕竟是自己捅的篓子。"

"媛媛，别误会，我……"

我要他什么都别说，他的心思我懂的。

"哎！如果那天验孕棒显示宝儿怀孕就好了，她能得到她想要的，妳也能脱身。"汪致远说。

"没用的，方老板患上睾丸生精功能障碍，这辈子算是求子无望了。"

说完，我和汪致远都沉默了。

第五十八章/接棒

由于提到宝儿，我问汪致远是否曾对她说过什么？自从她搬进方宅后，处处与我做对，除了白色谎言外，我想不起哪里得罪她了。

看汪致远欲言又止的样子，我知道有事不对劲，在我的一再盘问下，他终于承认为了摆脱宝儿的纠缠，说了不该说的话。

"你到底说了什么？"我问，心里七上八下的。

原来汪致远曾暗示他们两人不合适，但宝儿完全听不进去，只是一昧地表示会为他而改变。他想了想，长痛不如短痛，直言自己是睡眠浅的人，听说宝儿会打鼾，他可不想日日顶着两个黑眼圈上班……

宝儿的确会打鼾，而且"惊天动地"，这是护士站公开的秘密。"就为了这个恨我？未免也太小题大做了？"我很不解。

"她……她还问是不是妳嚼的舌根？我没回答，只是重申两人不合适，可能她因此对号入座，认为是妳从中做梗。"

"你……哎！"我已无话可说。

"嘟……嘟嘟……"汪致远的手机响了。

他接听，三两句话便挂断。

"抱歉！MO招架不住了，我得赶回医院，她……"汪致远看了一眼正在读圣经的Stella，"回去会不会说嘴？"

"放心，待会儿我会告诉她，你向我传教，反正她听不懂普通话。"我答。

大太太问我什么时候开始对基督教感兴趣？她很开明，只要是劝人行善的宗教，都好。

原来Stella也是个大嘴巴，让人始料未及。

"呃……就是接触一下，目前没什么想法。"我答。

"妳若要上教会，我不反对，带上Stella,她是基督徒。"

这下子我知道Stella为什么要透露口风，她想上教会，但一个月两次的休息日对她而言太少了。

"好的，听听圣经也不错。"我顺水推舟。

没想到这么轻易就换来一周一次的自由身，简直太棒了。

"听说妳信教了，大概身上的罪孽深重，赶着去洗涤吧？！"我在花园里散步，宝儿冷不防出现。

自从汪致远告诉我发生在他俩之间的事后，我曾试图从宝儿的角度看自己，没错，的确是心机婊，完全不顾姐妹情谊。如今的她时不时泼我冷水，未尝不是一种宣泄，如果不曾真心付出过，也不会如此耿耿于怀。

"我是罪孽深重，需要每周向上帝忏悔一次，同时也为妳祷告。"

"干我何事？别再假惺惺了，最恨妳这种表里不一的人。"她边说边扯下海桐灌木上的白花，仿佛跟它有仇似的。

都说没有无缘无故的爱，亦没有无缘无故的恨，我不想继续误会下去，直接告诉她想和解，任何条件都接受。

"把汪致远还给我。"她说。

"除了那个，其他都行。"

"除了这个，其他我都不要。"

我问果真如此，那么她来方家又为哪桩？

"为了让妳不好受，妳不能既有很多钱还拥有汪致远，如果真是那样，这世界就太不公平了。"

我答钱财可以放弃，问她是否感到平衡了？

"不能，妳至少拥有我得不到的爱，我有什么？虽然方老板目前对我有求必应，但难保有一天他不会喜新厌旧，到时候自己就是只破鞋。"

宝儿是在暗示我什么吗？

"莫非妳有当方家三太太的念头？"我问。

"妳怎么可以有如此可怕的想法？"她很惊讶，"方淮安对我而言不过是台取款机，我穷怕了，不想再待在社会最底层。"

我陷入苦思，宝儿的三观出现严重问题，但也正因如此，给了我逃离困境的契机。

"妳愿不愿意帮助我和……汪致远？我怀的是他的孩子。"

宝儿的表情复杂极了，既愤怒又有些许的难以置信。

"妳好大的胆子，竟敢在老虎头上拔毛，也不怕方家发现实情后将妳就地正法。"她说。

"方家人不仅知道实情，还打算将错就错，把别人的孩子当成自己的来养，我若推波助澜，事情就简单多了。"我答。

宝儿的表情更复杂了，她说看样子我不想"睁一只眼闭一只眼"，那么和汪致远隐姓埋名、远走高飞，有何不可？

"不，我想要一家三口能光明正大地走在路上，而不是像惊弓之鸟似地躲躲藏藏一辈子。"

也许是"一家三口"四个字刺激到她，宝儿皱了皱眉头说："让我好好想想，事情全赶一块儿了。"

新加坡靠近赤道，为热带雨林气候，全年皆夏，季风交替的月份，午后经常有雷雨或阵雨，望着屋外淅沥沥的雨声，我感到莫名的惆怅，莫非得了"产前抑郁症"？

三点一刻，有人敲门，想必是佩玖送下午茶来，我走过去开门。

"端午节快到了，厨师包了好几串粽子，我迫不及待拿来与妳分享。"宝儿捧着银托盘走进来，口气好得让我感到诧异，以为曾有的不愉快未曾发生过。

"粽子是甜的还是咸的？"我问。

她答厨师包的是娘惹糕，甜咸味皆有。

娘惹粽是新加坡特有的粽子，馅料是将上等瘦肉与香甜爽口的冬瓜条混炒，鲜而不腻、咸中带甜，巧妙地融合中国和马来两地的饮食特色，很有热带风情。

虽然不难吃，但我还是比较喜欢福建的烧肉粽，有虾米、香菇、卤蛋、花生、红烧肉……等。

宝儿说她亦有同感，吃娘惹粽有点儿像吃异域的食物，少了家乡味……

来新加坡四年多了，四周围虽然有很多华人，但彼此总像隔着一重山，怎么也无法完全融入，只有宝儿和我是道道地地的同乡，人亲土也亲。

"宝儿，我很高兴妳回来。"我有感而发。

"我一直都在呀！"宝儿把娘惹粽里的冬瓜条挑出来，"妳看，像不像肥猪肉？"

"我倒觉得挺像妳的小指头。"

宝儿惊呼一声，过来捶打我，我们又像从前一样打闹。

趁着教友在唱圣歌，我和汪致远很有默契地走到教堂外。

"妳说宝儿愿意接棒是什么意思？"他问。

"就是……她愿意生一个宝宝给方家，但当初应允给我的房产和现金必须转交给她。当然，由于生理原因，方淮安现在取精困难，所以这个宝宝注定和方家没有任何血缘关系。"

汪致远说舍弃身外之物不成问题，我们都有一技在身，不怕饿肚子，但宝儿为何要淌这混水？

"每个人都有追求的目标，她现在追求物质，我也不好说什么，毕竟她要的爱情没了。"

汪致远想的比较深，当初方家如此大方是建立在孩子与他们有血缘关系的基础上，现在我怀的是他的孩子，方家忍气吞声来个"自欺欺人"也是不得已之举，宝儿若要接棒，就是把那层窗户纸给捅破，方家未必乐意。

我想了想，他分析得没错，遂说："我这就回去探探口风。"

第五十九章/DR.HOWARD

我的计划是先跟大太太谈，如果她同意，事情就成功一半了，然而还未走进东翼，我就听见剧烈的争吵声。

"给几分颜料就开起染房来，妳这个不要脸的X货，给老娘洗脚都不配！"二太太的声音像钻石划过玻璃。

"别像疯狗一样乱咬人，钱是老头子给的，妳叫嚷什么？"宝儿也不甘示弱。

"钱虽是老头子给的，但账是我在管，妳买买衣服，到处吃喝也就算了，现在竟然买起珠宝来，卡地亚是妳这种来路不明的野鸡戴的吗？不行，今天我就让老公把妳的副卡给咔嚓掉。"

宝儿冷哼一声说左右不过是个妾，还好意思"老公，老公"地喊。

"我至少还是被承认的妾，妳呢？算什么？别以为老头子摸妳两把就飞上天，像妳这种货色，要多少有多少，在下一个脱衣舞娘取代妳之前，赶紧抓紧时间得瑟吧！"

我刻意咳嗽两声，好平息双方怒火。

二太太用力合上账本，没好气地说："另一台碎钞机也来了，妳们聊，我得工作，这一大家子的开销可不是让大风给吹来的，总得有人负重前行才成。"

她走后，宝儿气到不行，大颗大颗的眼泪往下掉。

"别哭，人在屋檐下，哪能不低头？"我无奈地说。

"方家还缺钱吗？我不过是刷了条手链，两万新币不到，她就这样侮辱人，太可恨了！"

两万新币约十万元人民币，无怪乎二太太会发火。

我可以顺着宝儿的思路走，和她一起骂耀武扬威的人，气是解了，但治标不治本，同样的情景还会一再出现。

"能怎么办？形势比人强，她虽然不是方淮安的原配，但方家大小事都归她管，连老头子也得敬她几分。妳就低调些，省得方老板真把妳的副卡给收回去。"

宝儿呜咽着问我二太太说的可是真的？方淮安跟她只是玩玩？

我以为宝儿早已熟知游戏规则，她的问话让我感到诧异，难不成她以为"提款机"会对她动真情？

"妳心中难道没有个点数？那对俄罗斯姐妹花最后不也走了？"

宝儿哭丧着脸，我安慰她这本来就是"各取所需"的交易行为，方先生算不错了，给"跳舞老师"这么高的收入……

"妳真以为扭扭屁股就能挣这么多钱？我是手口并用地帮他达到高潮。"

顷刻间，我脑海中那个清纯如小白兔的可人形象轰然崩塌。

"妳……何必呢？好好的一个人……"我喃喃道。

"刚开始只为了气妳，和妳互别苗头，没想到越走越远，最后就成了这副模样……哎！算了，还是实话实说吧！我是被金钱给俘虏了，以前即使做死，月工资也达不到两千，现在随随便便就能吃好、穿好、用好，谁还会苦巴巴地老实工作……反正我是这么想的。"

我说既然如此，我把棒子交给她正好，九个月后她会有大房子还有五十万新币的现金，省着点花，一辈子都不愁吃穿……

宝儿直视我好一会儿，像要把我生吃活吞。

"What?"我问。

"妳真觉得够？万一我长寿或者遇上一个不长进的老公，那点儿钱就只能塞牙缝。"

"什么意思？"

"意思是我不想当妳的替代品，我想单干，以前答应的就此作废，当我没说。"

我吓坏了，责备她怎能说话不算话？

"我也是刚刚福至心灵，这还得感谢二太太的利口，否则就错过大好机会了。"她面带喜色地说。

宝儿单方面"毁约"，让我很不爽，断不可能主动找她。我不找她，她也没来找我，加上我住东翼，她住南翼，我们就这么彼此僵着。

第一次感觉不对劲还是从佩玖嘴里听来，她说方老板和二太太大吵一架后，开车带走宝儿，已经好几天没见到那两人了。

这倒稀奇。

没想到一个礼拜又过去了，那两人还是没回家，大太太问我能不能给宝儿打个电话？

"好，待会儿打。"我答。

"妳没问理由，莫非知道些什么。"

"这还用问？年轻女孩爱玩，旁边又有个帮忙买单的人，肯定乐不思蜀。"

"若是那样倒好，怕就怕事情不单纯。"大太太说。

饭后我打给宝儿，问她在哪儿？她答墨尔本。

"妳上那儿干嘛？"

"玩呀！废话！"

我要她赶紧回，大太太在找老公。

"知道了，顺利的话，两个月回。"

两个月？这是公然挑衅大太太与二太太。

"妳是否绑架了老先生？"我问。

她哈哈大笑两声后挂上电话。

我的肚子越来越大，手指肿得像一节节的小香肠，连戒指都拔不出来，不得不上珠宝店请专人剪开再重铸。

"把它还给郑……我买个新的给妳。"汪致远说。

我喋喋不休地抱怨，忘了戒指是郑之龙当年求婚送的。

"对……对不起，我会还回去的。"

借着一周一次上教堂的名义，我和汪致远得以见面说话，也算是上帝给的恩泽。

为了转换尴尬的气氛，我说九月出生的不是处女座就是天秤座，真希望宝宝是爱美的天秤座，而非吹毛求疵的处女座。

"追求完美有什么不好？我就是处女座。"他答。

我吐了吐舌头："真是的，哪壶不开提哪壶。"

"不光是妳，一般大众对处女座多少有误解，其实有毅力的人才会追求完美，再说了，12个星座中，处女座最有孝心。"

听他这么一说，我想起他那位被家暴致死的母亲。

"能不能问你个问题？问过后，这辈子我绝不再问。"

"呵呵！如果妳想问我有多少存款，恐怕要让妳失望了。"

汪致远知道这不是我要问的，他之所以这么说，更显内心惴惴不安。

"算了，还是别问。"

"问，话说到一半让人如鲠在喉。"

于是我问他是否把对母亲的爱投影在我身上？否则难以解释他会选择各方面条件都不好的我……

由于久久听不到他的答复，我的心跌至谷底。

"我知道了，你不用回答。"

我转身想走，被他从后抱住："听着，妳是我这辈子惟一想拥抱的人，就算妳长残了、变老了，我爱妳如昔。"

听完我泪如雨下，转身投入他怀里。

啊！我是如此幸运，在茫茫人海中遇见一个心性如此契合的人，他不在乎我那不堪的过去，给了我重生的机会。

正因如此，我暗自下决心一定要带走我们的孩子，不让爱我的男人有一丝遗憾。

$$\sim$$

宝儿来敲我房门时，我才知道她回新加坡了。

"给，澳洲的保健品，吃了对宝宝好。"她把瓶瓶罐罐堆在我桌上，有鱼油、蜂胶、鲨鱼软骨、羊胎素……等。

"谢了，也不知道孕妇能不能吃，得问问姚医生。"

"甭问了，Dr.Howard说可以吃。"

Dr.Howard? 我问这谁呀？

宝儿露出谜之微笑。

第六十章/离婚

我问 Dr.Howard 是何方神圣？宝儿答是世界知名的男科圣手。

"他该不会让方淮安重振雄风了吧？！"我又问。

"这有难度，Dr.Howard能做的只是实行外科手术解除输精管梗阻，顺利完成取精。"

这就怪了，姚医生也算新加坡数一数二的名医，他做不到的事，澳洲医生却做到了，让我不禁怀疑其真实性。

"是吗？如此一来又多了几管冷冻精子。"

"是呀！所以我把它带回来了。"她答。

冷冻精子是将收集来的精子加入保护剂后，储存在零下100多°C的液氮中，装液氮的桶子有半人高，我问她是如何携带过海关的？

"人肉快递呗！哈哈！"她笑得花枝乱颤。

"妳该不会……"

"Yes，快向我恭喜吧！"

我张嘴却发不了声，宝儿直接怀上方淮安的孩子，还有比这个更令人震撼的吗？

"对不起，把妳吓到了，"她捂住嘴吃吃笑，"这是最好的结局，不是吗？比怀上阿猫阿狗的孩子更有底气。再告诉妳，方老板说了，生一个给一千万新币，生两个给两千万，以此类推。"

这岂不成了生子机器？她是护士，不会不知道生育是项大工程。

宝儿说她当然清楚，不会傻到一再将肚皮吹大。实话告诉我，Dr.Howard为了一劳永逸，一次性放入数个受精卵，如此一来，她生多胞胎的机率就大大提高了，想到那些白花花的银子，半夜都会笑醒……

我看着那个笑得一脸满足的宝儿，她才二十岁初头就一脚跨过人生应该奋斗的黄金时期，直接享受多数人工作一辈子也得不到的财富，这是福还是祸？

"恭喜，这下子我也能功成身退了。"我说。

突然丢了工作，但我不遗憾。

"媛媛学姐，方老板说答应给妳的东西一分不少，妳就安心留在方家待产吧！"

宝儿又唤我"媛媛学姐"，看来是尽弃前嫌了。

"好的，替我谢谢他。"

我没完成任务，但仍得到回报，怎么看都不对劲，像方家这样精明的人家，怎么可能做"损己利人"之事？果然没两天就找我签新合同，这回是保密合同，凡有关方家大小事，对外一律守口如瓶，否则……

得，这也在情理之中，我大手一挥，签了。

~

由于"真货"降临，我肚里的"假货"受冷落也在意料之中。大太太虽然对我一如既往，但佣人们就不一样了，变脸变得比翻书还快，叫都叫不动。

反观宝儿，妥妥的"母凭子贵"，不仅搬到面积大一倍的房间内，而且"军令如山"，即使半夜想吃芽笼的梧槽豆花也吃得到，让我好生羡慕。

然而有失必有得，在方家不受待见，但我的行动自由多了，没人管我何时外出、见了什么人，大概他们更希望我"人间蒸发"，只是碍于颜面，不好做得太绝。

"妳若不开心，我们另外租房住，只是我白天上班，留妳一人在家，挺不放心的。"汪致远说。

他和两位男室友合租在中峇鲁老街区的"飞机楼"里，房间小又阴暗，厨卫还共用，很是不便。

我不是没想过搬家，但如同汪致远所说，白天我一人在家，万一有个差池，如何是好？

"我看我还是待在方家直到分娩为止，对了，美国的工作有消息吗？"我问。

"还没收到回复，再等等。"

方家答应给我的房产位于芝加哥郊区，据说光土地就有好几个足球场大。我和汪致远一致认为换个地方重新开始挺好的，他想的是从此远离高强度的工作，我想的就不一样了。

新加坡有"结婚三年不得离婚"的规定，除非一方有家暴、嫖妓或变态性行为。虽然以上三条郑之龙都当仁不让地给囊括了，但为了保护他的颜面，我们皆同意先分居再离婚，然而我还是担心夜长梦多，万一郑之龙反悔，又回头缠住我怎么办？那么躲到美国便成了当前最好的选择，顶多时间一到再飞回来办手续。

"嘟……嘟嘟……"我从床上挣扎着坐起，一接听，却是久违的恐怖声音。

"我想见妳。"郑之龙说。

我以"不方便"三字回绝。

"我就在方宅外，既然妳不方便出去，那么由我进来吧！"

"别……"我赶紧阻止，"我们约个地方见面。"

郑之龙约我回"家"见面，想到上回被他瓮中抓鳖给囚禁起来，这回我坚定拒绝，约他在"查理布朗咖啡店"见面。

查理布朗是史努比的主人，店内墙上有他及露西的图片，一男孩一女孩，很是活泼可爱。我选择那里是因为郑之龙尚未看过我大肚子的模样，若在有童趣的环境下见面，多少能冲淡尴尬的氛围。

"Hi."郑之龙没在第一时间认出我来，我只好主动打招呼。

"妳……"他上下打量我，"坐吧！想喝什么？"

我答随便，于是郑之龙到柜台点了果汁和三文鱼鸡蛋厚多士给我。

"看样子妳快生了，预产期什么时候？"他问。

"九月。"

"九月？九月好像是处女座，我比较喜欢摩羯座，若是男孩就更好，既稳健又有执行力。"

我问他何时开始对星座感兴趣？他答自从知道自己当了爸爸，孩子又是摩羯座男孩起……

我惊到不行。

"也许我们本来就不应该在一起，妳瞧！一分开我们都开枝散叶了。"郑之龙乐呵呵地说。

我问孩子的母亲是谁？

"她是我到广州参观医院时的接待人员之一，我们曾在一起数日，最近她告诉我有了身孕，做过产检，是个男孩，预产期在明年一月。"

消息来得太突然，我原以为我一直无法怀孕的症结在他，没想到……

"恭喜了。"我言不由衷。

"媛媛，"他突然抓住我的手，"我们离婚吧！对方父母说若不出示离婚证明，他们将带女儿去打胎，我已经四十好几了，要个孩子也不容易。"

我抽回自己的手："可是……"

"我知道新加坡那个可笑的离婚规定，要不，妳就承认自己有异于常人的性需求，这样一来我们马上能离。"

我难以置信郑之龙在最后关头还不忘利用我，真是下作小人！

"你说这话倒提醒我你曾做过的缺德事，要离婚可以，你得承认自己有家暴、嫖妓及变态性行为，三者缺一不可。"我起身，"我反正不急，你慢慢来。"

郑之龙约我三日后在法院"诉讼"离婚，他承认所有的罪状及解除之前的"联名贷"，而我不求偿也不要求赡养费。

由于没有涉及钱财，程序走得很快，当手上拿到那张离婚纸时，我竟然不可抑制地恸哭起来。

"别哭，"郑之龙压低声音，"让人以为妳不想离。"

天知道这一路走来我有多么不易，我是喜极而泣呀！

"你说的对，"我拭去眼泪，"离开你我应该开怀大笑，该哭的是你未来的新娘子。"

我的"前夫"听了，脸上青一阵紫一阵，而我挺起腰杆，高傲地离去。

第六十一章/三胞胎（完结篇）

把好消息告诉汪致远后，我走遍三个商场才鼓足勇气与远在中国的父母微信通话。他们一听说我离婚了，还是净身出户，很是担忧。

"这社会对离婚妇女并不宽容，还好妳有个护士的工作在，一时不致于捉襟见肘。"母亲说。

"爸、妈，我离职了，因为……因为我怀孕了，预产期在两个月后，孩子的父亲是汪医生。"

由于害怕父母看到我因怀孕而浮肿的脸，我特意选择语音通话，然而此时的我多么想看看他们的表情，借以判断他们是喜亦是悲？有没有生气？会不会感到失望？

"他怎么想的？对妳是否真心？"

隔着那么远的距离，我还能感受到母亲的忧心忡忡。

"他有结婚的打算，婚后我们想搬到芝加哥。放心，世界各地都缺医护人员，我们很容易就能找到工作。"

我没告诉母亲我在芝加哥有栋十几个房间的大房子，甚至还有个小湖供垂钓，怕她问我馅饼打哪儿来的？

"媛媛，"说话的是父亲，"妳摆脱那个恶魔，我们为妳高兴，妳等着，我们这就飞过去帮妳办婚礼，妳肚子大了也需要有人照应……"

知道父母接受我的"一意孤行"后，我有隐隐的快乐，像喝完水，发现水杯还是满的。

挂上电话，我决定走路到REQ,亲自告诉孩子的爹应该找婚庆公司了，还有，得租个大公寓准备迎接岳父、岳母及新生命的到来。

～

还没坐完月子，汪致远就带回来一个好消息：芝加哥州立医院给了他 **offer,** 并且答应帮他办绿卡。

"太好了，是不是？"我对着襁褓中的婴儿，"爹地找到工作，我们就要搬家了。"

儿子似乎能听懂，咿咿呀呀地附合着。

～

在一个风和日丽的下午，我刚喂完奶，母亲推门进来说有朋友来访，还是个孕妇。

"那是我的好友，快请她进来。"我说。

宝儿进来时刚好与抱着儿子的母亲擦身而过，她还逗弄小东西好一会儿。

"妳儿子长得像妳，还好。"她说。

"什么意思？说得好像我老公其貌不扬。"

宝儿要我别误会，谁不知道汪致远是潘安再世？她是怕自己陷入万年魔咒中，老子爱不上，结果爱上小子……

"妳真逗，坐吧！"我指着最靠近的座椅，"最近好吗？"

"不太好，肚子里有三个，夜里常翻来覆去睡不好觉。"

宝儿真的怀上多胞胎，而且谢绝医生的提议，三个全留下。

"多子多孙多福气，何况还有三千万新币等着妳。"

会这么说是因为宝儿曾经不止一次告诉我她的花钱计划，首先当然是瘦身，当她又美美地出现时，铁定杀到乌节路疯狂大采购，一改过去二十几年的寒酸气。

"说来奇怪，本来我对肚里的孩子很无感，但随着时间的推进，我渐渐有了感觉，常常幻想他们可爱的模样。当胎动厉害时，我还会告诉宝宝们别打架，待会儿给他们吃好吃的。"

我呵呵笑，问她吃的可是一式三份？否则又有的打了。

"可不是吗？方家现在把我当猪养，恨不得将碗口粗的管子伸进我嘴里，24小时不间断地输入食物。"

"太夸张了，又不是养鹅肝，"我上下打量她，"妳的肚子虽大，四肢还算纤细，生完肯定能瘦下来，到时拿上方淮安给的钱到处买买买，也算了了妳的夙愿。"

"怎么办？我反悔了，三个白胖小子多可爱，真不想把他们留给方家，我要自己养。"

我劝她别轻举妄动，一个小小孩能让一个家庭鸡飞狗跳，何况三个？再说了，养孩子不用钱吗？我家王子一个月的奶粉钱就要五、六百新币，遑论其他。

"好啦！知道了，我也就这么一说，妳倒婆婆妈妈起来。"

我们又交换一下新近发生的琐事，她告诉我方家来了个新的脱衣舞娘，年纪有一些，喜欢浓妆艳抹，小腿上还有静脉曲张，看来方淮安的品味越来越差了......

我则告诉她汪致远在芝加哥找到工作，一个月后得打包上路。

"这么快？以后我可不可以去找妳？"她问。

"当然可以，从新家的每个房间看出去，景色都不一样，任君挑选。"

我们就这么拉拉杂杂地谈论及计划着未来，像两个不谙世事的少女。

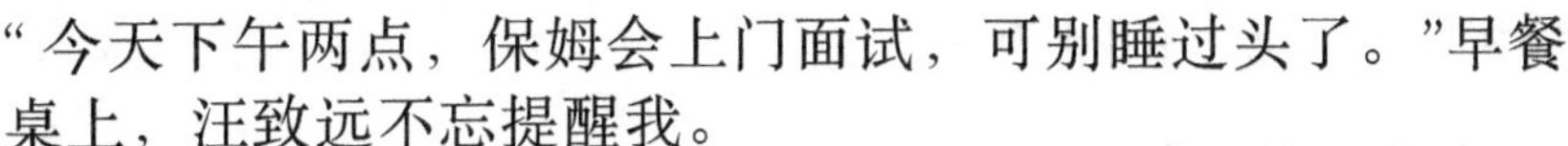

"今天下午两点，保姆会上门面试，可别睡过头了。"早餐桌上，汪致远不忘提醒我。

"知道了，已经调好闹钟。"我答，哈欠声连连。

虽然家里雇了阿姨及园丁，但独自一人照顾孩子还是有些力不从心，所以Luke一断奶，我们便积极寻找保姆，既要负责尽职，又要会说普通话，Dr.Johnson因此介绍了个人选，听说以前是幼师，我们很快约了时间见面。

"走了，爱妳。"老公吃完我准备的爱心早餐后起身，然后在我的脸颊上小啄一下。

从我家到芝加哥州立医院有一百多公里的距离，他得早早上路，好避开交通高峰期。

老公走后，我唤阿姨收拾，自己则端起咖啡到阳光房看报。

最近静极思动，想找个Part-time的工作，不为钱，只为了不与社会脱节。就在浏览征人广告时，我意外看到一则醒目的国际新闻标题【代孕妈妈带走三胞胎，七旬老翁一夜白头】。

"嘟……嘟嘟……"手机响了，我接听。

"崔小姐，近来可好？"是方家二太太。

"很好，什么风让妳想起我来？"

"宝儿生了，三个都是带把的。"

这么快？而且三个都是男孩。

"方老板肯定乐坏了。"我说。

她答那自然是，方家上下喜气一片，光打赏用的红包就派出去好几千个，可是……

听二太太说"可是"，我忽然紧张起来，不会吧？！

"可是宝儿拒绝喂母乳，而且瞧着心情很低落，怕是得了产后抑郁症，妳能飞来和她谈谈吗？"

知道宝儿有情绪病，我很担忧，赶紧答没问题。

"机票钱由方家支付。"二太太补上一句。

"谢谢！我把家里安排好，即刻启程。"

挂上电话后，我走到客厅放音乐，听说聆听莫札特的作品能让人头脑清晰，还因此有了"莫札特效应"一说。

我边听《G大调回旋曲》边思考该如何开导宝儿，希望在面试的保姆到来前能理出个头绪来……

《完结》

【看不够吗？B杜的《爱上比佛利》正等着您，以下是前三章，先睹为快。】

《爱上比佛利》

第一章/演员梦

比佛利山庄（Beverly Hills）位于美国洛杉矶，距离圣莫尼卡海滩不远，不仅全年都能晒到著名的加州阳光，还能享受从太平洋吹来的清爽海风，有"全世界最尊贵的住宅区"之称，是财富与名利的象征。

既然尊贵，当然离不开购物，罗迪欧大道是比佛利山庄最驰名的时尚街，两侧有众多的奢侈品店及高档的餐馆、酒吧、画廊……等，让人在大饱眼福之际也能一窥富人的消费世界。

就在一片繁荣景象中，我徒步从豪气逼人的四季酒店转弯走两百米，那里与"富丽堂皇、穷奢极侈"截然不同，好比现在，我正走进平价的"莫先生的中国汉堡店"（Mr.Mo Chinese Burger）。

"萌萌，这么早就收工了？"柜台后一个胖墩墩的中国妇人说。

"运气不好，今天又没戏了。"我唉声叹气地答。

"别难过，机会总会有的。"说完，她递给我一个腊汁肉夹馍。

我给了她三美元，然后坐到角落狼吞虎咽起来。

没错，在中国卖三块钱的白吉馍夹肉，到了美国扬眉吐气，身价翻了六、七倍。虽然心疼，但与动辄上百美元一餐的西餐比，还算经济实惠，所以吸引了不少食客。

说起这家的店主人莫太太，我一周总要见上几回，言谈间，我知道她有个洋气的名字叫Molly，和莫先生于十年前来到洛杉矶，什么苦活、脏活都干过，只为求个温饱，可惜命运多舛，没两年莫先生就得了肝癌，把好不容易攒下的几万美元悉数花光，还欠下一屁股债。那阵子Molly消瘦不少，一逮到人就诉苦，感叹时不我与、造化弄人，渐渐把四周围的人都给赶跑了，毕竟谁的生活都不易，没人有义务当告解的神父。

擦干眼泪后，孤立无援的莫太太决定与命运抗争，Mr. Mo Chinese Burger就是这样开起来的，借以纪念她那因病早逝的丈夫。

我三两下把中国汉堡吞下肚，拍拍衣服上的饼屑，起身。

"今天到我妹那儿吗？"Molly问。

"嗯！Monica今天到有钱太太家收货，临时叫上我。"

Monica是Molly的亲妹妹，两人的年纪差上一轮，她在罗迪欧大道上开了一家二手奢侈品专门店，平常店里有两个韩国妹纸帮忙，当人手不够时会叫上我，虽然是兼职性质，时薪又不高，但在实现演员梦之前，不失为鸡肋。

"等等，"Molly把两个肉夹馍放进纸袋内交给我，"告诉Monica用的是半肥瘦的后猪腿肉，她会喜欢。"

"没问题。"我愉快地答。

这已经是这个月第四次让我当免费送餐员，但我一点儿也不介意。Molly不知道自己的妹妹正值减肥期，碳水化合物一律免沾，我因此成了最大的受益者。

"嘻嘻！今天的晚餐有着落了。"我心想，乐不可支。

我一走进以老板娘的名字为店名的二手店，就被Monica往外推："快，来不及了，LP的总裁夫人三点钟要出门，我们得赶在她离去前打声招呼。"

"这个LP该不会是加州最大的电影制作公司吧？！"

"怎么不是？我跟他们做生意已经不下数十回，熟悉到保安看到我的脸就主动放行。"她边答边往外走去。

Monica的车是黄色布加迪威龙，以每月三千美元的代价从二手车行租来。

"想在这里生存就得开好车，否则连乞丐都不鸟你。"Monica曾对我说。

以一个开店老板娘的收入，买一部代步工具不成问题，但……布加迪威龙实在太贵了，她只好以租代买。

"那个……今天不开车吗？"我问。

我明明看见黄色跑车就在眼前，Monica却视而不见。

"今天货多，我租了房车。"她往一辆奔驰维特斯系列的九人座房车走去。

"为了载货而另外租车，划算吗？"

"当然，赔本的生意没人做。"Monica 信心十足地答。

"喏！那栋灰的以前是麦当娜的，后来卖了2800万美元……红屋顶的是贝克汉姆和维多利亚的房，他们的大儿子布鲁

克林和科洛拍拖时，我看过一次他们一起走进豪宅的背影……噢！那是贾斯汀.比伯在18岁时买下的，呵呵！我18岁时还在想牛肉面要点大碗还是小碗，人家已经购入千万房产……这个是汤姆克鲁斯的……那是华裔婚纱设计师王薇薇的……"一路上Monica不遗余力地向我介绍屋子的主人。

对我来说，那些童话般的城堡宛如欧美大片，可望而不可及。

见我沉默，Monica问我今天试镜的结果如何？我答再一次糊了，自己的英语不行，又长着一副亚洲人脸孔，除非演的是裹小脚的女人……

"那也不无可能，如果《末代皇帝》重拍，妳一定拿得到角色。"她说。

真不知是褒还是贬？亚洲题材的电影或电视剧在好莱坞算小众，若有重拍的经费倒不如拿去拍怪兽或外星人。

"也不一定得等到那时候，我现在已经放低姿态，群演也成，若有一、两句台词更好。"我笑呵呵地答。

话说得云淡风轻，实际上我已经付不起合租的费用，沦落到住在房车内。

你若问我混得这么差怎么不回国？哎！说来话长，在国内我学的是表演，毕业后跑了三年龙套，好不容易得了个女四的角色，那高兴自不在话下。谁知导演醉翁之意不在酒，约我到酒店讨论剧本，一进房间便动手动脚，我竭力反抗，抓了他一脸，可想而知，最后连个哑巴的角色也没捞着，连夜被踢出剧组，更惨的是我的裸照随后就到，那些不高明的合成技术差点儿让我得了抑郁症。考虑再三，我决定到美国找机会，没想到美国也这么难生存，这下子就更不能回国了，因为没脸呀！

"Here we are."Monica说我们到了。

果然如同她所言，豪宅保安主动打开电闸门。

"好……好大啊！"我吓得目瞪口呆。

之所以说好大是因为从入口处看不到尽头，仿佛进到公园内。

"谁说不是呢？"Monica意味深长地一笑，然后脚踩油门。

第二章/ELSA

"待会儿看到总裁夫人可别直呼其名，要称Madam,富贵人家都很重视称谓。"Monica提醒我。

"知道了。"

车子沿着坡度不大的车道蜿蜒直上，整个园林被划分成若干几何形地块，到处是开阔的草地及修剪整齐的树篱，花坛则种有玫瑰及冬青，偶见新颖的雕塑小品。

"这栋房子原来是个英国佬的，所以房子外观及花园都被设计成都铎复兴式庄园，谁知Elsa购入后决定来个混搭，花了五百多万美元把屋内打造成摩尔式建筑风，让初次造访者多少有些不适应，仿佛刚吃了传统的英式下午茶，紧接着又来上一口阿拉伯烤全羊。"

"呵呵！我喜欢英式下午茶，也爱吃烤全羊，口味能瞬间转换，毫无勉强。"

"啧啧啧！不愧是演员，见人说人话，见鬼说鬼话，简直是条变色龙。"

讲到变色龙，Monica才是个中翘楚，她若说第二，没人敢排第一，与自己的姐姐Molly相比，一个是老实巴交的劳动人民，另一个则是趋炎附势的墙头草。偏偏虚比实吃得开，当Molly还在为3美元一个的肉夹馍劳累时，Monica早已凭借转卖二手奢侈品在西木区买下华丽的penthouse，能俯瞰整个加州大学洛杉矶分校。

"喏！那栋就是。"Monica努努嘴。

看过近万平米的生态园林后，一座典型的都铎风格英式别墅赫然在目，有急坡屋顶、高烟囱、大格窗、拱门以及由印第安纳石灰涂抹的外墙。

车子停妥后，Monica看了一眼车内时间显示器，说差一刻三点，希望Elsa还在，而且有好心情。

"为什么非得有好心情？我们不是来搬货的吗？"我问。

"这妳就不懂了，Elsa要卖的是已退流行的产品，我的火眼金睛就是要把不在名单上的精品找出来，逢主人心情好，我就捡漏了。"说完，Monica下车走向那栋深色豪宅，后面跟着一脸茫然的我。

" Please come in."腰系白色荷叶边围裙的女佣开门后说。

走进屋内，我看到巨型的巴卡拉枝形吊灯从圆顶天花板垂挂下来，地上铺着纯手工编织的波斯地毯，墙面有大面积的拼花布纹织物，到处可见镶有植物、几何、阿拉伯书法纹样的器具及装饰物。猛一看，大红、水蓝、深紫、橙黄、松石绿……让人目不暇给。

" This way, ladies."女佣又说。

虽然我对屋内设计感到好奇，但我们直接被带到二楼的某个房间内，错过一览全貌的机会。

" Good afternoon, madam."Monica对着一个身形略为丰满的女人行屈膝礼。

在西方礼仪中，女性会向社会地位高于自己的人行屈膝礼，落到今日，这个习惯早已不多见，只剩欧洲皇室还保留着。

"这位是……"宛如女皇的人注意到我，而我也注意到她 原来是会讲普通话的华人。

"她是新来的助理，叫卫萌萌。"Monica介绍。

我有样学样，也来个屈膝礼，并且遵循Monica的叮嘱唤她Madam（夫人）。

"长得挺水灵的，"她上下打量我，"Well, 时间不多了，开始吧！"

我们跟随她走进一个大到像高档精品店的衣帽间，女主人的手指仿佛仙女棒，凡点到的, Monica便要我取下，很快我怀里的东西便小山也似的高。

"快放到门外的长沙发上。"Monica提醒我。

我就这么来回跑了十几趟，直到Elsa喊停。

"今天就这么着，天气热了，这里的东西也该腾出位置给当季新款。"

"是，是，"Monica点头如捣蒜，"回去整理完毕，我会发个明细过来。"

"没事，我一向信任妳。"

就在Elsa转身前，Monica赶紧说绣花的橙色花呢包、带亮片的帆布旅行包以及卢加洛太阳眼镜早过时了，另外，Christian Louboutin 的红底鞋鞋跟有半个指甲盖大小的漆掉了……

"拿走拿走，我赶着和朋友见面呢！"女主人大手一挥，像挥走什么肮脏的东西。

"谢谢！慢走。"Monica对着离去的背影深深一鞠躬。

～

虽然豪门贵妇的衣服都有专人负责清洗，但为了卖相好，回店的路上通通被我们送进干洗店，至于皮具……我将它们一一涂上防霉隔离精油及皮包润泽精华液，再用塑料袋密封好，一个个全上了展示柜。

"萌萌，妳可以走了，路上小心。"Monica说。

我看了一下时间，晚上九点。

韩国店员早在三个小时前就已下班，因为美国劳工部规定工作时间超出每周40小时的员工可领取加班费。Monica为了省下那1.5倍的支出，留下我这个便宜的"黑工"不难理解，只是我得加紧脚步，房车露营地离公交站牌有一段距离，我可不想在车少人稀的道路上走那么一大段路。

～

在国外，利用房车旅行非常普遍，我的直属学姐和她男友在辛勤工作五年后也决定加入行列，只是交通工具克难了点儿，是用面包车改装的，不过里面应有尽有，不仅安装了隔音、隔热板，还DIY了储物空间，通上电路和水路后，连厨房也有了。

"萌萌，要不要吃拉面？"我一回到房车内，正吃着面的学姐冲着我喊。

"好呀好呀！晚餐只吃了两个冷掉的肉夹馍，饿死我了。"

"去，"学姐推了正在打游戏的男友一把，"萌萌肚子饿，记得打个鸡蛋。"

"切，就我命苦，游戏打得正好……"

我赶紧说不用了，自己其实没那么饿。

学长立马丢下游戏机去煮面，还说我若不乖乖把面给吃了，今晚学姐会罚他不准上床……

啊！我何其有幸在最困难的时候遇上两位贵人，如果不是他们正好旅行至此，我恐怕就要住进临时收容所，与流浪汉生息与共了。

"萌萌，妳有没有想过一个礼拜后怎么办？我们……我们也该上路了。"我正吃着面，学姐忽然提起烦心的事。

"放心，今天的试镜很成功，导演说有个华裔女医的角色特别适合我，估计很快会开机，我马上就有钱租房子住了。"我笑得一脸灿烂。

"真的？那太好了，"学姐看着学长，"如此一来我们也能安心离开了。"

当灯熄了之后，只有窗外的月亮还醒着，我蜷缩在两人硬座上，怎么也睡不着。

离我一步之遥的学长和学姐已经沉沉入睡，鼾声雷动，他们不知道我连群演的机会也没得到，现在只靠Monica给的微薄薪水在苦撑着，而下学期的学费又迫在眉睫。如果不缴学费就拿不到学生签证，没有签证，我立马得回国，一环扣一环，压得我喘不过气来。

"也许……也许明天环球影城会给我好消息，那位经理看起来很和善，这次应该没问题。"我给自己打气。

第三章/李奥

我已经在社区大学上了两个多月的课，意思是《美国文学史》也已经上了两个多月，在这段时间里，我主要和马克.吐温打交道。

他的作品我只看过《汤姆历险记》，一直以为他是童书作家，没想到老师说他很"毒舌"，是美国批判现实主义文学的奠基人，善于黑色幽默，年纪越大越显语言暴力……

呃！我还以为《汤姆历险记》中那个调皮捣蛋的小男孩是作者原型，连带把马克.吐温也给美化了。

下课前，老师提醒我们两周后交报告，想针对马克.吐温做研究也成，但切记别把上课内容全给写进去，以往有学生照本宣科，一律低分。

真是糟糕！我原本想当"搬运工"，把老师说过的话一五一十写下以表忠心，没想到他"六亲不认"，叫我如何是好？尤其刚在"环球影城"觅得一份短期工，薪水不错还提供三餐，什么都好，就是每天得站八个小时，这意味着我得逃课，如今得知两周后交报告，还不准"人云亦云"，真要愁煞人！

考虑再三，我还是决定去赚这1200美元，毕竟没有了面包，什么都是浮云。

~

影城的工作从明天开始，我以为至少今天能当好学生，没想到下午一点半Monica发来短信，我才得知金小姐和尹小姐中午不知吃了什么脏东西，两人上吐下泄，现在店里只剩她一人，问我能不能现在过来？

知道又有收入，我回覆马上到，然后趁老师转身写白板之际，偷偷从后门溜出去。

~

奢侈品太贵，让很多有品味的中产阶级和白领小资转身投向二手名店。饶是如此，一些看上去十分普通的东西也要好几千美元，连最不起眼的钥匙扣、小铜锁也标价一百多，看到这些数字难免让人气馁到怀疑人生。

我刚服务完一个买礼物哄女友开心的"成功人士"，在下一个客人进门前，我走到Monica身边。

"忙什么？妳已经坐在这里快一个钟头了。"我问。

她答正在列Elsa的货物明细，钱也得汇出去。

我看了一眼清单，乖乖，刚刚卖给"成功人士"的爱马仕包售价两万八千美元，Monica却只付给Elsa四千，连零头都不到。还有，巴宝莉的羊毛格纹围巾在店内卖一百五，清单上写的是三十，只够在叫得出名字的餐厅点上一碗奶油蛤蜊汤。

"妳做的是一本万利的买卖呀！"我说。

Monica听完轻蔑一笑，她答二手店的经营方式有寄卖和回购两种，一般业者倾向寄卖，因为卖出才需给钱，佣金也多，高达30%；回购就不一样，卖不出去等于囤货，当然得把价钱压低。

"可是也太低了，利润能达80%以上。"我竟打抱不平起来。

" 我承认给Elsa的价钱低，但一来她不在乎，甚至感谢我将'垃圾'带走；二来我的服务好，能上门取货且付款及时，这也是我和她一直合作愉快的原因。"

哎！这叫周瑜打黄盖，一个愿打，一个愿挨。

我耸耸肩，正想回到工作岗位，一低头，不巧看见昨天收购回来的Christian Louboutin红底鞋正被Monica踩在脚下，难怪她这么热衷上比佛利山庄， 甚至不惜花 150 美元租下奔驰房车。

好莱坞环球影城是一个以电影为主题的游乐园，在这里可以参观电影的制作过程及回顾经典的影片片段，它甚至还有专属的购物区—环球城市大道，而我……从今天起将在这里工作两个礼拜。

我在演员更衣室里换上戎装，再扎起马尾，这位家喻户晓的巾帼英雄代表果敢坚忍，我得严肃对待，别出糗。

" Mulan, this is your husband ."经理唤我木兰，还郑重介绍我的"丈夫"。

在动画片里，花木兰最后和李翔将军"有情人终成眷属"，没想到影城真的给我配了个肌肉男。

"Hi."他对我微笑，然后伸出手臂，" Let's go."

我的"老公"大概以为我会像新娘子似地挽着他的手出场，偏偏我不配合，迳自向外走去。

来环球影城的游客多半是亲子，不止小孩，很多大人看到

cosplay人物也很兴奋，我和"李翔将军"非常有默契地做到来者不拒、有求必应。

"妳去哪里？"李翔将军问。

"时间到了，回休息室。"我答。

经理说每工作两小时，演员能休息二十分钟，但也只能在休息室里待着，绝不能穿着戏服到处溜达及做出"不合身份"的事，譬如《冰雪奇缘》中的"安娜公主"就曾经在园内大喇喇地吞云吐雾，遭到小朋友家长的投诉……

回到休息室，那里人来人往，吵杂的声音好比菜市场，虽然有热饮及小点心供应，但我如坐针毡，因为老烟枪太多了。

"空气很不好。"我的"老公"说，然后递了块蛋糕给我。

"不吃，谢谢！"

他问是不是哪里得罪我了？

"没有的事，我是演员，保持好身材是我的职责，即使喝咖啡，我也从来不加奶和糖。"

"光管住嘴没用，还得迈开腿，我就每天上健身房，风雨无阻。"他说。

"有那个钱我就不来这里摆pose了……对了，你怎么也来此工作？"

"我大学学的是戏剧，戏剧系学生毕业后很自然会来好莱坞碰运气，可惜我的运气不好，到现在还在打游击。"

知道他也是学表演的，而且同样混得不好，我的心忽然与他靠近许多。

"妳呢？"他问。

我三两下把自己的过往给交待了，当然跳过那个不美丽的"性侵未遂"。

“有梦想最美，坚持住，我是李奥，”他伸出手和我握了握，“ Nice to meet you.”

“我是卫萌萌，请多指教。”

因为和他握手，我注意到他手腕上戴的是瑞士浪琴表，实际上那是名匠系列情侣表中的男表，Monica的店内有售，一对约五千美元，还是二手价。

“你戴的是浪琴表。”我说。

“好眼光，路边摊买的，五十美元不到。”

李奥不知道我在二手名店兼职，虽然不致于马上分辨出正品或A货，但是不是地摊货可一眼就能判断出，他的表……绝对不止五十美元。

“这么便宜？哪天带我去瞧瞧。”我说。

“没问题。”他答。

作者介绍

在异国的背景下加入缠绵悱恻的爱情故事是B杜小说的一大特点，她的文笔清新、笔触诙谐、画面感很强，读完小说有种看完一部爱情偶像剧的感觉，特别适合怀春少女及对爱情有憧憬的女性阅读。

B杜创作了一系列异国恋情N部曲，包括《法兰西情人》、《东瀛之爱》、《新西兰之恋》、《英伦玫瑰》、《爱在暹罗》、《情定布拉格》、《狮城情缘》、《爱上比佛利》、《梦回枫叶国》、《早安，欧巴》……等作品，欢迎关注。

ALSO BY B杜

獅城情緣（繁體字）Love in Singapore（traditional character version）

《东瀛之爱》Love in Japan
《法兰西情人》Love in France
《英伦玫瑰》Love in England
《爱在暹罗》Love in Thailand
《情定布拉格》Love in Prague
《爱上比佛利》Love in Beverly Hills
《新西兰之恋》Love in New Zealand
《早安，欧巴》Love in Korea
《梦回枫叶国》Love in Canada